SCHLACHT UM DAWN

Military Space Opera

Schlachtschiff Nighthawk
Buch 2

TIMO LEIBIG

ATL Books

Dieses Buch ist erschienen bei:

A7L Thrilling Books Limited

Besuchen Sie die Verlags-Website A7LBooks.de für weitere spannende Science-Fiction-Titel. Viel Spaß beim Lesen!

(c) Timo Leibig 2023

Lektorat: Alexandra Gentara

Covergestaltung: Elementi Studios

A7L Thrilling Books Limited, A7LBooks.de

2C Grangegorman Lower

Grangegorman Court, Dublin 7

Dublin, Ireland

D07 PW9N

Bestellung und Vertrieb: Nova MD GmbH, Vachendorf

Druck: Custom Printing, Warszawa

Für Sternendeuter und Träumer!

Vorwort

Liebe Leserinnen und Leser,

es freut mich ungemein, Sie wieder begrüßen zu dürfen, denn dann heißt es, dass Ihnen der erste Band gefallen hat. Welches größere Lob gibt es schon für uns Schreibende als zufriedene Fans?

Da Sie sicher heiß auf die weiteren Abenteuer sind, halte ich mich kurz. Die Geschichte ist als Trilogie geplant, insofern wird auch mindestens ein dritter Band folgen. Ich informiere rechtzeitig über meinen monatlichen Newsletter, wann das Buch erscheinen wird. Sie finden die Anmeldung unter www.timoleibig.de/newsletter.

Und dann kann es weitergehen mit der Nighthawk, der Glengettie, Flavia und ihrer Tochter und Visenias und Ada.

Wie beim ersten Band kann ich also nur sagen: Schnallen Sie sich bitte an! Wir schießen Wasser in den Antrieb und erhöhen die Beschleunigung. Es wird heftig!

Timo Leibig,

07. Januar 2023

Prolog

Einundzwanzig Jahre zuvor

DIE BLACK HORIZON glitt durch die Nacht. Es war ein schlankes Schiff mit massigem Antrieb und kuppelförmiger Brücke. Dadurch sah es fast wie ein historischer Taucher aus, der einen von den kugelförmigen Helmen der ersten Tauchversuche trug. In der Ferne war das Funkeln der Milchstraße zu sehen, aber ansonsten blieb es finster im Äußeren Riff des Koi-Systems.

Auf der Brücke des Erkundungsschiffs summten die Instrumente. In die technische Stille hinein sagte Navigatorin Selena: »Treten genau *jetzt* in Sektor 47-C ein.«

Captain Edward Cohen blickte auf das Hauptdisplay, die Hände in den Taschen seiner Uniform vergraben, und rührte sich nicht. Er rührte sich oft nicht, wie sein XO Beryll fand. Cohen besaß ein grimmiges Gesicht mit grimmigen Augen und einem grimmigen Mund. Auch seine Seele war grimmig. Jeder wusste, dass er das Kommando über die *Black Horizon* nicht gewollt hatte, aber die Admiralität hatte es ihm aufs Auge gedrückt. Hinter vorgehaltener Hand munkelte man, Eden hätte Cohen sogar loswerden wollen und ihn deshalb ans Ende der Welt geschickt.

Das war Schwachsinn, wie Beryll wusste. Die Welt hörte nicht bei Sektor 47-C auf. Weiter hatten die ersten Siedler das

Koi-System allerdings nicht erschlossen. Etliche Satelliten waren weiter hinausgeschossen worden und lieferten alle möglichen Daten, aber etwas Spannendes war nicht dabei. Außerdem glaubte der Mensch nur, was er mit eigenen Augen gesehen hatte. Daher die Erkundungsmission, und Beryll war heiß darauf. Ihn hatte es schon immer weiter getrieben. Er war unermüdlich, blickte stets zu den Sternen auf und wollte wissen, was in diesem unfassbar großen All alles auf die Menschheit wartete. Die unvorstellbare Größe war es, die ihn am meisten faszinierte. Der menschliche Verstand konnte die Distanzen gar nicht begreifen, Entfernungen von Milliarden von Lichtjahren ... Dazu kamen seit Jahrhunderten Theorien über Multiversen, parallele Welten zu unserer, die aber bis heute nicht nachgewiesen worden waren. Waren sie vielleicht nur eine Instanz von unendlich vielen Welten? Wie klein, bitte, war der Mensch in diesem Gefüge von Raum und Zeit? Aber trotz der unglaublichen Größe, oder gerade deswegen, schien alles möglich zu sein, und Beryll wollte etwas davon entdecken. Ja, er war ein Schatzsucher, ein Freigeist der Naturwissenschaften und genau richtig auf der *Black Horizon*.

»Befehle, Captain?«, fragte die Navigatorin, die Beryll in ihrer körperbetonten schwarzen Uniform ziemlich scharf fand.

Cohen blickte immer noch auf das Hauptdisplay, seinen typisch grimmigen Glanz in den Augen und den grauen Schatten eines Bartes auf den Wangen. Es schien, als hätte er die Frage nicht einmal gehört, doch dann fragte er leise: »Was ist das dort im oberen rechten Quadranten?« Sein Finger zeigte auf das Display.

Thomas, einer der Scientisten, runzelte die Stirn. »Was meinen Sie, Sir? Im oberen rechten Quadranten ist nichts.«

»Doch! Sehen Sie den Kreis nicht?«

»Nein, Sir! Ich ...« Thomas schluckte hart. »Doch ... Ich dachte, das wäre eine Reflexion der Beleuchtung.«

Stille. Jetzt sahen wohl alle den perfekten Kreis auf der Außenbordübertragung. Er war mattschwarz und kaum zu erkennen.

»Ranzoomen!«, donnerte Cohen. »Ich will Detailaufnahmen! *Sofort!*«

Es dauerte einige Sekunden, bis Thomas den Ausschnitt vergrößert und aufs Hauptdisplay gestreamt hatte. Der perfekte

Kreis war nun überhaupt nicht mehr zu übersehen, eine schwarze Scheibe auf schwarzem Grund mit gestochen scharfen Kanten.

Cohen legte den Kopf schief und musterte den Kreis. »Was sagen die Scans?«

»Gar nichts, Sir! Ich empfange keine Daten?«

»Heißt ... das Objekt existiert nicht?«

»Na ja, ich ... Ich erfasse halt nichts davon mit den Sensorkonglomeraten. Keine Reflexionen, keine Strahlung, keine Hitzeveränderung. Es ist, als gäbe es das Objekt nicht.«

»Aber Sie sehen es?« Sein stechender Blick traf alle in der Runde. »Oder?«

Kollektives Nicken.

»Irgendeine wissenschaftliche Erklärung?«

Niemand antwortete, was Cohen schnauben ließ. »Da fliege ich Wissenschaftler durchs Nirgendwo und keiner hat eine Ahnung, warum vor uns eine schwarze Fläche mitten im Nichts schwebt. Grandios.« Er atmete tief durch, und in dem Atemzug war seine ganze Verachtung für die Mission und die Teilnehmenden zu hören.

»Also gut«, brummte er. »Wir fliegen näher ran. Nehmen Sie Kurs auf den Kreis!«

»Aye, Sir«, antwortete Selena, wobei ihre Finger schon über die Steuerung der Black Horizon huschten.

Während Sie sich dem Objekt näherten, herrschte angespanntes Schweigen. Alle verfolgten, wie der Kreis näher rückte. Beryll vermutete den Durchmesser aus dem Bauch heraus auf mehrere Kilometer. Er fragte sich genauso, was das sein konnte. Ein schwarzes Loch schloss er aus, sie wussten einiges über die Beschaffenheit schwarzer Löcher und hätten es längst als solches identifiziert. Außerdem würde sich der Raum darum krümmen, was sie gesehen hätten. Ein Planet oder Asteroid konnte es auch nicht sein, den hätten die Sensoren registriert. Außerdem war der Kreis zu perfekt. War es das erste künstliche Objekt einer fremden Zivilisation, auf das sie gerade zuhielten?

Berylls Herz schlug heftiger. Der Gedanke packte ihn mit aller Kraft und quetschte ihm die Luft aus den Lungen. Extraterrestrisches Leben! Es wäre die Sensation. Vielleicht wurde sein Traum ja wahr? Er hatte nicht umsonst von Anfang an gespürt, dass diese Mission etwas Besonderes werden würde. Er hatte es gewusst, als er den Fuß in die Luftschleuse gesetzt hatte, seine schwere Reisetasche über der Schulter.

Wieder Cohens grimmige Stimme: »Distanz bis zum Objekt?«

»Unklar, Sir. Weiterhin keine Referenzpunkte messbar.«

»Aber Sie müssen doch die Distanz aus der Kameraperspektive errechnen können?«

»Negativ. Das Objekt kann nah und klein sein, aber auch weit entfernt und dafür riesig. Wir haben keine Referenzpunkte.«

Cohen brummte etwas Unverständliches. »Dann weiter Kurs halten.« Er griff nach seinem Becher in der Armlehne und trank von seinem Kaffee.

In dem Moment rief eine Scientistin: »Wir könnten die Erkundungsdrohne aussenden und damit einen Referenzpunkt schaffen! Damit könnten wir einen Bereich angeben, in dessen Größe sich das Objekt bewegen müsste.«

Cohen blickte auf. »Warum ist das nicht schon längst geschehen?«

Niemand antwortete, was ihn noch weiter verärgerte. »Dann los! Sie werden für Forschung bezahlt, nicht fürs Herumsitzen!« Kopfschüttelnd sank er auf seinen Sessel und fuhr sich mit den Händen durchs zentimeterkurz geschorene Haar.

Beryll wurde langsam grantig. Er brauchte keinen Captain als besten Kumpel, der mit seiner Mannschaft Saufspiele abzog und jeden Abend bis in die Puppen feierte. Nein, der Captain durfte gern reserviert sein und über der Crew stehen. Was Beryll aber hasste, war ein Captain, der seine Abscheu offen zur Schau stellte. Cohen wollte weder hier sein noch mit ihnen arbeiten, und das förderte nicht die Motivation. Beryll hätte wirklich interessiert, was Edward Cohen die Lebensfreude verdorben hatte. War er von Frau oder Mann verlassen worden? Hatte er schlechte Erfahrungen mit Eden gemacht? Dort wollte man bestimmte Dinge hören, und Cohen war eher der Typ, der die Wahrheit sagte, auch wenn sie niemand hören wollte. Auf jeden Fall ätzte Beryll diese misanthrope Haltung an. Wenn Cohen nicht mit Menschen umgehen wollte, dann sollte er auch kein Captain sein.

»Drohne ist im Schott!«, rief Thomas. »Erbitte Abschuss-freigabe.«

»Erteilt!«

Auf einem Nebendisplay erschien die Live-Übertragung der Drohne mit dem Kürzel FD-7. Vor ihr öffnete sich ein Schott, dann schoss sie hinaus, direkt auf den Kreis oder die Scheibe zu.

»Korrigiere Flugvektor!«, gab die Navigatorin durch.

Cohen starrte auf das Display, auf dem die Drohne in Sicht kam und kleiner wurde. Ein rot blinkendes Licht zeigte an, wo ihr Sensorkonglomerat aktiv war.

»Flugvektor ist angepasst. Black Horizon und FD-7 bewegen sich auf dem gleichen Vektor!«

»Gut. Dann stellen Sie endlich Ihre Berechnungen an! Ich will wissen, wie groß dieser Kreis ist!«

»Aye, Sir!«

Sekunden vergingen, in denen nur das Klacken von Fingern auf Tasten und das Rauschen der Lüftungsanlage zu hören waren. Schließlich pfiff ein Scientist durch die Zähne, und auf dem Display erschienen überblendete Linien und Berechnungen.

Beryll klappte der Mund auf, als er die Zahlen realisierte.

»Knapp zweiundzwanzig Kilometer Durchmesser?«, fragte Cohen mit gefurchter Stirn. »Sehe ich das richtig?«

»Ja, Sir. Das sind von der KI geschätzte Entfernungen anhand der Drohne und der variierenden Distanz zwischen uns und der Drohne. Die angenommene Entfernung beträgt elftausend Kilometer.«

»Zeit bis zur Kollision?«

»Drei Minuten und zwölf Sekunden bei gleichbleibender Geschwindigkeit. Befehle?«

Cohens Augen blickten zum Display empor, während er sich am Kinn kratzte. »Näher ran!«, befahl er schließlich. »Steuern Sie die Drohne mitten rein.«

»Mitten rein?«

»Ja, verdammt! Wo haben Sie Ihre Ausbildung gemacht, bitte? In der Lotterie gewonnen? Muss ich jeden Befehl wiederholen?«

Die Navigatorin senkte den Blick wie eine geschlagene Hündin, was Beryll einen Schritt auf Cohen zumachen ließ. Der bemerkte seinen XO, funkelte ihn an, sagte aber nichts. Der Blick reichte jedoch aus, um Beryll erstarren zu lassen. Dieser Hass, diese Verachtung, dieser Zorn. Noch nie hatte er ihn so deutlich in Cohens Augen lodern sehen.

»Drohne erreicht das Objekt in sechzig Sekunden.«

»Dann auf den Hauptschirm! Alle übertragenen Daten anzeigen und analysieren! Wenn jemandem etwas auffällt, sofort raus mit der Sprache!«

Leises Gemurmel. Alle blickten gebannt empor, um die Liveübertragung der Drohne zu verfolgen. Die flog mit leicht zunehmender Geschwindigkeit auf das Objekt zu. Aus ihrer Perspektive war der Kreis nicht mehr zu sehen, sondern sie bewegte sich auf eine schwarze Wand zu.

Beryll bemerkte, dass er die Luft anhielt und zwang sich, auszuatmen. Was würde passieren? Würde sie auf eine Barriere treffen und zerschellen? Würde sie durch das Objekt hindurchgleiten? Würde es aufblitzen und sie verschwinden? War es gar ein Hyperraumtor, das bisher nur in der Theorie von Physikern existierte? Alles war möglich – zumindest in seinem Kopf.

»Aufprall in zwölf, elf, zehn«, begann die Navigatorin zu zählen. »Neun, acht, sieben, sechs, fünf, vier, drei, zwei, eins.« Sie stockte und hauchte: »Null.«

Alle hielten die Luft an.

Nichts geschah. Die Drohne flog einfach weiter. Die Distanzanzeige zählte stetig fort, während die Sensoren Daten lieferten. Die Temperatur blieb konstant, der Radar meldete keine Reflexionen, die radioaktive Strahlung veränderte sich nicht.

Cohen wollte gerade etwas sagen, als der erste Sensor ausfiel. Der Wert auf dem Display wurde auf null gesetzt. Es folgte ein Ausfall des Radars, der Temperaturmessung und weiterer Werte. Zuletzt fiel die Abstandsmessung aus, die Videoübertragung flackerte, kurzzeitig war ein seltsames Rauschen zu hören, dann wurde das Bild schwarz.

»Kontakt zur Drohne verloren«, wisperte Thomas überflüssig.

»Aber wir haben weiterhin Sichtkontakt!« Auf dem Hauptdisplay war die Drohne noch als kleiner leuchtender Punkt zu sehen, dann verschwand aber auch der; als flöge er in reine Dunkelheit.

Stille. Diesmal waren nur die Atemzüge der Anwesenden zu

hören. Cohen reagierte überhaupt nicht. Abwesend musterte er die Bildschirmübertragung.

»Captain?«, fragte Beryll leise. »Wir müssen entscheiden, ob wir beidrehen oder weiterhin Kurs halten.«

Cohen antwortete nicht. Mit der Zunge benetzte er sich nur die Lippen. Die Geste sah obszön aus, als würde ihm gefallen, was er sah.

Beryll ballte die Fäuste. »Captain?« Seine Stimme wurde drängender, fast anmaßend gegenüber einem Captain wie Cohen. »Wie lauten *Ihre* Befehle?«

Endlich bekam er einen Blick seines Vorgesetzten. In dem glänzte ebenfalls Dunkelheit, die Beryll erschaudern ließ. »Kurs halten!«

Kurs halten, Kurs halten, Kurs halten. Die Worte hallten nach, und Beryll wurde die Brust eng. »Und wenn wir ebenfalls den Funkkontakt verlieren?«

Ein Lächeln umspielte plötzlich Cohens feuchtglänzende Lippen. »Angst?«

»Nein, Sir, aber wir verstoßen mit einer solchen Entscheidung eindeutig gegen –«

»Das Protokoll Edens? Ich scheiß aufs Protokoll!« Ein Ruck ging durch den Captain, als er aufstand und sich aufrichtete, plötzlich ganz der frühere Soldat mit breiter Heldenbrust und durchgestrecktem Rücken, der er einmal gewesen war. »Haben Sie das gehört? Wir scheißen alle aufs Protokoll! Sie sind doch Wissenschaftler? Sie wollen doch wissen, was das ist, oder? Sie alle!«

Zaghaftes Nicken hier und da.

»Also! Dann haben Sie jetzt die einmalige Gelegenheit, herauszufinden, womit wir es zu tun haben.« Er wandte sich an Navigatorin Selena und sagte: »Geben Sie Schub!«

»Ich soll ...?«

»*Schub geben!* Sie wollen Pioniere sein? Entdecker im Sinne der ersten Siedler? Sie wollen Großes bewirken? Ich sehe das in Ihren Augen! Also: Wie sagt man so schön? First never follows! Daher folgen wir nicht, sondern gehen voran! SCHUB!«

Selena suchte Berylls Blick, aktivierte dann aber den Schub.

Der Millet-Antrieb der *Black Horizon* brüllte auf. Plasma

wurde von den gewaltigen Magnetspulen in einem grellen Strahl davongeschleudert, während das Schiff beschleunigte.

Auf der Brücke herrschte Stille. Alle verfolgten gebannt, wie die Fläche näher und näher rückte. Die Sekunden verstrichen, dann glitten auch sie hindurch und verschwanden in der Dunkelheit des Kreises.

Kapitel Eins

Äußeres Riff, an Bord der Nighthawk

LEVI DRÖHNTE DER SCHÄDEL, aber er öffnete manuell das Schott der Gettie, das zischend auseinanderglitt. Dampf wallte ihm aus einem defekten Druckschlauch entgegen, unter dem er sich hinwegduckte und hinaustrat.

Im Hangar der Nighthawk herrschte Chaos. Überall schrillten Sirenen, Warnlichter tauchten die Halle in flackernden Schein. Funken sprühten aus einer Halteklammer, die sie bei ihrer Bruchlandung abgerissen hatten. Es fauchte, brummte und tönte aus jeder Ecke, aber Wes hatte die Gettie mit dem Manöver der Ladeschleuse sicher gelandet. Trotzdem hatten sie eine Spur der Verwüstung hinter sich hergezogen. Die Hangar-Innenwand war auf der kompletten Länge verbeult und mit Kratzern übersät, aber keines der Kompositelemente war herausgerissen. Auch der Boden, über den sie geschlittert waren, sah ähnlich aus. Es roch nach heißem Stahl und abgeriebenem Gummi. Und nach Menschen.

Eine ganze Meute kam ihm entgegen, teilweise mit großen Augen, teilweise jubelnd. Es waren Techniker, Sanitäter und Rettungskräfte. Zwei kamen direkt auf ihn zu, ihre Medikits unter den Armen. »Gibt es Verletzte?«, rief der vorderste.

Levi nickte und zeigte ins Schott. »Unsere Ingenieurin! Liegt auf der Krankenstation. War während der Landung ohnmächtig, definitiv Blutverlust. Hat oberste Priorität. Und dann haben wir noch den Piloten, der den Vogel aber gelandet hat. So schlimm kanns bei ihm nicht sein.«

Der Sanitäter nickte und musterte ihn ausgiebig. »Und Sie? Sie sehen ... mitgenommen aus.«

»Oh ja ... aber mehr auch nicht. Danke.«

»Ich möchte Sie trotzdem durchchecken.«

»Gern, aber kümmern Sie sich erst um die Crew.«

Ein verständnisvolles Lächeln. »Machen wir, Sir!« Dann stürmten sie in die Fregatte und verschwanden hinter dem Dampf des zerstörten Schlauchs.

Levi blickte zur Fracht empor und entdeckte zu seiner Erleichterung noch drei von den Boxen, in denen die Plasmaverstärker ruhten. Er winkte einen der Techniker heran, die schon um die Fregatte schwärmten wie Mücken um Aas. »Die drei Boxen«, wies er an, »müssen als Erstes abgeladen werden.«

»Die Plasmaverstärker?«

»Korrekt. Kümmern Sie sich darum?«

»Jawohl!«

»Danke.« Levi atmete tief durch, sprang die Stufe hinab in den Hangar und trat ein wenig von seinem Raumschiff weg. Die alte Lady sah mitgenommen aus, so wie er, aber eklatante Schäden konnte er nicht erkennen. Eine Halteklammer an den Ladungsboxen fehlte, ein paar Sensoren waren abgerissen worden, es gab Dellen und Löcher in der Außenhaut, aber das konnte alles repariert werden. Wes hatte mit der Landung ein Wunder vollbracht.

Levi spürte, wie seine Beine plötzlich weich wurden und er auf eine Reparaturbox sank. Dort überkam ihn eine schwere Müdigkeit, die ihm die Augen zudrückte, aber er zwang sich, wach zu bleiben. Weil ihm plötzlich heiß war, zog er den Reißverschluss seines Anzugs auf. Luft umspielte seinen Hals und kühlte den Schweiß.

»Levi, Fox! Ha!«

Levi blickte auf und sah sich dem Captain gegenüber. Sofort sprang er auf, nahm Haltung an und salutierte. »Levi Fox meldet sich zum Dienst!«

»Oh ja, das haben Sie. Erstklassig.« Carroll grinste wie ein

Weihnachtsmann und klopfte ihm kumpelhaft auf die Schulter.
»Was für eine Landung. Unglaublich. Das war filmreif, Fox.«
Levi lächelte. »Sagen Sie das Wes.«
»Ihrem Piloten? Oh ja, das werde ich ihm persönlich sagen. Wo ist er?«
»Noch drinnen. Wird vermutlich bereits behandelt.«
»War er verletzt?«
»Ja, hat auf Dawn was abbekommen, aber geht schon.«
Ein wissender Blick, und wieder Carrolls Hand auf seiner Schulter. »Das war eine ausgezeichnete Leistung, Fox! Sie haben uns mit den Plasmaverstärkern den Arsch gerettet.«
Levi blickte zu den Boxen, die überraschenderweise bereits abgeladen waren und hastig abtransportiert wurden. »Wie sieht es aktuell aus?«
»Keine Ahnung.« Carroll zuckte mit den Achseln. »Ich war mit Ihrer Landung beschäftigt und bin sofort her. Drei haben Sie retten können?«
»Ja, den vierten hat es im Gefecht erwischt.«
»Egal, drei reichen laut unseren Berechnungen.«
»Ja?«
Ein väterliches Nicken. »Ja. Der vierte war als Ersatz gedacht, aber mit dreien wird es gehen. Es wird die Schilde deutlich hochfahren und unsere Abwehr stärken.« Es fiepte an Carrolls Armdisplays, und er nahm ein Gespräch seiner XO an.
»Alex, ja?«
Levi hörte Alexandra Silvretta sagen: »Die Vorhut dreht bei!«
Carrolls Augen blitzten. »Und die Hauptarmada?«
»Nähert sich uns weiterhin mit konstanter Geschwindigkeit.«
»Alles klar. Ruft die Fregatten und die Gleiter zurück. Keine unnötigen Kämpfe. Wir sammeln uns und lassen sie kommen.«
»Jawohl, Sir! Ich kümmere mich darum.« Der Anruf wurde beendet, und Carroll musterte Levi wieder. »Sie haben uns den Arsch gerettet«, wiederholte er ernst. »Ruhen Sie sich jetzt aus.«
»Aber wenn es zum Kampf kommt –«
»Ruhen Sie sich aus! Das ist ein Befehl, Fox. Sie haben für diese Schlacht Ihren Beitrag geleistet. Einen unglaublichen Beitrag.« Wieder ein väterliches Lächeln, ein letzter kameradschaftlicher Schlag auf die Schulter, dann war Charles Carroll davongestapft und in der *Glengettie* verschwunden.

Levi spürte seine Müdigkeit, aber auch Wärme in der Brust. Lob hörte man gern und viel zu selten. Er wusste schon, warum er damals auf der Nighthawk angeheuert hatte. Charles Carroll war anders als alle Commander Edens. Er war ... nett, einfach ein guter Mensch. Ja, entschied Levi, Charles Carroll war ein sehr guter Mensch, und deswegen war er hier gelandet.

Wieder fielen ihm die Augen zu, es riss ihn, und er stand auf, um nicht an Ort und Stelle einzuschlafen. Plötzlich war ein Sanitäter an seiner Seite, und diesmal wehrte er sich nicht, als der ihm sagte, er würde ihn jetzt durchchecken.

Levi war einfach zu müde. Zu müde und zufrieden, um zu widersprechen.

ALBERT MORGENSCHEIN SOLLTE bei Alarm in seinem Zimmer bleiben, aber er hatte ein ganz, ganz seltsames Gefühl. Er konnte es nicht beschreiben, aber er fühlte, dass etwas vor sich ging. Nicht der mögliche Angriff der Worx, sondern auf dem Schiff. Albert hatte schon immer feine Antennen besessen, war vom Tierkreiszeichen Fische, was passte. Fische waren sensibel und tiefgründig, aber auch neugierig und nicht selten Forscher, Entdecker, Erfinder. Fische verbanden die reale Welt mit der mystischen, hatten oft mehr übrig für den siebten Sinn. Albert hatte viele Jahre lang nicht an solchen Quatsch geglaubt, bis er immer häufiger Dinge erspürt und einfach gewusst hatte. Und jetzt wusste er mit unumstößlicher Sicherheit, dass irgendwas auf dem Schiff passierte, das ihn betraf. Vielleicht etwas mit dem Worx-Extrakt? Ja, was sollte es auch sonst sein? Vielleicht reagierte es wegen des Angriffs. Womöglich hatten der Extrakt und die Angreifer eine Verbindung irgendeiner Art, durch den Quantenschaum oder über andere Kräfte, die sie noch gar nicht kannten.

Albert strich sich durchs schweißfeuchte Haar, so aufgeregt war er, und entschied, trotz des Verbots, nachzusehen. Er zog seinen weißen Kittel an und verließ das Zimmer.

Auf dem Schiff herrschte helle Aufregung; sie erfüllte jeden Flur, jeden Gang, die Aufzüge und Treppenschächte und packte Albert mit prickelnden Fingern. Er wurde selbst noch aufgeregter und beschleunigte seine Schritte, sodass er beinahe rannte. Er erreichte die Hauptaufzüge, rief einen, trippelte an Ort und Stelle herum, bis die Kabine kam, und stieg ein. Zwei grimmig aussehende Soldaten fuhren mit ihm hinab, doch sie stiegen nicht auf der elften Etage aus wie er. Albert wandte sich nach rechts und hastete den nächsten Gang entlang. Alles sah furchtbar gleich aus, aber er hatte sich den Weg gut gemerkt. Geradeaus, zweimal links, dann Aufzug in die elfte, rechts, drei Kreuzungen geradeaus, eine Treppe abwärts, links, dann war er an der Forschungsstation.

Beim Gedanken an die Forschungsstation wurde ihm mulmig in der Magengegend. Irgendwas ging dort vor sich. Er spürte es mittlerweile genau. Ob er die XO informieren sollte? Der Drang war da, aber sein Kopf sagte ihm, dass er das erst tun sollte, wenn er wusste, was passiert war. Einfach mal in einer Alarmstufe die Pferde scheu machen, würde die XO sehr mögen. Oh, sie würde ihn massakrieren, da war er sich sicher. Diese Alexandra Silvretta war eine scharfe Frau, in jeder nur erdenklichen Hinsicht.

Albert erreichte die Treppe, packte den Handlauf und hastete hinunter, jede Stufe nehmend. In seinem Alter ging man die Risiken eines gewagten Sprungs nicht mehr ein, so viel Zeit musste noch sein. Also schnell weiter, Stufe um Stufe, dann nach links und den Flur entlang zur Station.

Als die großformatigen Scheiben aus Panzerglas in Sicht kamen, wusste er sofort, dass sein Gefühl ihn nicht getäuscht hatte. Das typische blaue Leuchten des Plasmaschilds wurde nicht von den Wänden reflektiert. Es war nur das an- und abschwellende Leuchten der Alarmlichter zu sehen.

»Xen One, bitte nicht.«

Er stolperte beinahe über seine eigenen Füße, fing sich an der Wand ab und erreichte die Haupttür. Tatsächlich war das Plasmaschild abgeschaltet, vom Extrakt nichts zu sehen.

Albert wurde heiß und kalt zugleich. Er zog seine ID-Karte durch die Authentifizierung und trat in den Untersuchungsraum, der von der Quarantänestation nochmals getrennt war. Dort fuhr er sich mit beiden Händen durchs Haar. Einige Momente lang wusste er überhaupt nicht, was er tun sollte. Niemand war zu sehen, die Forschungsstation verwaist. Logisch, das war auch die Anweisung der XO gewesen, an die sich die anderen hielten.

Albert trat an die Scheibe und blickte bange in die Quarantänestation. Vom Extrakt war nichts zu sehen. Er entdeckte aber auch sonst nichts Auffälliges; keine Zerstörung, keine Kratzer, keinen Kampf. Vielleicht war einfach der Plasmagenerator ausgefallen?

Albert ging zur Workstation, loggte sich als Teamleiter ein und rief die Steuerung des Plasmagenerators auf. Wie erwartet zeigte sie keine Leistung an. Er konnte sie hochfahren, aber das brachte nichts. Er musste erst den Extrakt finden.

Er wollte sich gerade abwenden, als sein Blick auf einen Button fiel, auf dem *Logfiles* stand. Ein grimmiger Ausdruck huschte über sein Gesicht. Vielleicht hatte auch jemand die Isolation beendet ...

Er rief die gespeicherten Daten auf und scrollte durch die Einträge. Dann verharrte er und konnte es nicht fassen. Anthony Walker hatte sich als letzter Mitarbeiter eingewählt und die Plasmaisolation heruntergefahren. Das war keine Stunde her.

»Verdammter Idiot!«, entfuhr es ihm. Ärger folgte, weil er Charles Carroll zwar noch gewarnt, aber nicht auf sein Gefühl gehört hatte. Anthony Walker, klar, wer sonst? Dieser hirnverbrannte, kurzsichtige, risikofreudige Idiot.

Albert schaltete auf alle Logfile-Einträge um. Jeder Handgriff innerhalb der Station wurde dort gespeichert, und nur dem Teamleiter war es möglich, die Logs zu ändern, damit kein Angestellter Untersuchungen fälschen konnte. Zum Glück fand Albert keinen Eintrag, dass die Isolationskammer geöffnet worden war. Immerhin. Aber wo war dann der Extrakt? Und wo steckte Walker?

Albert beugte sich tiefer über die Displays, als er hinter sich etwas rascheln hörte. Er fuhr herum, und da stand er vor ihm.

»Anthony! Xen One, was haben Sie getan?«

Der Xenologe musterte ihn emotionslos, dann zückte er aus der Tasche einen Elektrostab. Damit konnten Gewebeproben untersucht werden, indem man sie unter Stromstöße setzte. Die Leistung konnte beliebig variiert werden. In höheren Leistungsstufen konnte der Stab auch einem Menschen gefährlich werden, gerade einem älteren Herrn wie Albert.

Angst kroch ihm in die Finger. »Anthony! Was soll das? Legen Sie den Stab weg!«

Der Xenologe reagierte überhaupt nicht, sondern musterte Albert aus ausdruckslosen Augen, dann schüttelte er doch den Kopf. »Öffne die Tür!«

»Wie bitte?«

»Öffne die Isolationskammer! *Los!*«

»Aber ...«

Blaue Funken sprühten am Ende des Stabs zwischen zwei Elektroden hervor. *»Öffne die Kammer!«*

Albert schluckte. Ohne den Xenologen aus dem Blick zu lassen, suchten seine Finger die entsprechende Taste auf dem Pult und drückten sie. Knackend entriegelte die schwere Quarantänetür und glitt zischend zur Seite.

»Und jetzt rein!«

»Anthony! Was soll das denn? Kommen Sie zur Besinnung!«

»Oh, ich bin bei Sinnen. Ganz und gar. *Rein jetzt!*«

Albert sah es in den Augen seines Gegenübers, dass Widerspruch zwecklos war. Also bewegte er sich rückwärts auf die offene Tür zu. Trotzdem sagte er: »Anthony! Bitte. Das bringt doch nichts. Was wollen Sie?«

»Zeit«, sagte der Xenologe und wedelte mit dem Stab. »Rein jetzt!«

Albert trat über die Schwelle. Die Luft war immer noch warm vom Plasmaschild, allerdings spürte er den kühlen Luftstrom der Klimaanlage über seinem Kopf. »Anthony«, sagte er noch einmal, doch der Xenologe trat mit einer schnellen Bewegung an die Workstation und schloss die Kammer.

Pfeifend glitt die schwere Tür in die Verankerung und verriegelte. Erst in dem Moment wurde Albert klar, dass es keine gute Idee gewesen war, sich einsperren zu lassen, denn er war noch immer in der Konsole als Teamleiter eingeloggt. Anthony konnte nun die Logfiles ändern! Er konnte alles machen, jedes Schindluder, das er wollte. *Guter Xen One, was habe ich getan?*

Anthony schaltete irgendetwas an der Lüftung um. Albert spürte einen heftigen, zerrenden Luftzug, hörte ein kurzes Pfeifen, dann Stille.

Sein Blick wanderte zum Lüftungsgitter an der Decke empor. »Nein«, wisperte er. »Nein. Das haben Sie nicht getan.« Mit einem Satz war er an der Scheibe und donnerte mit den Fäusten dagegen. »Anthony! Öffnen Sie die Schleuse! Oder schalten Sie die Lüftung wieder an! Bitte! Sie können doch nicht ...«

Ein Husten quälte sich über Alberts Lippen und er rang nach Atem. Noch einmal pochte er heftig gegen die Scheibe, packte sogar ein Teil des Plasmagenerators und wuchtete es gegen das Glas. Aber es zeigte sich nicht der kleinste Sprung im Glasverbund, ja nicht einmal ein Kratzer.

Albert keuchte heftiger. Er ließ das schwere Gerät sinken und suchte Anthonys Blick. Der stand vor der Scheibe und musterte ihn, als wäre er ein Versuchsobjekt, eine Maus im Käfig, mit der man einen Versuch startete. Da war keine Empathie, kein Mitleid, kein Mitgefühl. Anthonys Augen hätten auch Glaskugeln sein können.

Albert hustete und bekam keine Luft mehr. An den Rändern seines Blickfelds waberte es bereits schwarz. Anthony musste die Luft abgesaugt oder das Gasgemisch verändert haben. Er ließ ihn einfach ersticken, der Drecksack.

Er spürte Tränen in den Augen. Als sie ihm über die Wange krochen, sank er zu Boden. Seine Brust schmerzte. Pfeifend saugte er einen letzten Rest in seine Lungen, aber es war, als bliebe ihm nur ein Strohhalm, durch den er atmen konnte. Sein letzter Gedanke galt dem Extrakt. War es noch hier in der Kammer? Das musste es sein, denn Anthony hatte die Tür nicht geöffnet. Wollte er testen, was der Extrakt mit einem Menschen anstellte? Vermutlich. Ja, das passte zu Walker.

Albert hätte gelacht, wenn er noch Luft dazu gehabt hätte, denn irgendwie war der Gedanke tröstlich, dass er womöglich mit seinem Tod zur Erforschung des Extrakts beitrug. Irgendetwas Positives musste der Tag ja haben. Irgendetwas Positives ...

Kapitel Zwei

Dawn, Regnath, Sünthus

FLAVIA FLORES WISPERTE: »Außerirdische.«

Sophia ging abermals in die Knie, betrachtete das schwarze Becken mit den spinnenartigen Wesen vor sich und erschauerte. »Aber warum haben die Wächter das unter Verschluss gehalten?«

»Keine Ahnung. Und warum so stümperhaft? Ich meine, wir beide sind hier mehr oder wenig ohne Ausrüstung reinmarschiert.«

»Aber nur wegen Oliver Stratton. Ansonsten würde doch niemals jemand unter einer Table-Dance-Bar nach einem außerirdischen Tempel suchen.«

»Auch wieder wahr.« Flavia senkte den Blick und suchte den Kontakt zu ihrer Tochter. »Und was fangen wir jetzt mit der Erkenntnis an?«

»Gute Frage. Stratton meinte, sein Fund würde alles verändern. Ich bin mir da nicht so sicher.«

Das war sich Flavia auch nicht. Klar, der Tempel bedeutete eine Sensation und belegte, dass die Menschheit nicht allein im Weltall war, aber mehr als eine Sensation war es auch nicht. Außer ... »Vielleicht haben die Wächter noch mehr gefunden?«

»Zum Beispiel?«

»Eine Waffe? Besondere Technik? Was weiß ich, ich habe mich nie mit außerirdischem Leben beschäftigt. Aber Stratton war vor Jahren hier und ist danach verschwunden. Wenn ich als Wächterin hier etwas versteckt gehabt hätte, hätte ich es längst weggeschafft.«

»Bis auf den Tempel.«

»Genau.«

Sophia nickte. »Das ergibt Sinn. Was machen wir jetzt? Wir können den Fund Eden melden, mehr jedoch nicht.«

»Na ja, wir könnten mit den Wächtern verhandeln. Also ... sie erpressen.«

Sophia hob eine Augenbraue. »Ich will gar nicht wissen, was du in den letzten zwanzig Jahren alles abgezogen hast.«

»Das stimmt, das willst du nicht alles wissen. Aber überleg doch mal: Wir haben mit dem Wissen etwas Konkretes gegen die Wächter in der Hand, was sie offenbar unbedingt vertuschen wollen. Wir könnten womöglich unser altes Leben zurückbekommen, wenn wir damit verhandeln.«

»Glaubst du das wirklich? Seit wann bist du so naiv?«

Flavia seufzte. »Gar nicht. Wunschdenken.« Noch einmal sah sie sich um und schüttelte den Kopf. »Also, was machen wir jetzt?«

»Beweisfotos und am besten einen Film mit uns und dem Tempel. Und dann verschwinden wir erst einmal von hier.«

»Guter Plan. Die Stadt ist groß genug, um unterzutauchen. Wenn wir ein sicheres Versteck haben, können wir sondieren.«

Sophia nickte, hantierte an ihrem Terminal herum und begann, Fotos zu schießen. Flavia atmete tief durch und überlegte sich, was sie in einem Video sagen könnte.

Zur selben Zeit stieg Ashae aus dem grünen Taxi. Vor ihr glomm die Werbereklame des Sünthus im goldenen Licht des langen Nachmittags. Von den beiden Flores war nichts zu sehen, aber das hieß nichts. Sie hatten eine ganze Stunde Vorsprung.

Die Taxitür knackte und der Staub Regnaths knirschte unter

Ashaes Sohlen, als die Hand ausstieg und zum Gebäude schlenderte. Ein ranziger Roboter fuhr aus dem Schatten einer Nische und verlangte Eintrittsgeld, bis Ashae ihr Handgelenk entblößte und vor den Scanner hielt.

Der Roboter erstarrte, schwieg einige Sekunden lang und sagte dann: »Herzlich willkommen, Hand. Sie haben unbeschränkten Zugang zu allen Räumlichkeiten.«

»Gut. Ich brauche außerdem Auskunft.«

»Auch dazu haben Sie freien Zugang.«

»Gut. Zeig mir die heutigen Gäste, chronologisch geordnet von zuletzt bis zuerst.« Auf dem Display des Roboters erschienen augenblicklich Videoaufnahmen. Zuallererst von Ashae, dann einem feisten Kerl mit Glatze, einem hageren Paar, das nach Drogensüchtigen aussah, wieder einem Kerl (elegant und mit Hut, auf dessen Krempen sich Schlangen wanden) und schließlich Sophia und Flavia Flores.

Ashae nickte. »Stopp. Aufnahme löschen. Ebenso mein Erscheinen.«

Sekunden verstrichen, bis der Roboter monoton sagte: »Dazu sind Sie nicht autorisiert.«

»Wer ist dazu autorisiert? Alle Personen angeben.«

Der Roboter schwieg, dann sagte er einen einzigen Namen: »Imani.«

»Gut. Danke. Ich werde selbst Kontakt aufnehmen.« Ashae ließ den Blechhaufen stehen, stieg die letzten Stufen zum Portal empor und betrat den Schatten des Sünthus. Im Inneren schaltete sie ihr Riech-Augment ein und glich die Gerüche mit Sophia Flores ab.

Die Spur war schnell gefunden, führte sie an einer Bar vorbei, wo der Geruch besonders intensiv wurde, dann quer durch den Raum, wieder zurück und schließlich in einen Flur, wo eigentlich ein Wächter hätte sitzen sollen. Der Platz war jedoch verwaist. Stufen führten dahinter hinab zu einem Büro und einigen Kammern, in denen gelegentlich Geschäftliches der Wächter verhandelt wurde. Dort fand sie einen Wächter ohnmächtig im Eck sitzen, vermutlich den Aufpasser. Speichel tropfte ihm aus dem Mundwinkel.

Ashae betrachtete den Versager und startete einen Gesichtsscan. Der Kerl hieß Hernando Garcias und war ein kleines Licht, ausgewandert von Moriah nach Dawn. Überraschenderweise gab es eine Querverbindung zu Flavia Flores, die ihn vor Jahren aus dem Knast geholt hatte. Und jetzt hatte sie ihn mit ihrer Tochter ohnmächtig geschlagen. Was für ein Wicht.

Sie überlegte, ob sie ihn melden sollte, entschied sich aber dagegen. Stattdessen packte sie seinen Kopf, schlang den Arm darum und brach ihm mit einer ruckartigen Bewegung das Genick. Schwache Krieger konnten die Wächter nicht gebrauchen.

Mit ernster Miene suchte Ashae weiter und fand die versteckte Nanotür in einer der Kammern. Ihr Blick traf kurz die Sicherheitskamera in einer Ecke des Raums, bevor sie die steinernen Stufen in die Dunkelheit hinabstieg.

Sophia Flores' Geruch war in dem schmalen Treppenabgang nicht zu verfehlen.

»SEHEN SIE SICH DIESES WUNDER AN! Ein Tempel einer fremden Zivilisation, mitten auf Dawn, jahrelang verborgen von den Custodes. Welche Schätze mögen noch auf dem Planeten schlummern? Welche Geheimnisse verbergen die Wächter vor uns? Sie glauben es nicht? Dann kommen Sie selbst hierher. Sie finden diesen Tempel in Regnath unter dem Sünthus, exakt bei den Koordinaten Sherman – Omega – 2.33338 und 7.91238.« Flavia nickte vielsagend in das Terminal, woraufhin Sophia die Videoaufzeichnung beendete.

»Gut«, sagte sie. »Das passt! Einwandfrei.«

»Meine ich auch.« Flavia atmete tief durch. »Mit dem Video und den Fotos stehen uns alle Wege offen. Und jetzt lass uns verschwinden. Hernando wird nicht ewig bewusstlos bleiben, und wer weiß, wie gut die Videoüberwachung in der Kammer überprüft wird.«

»Sicherlich nicht schlecht. Einfach eine KI aufschalten und sich warnen lassen.«

»Ja, das mein ich.« Flavia blickte noch einmal zu dem herabhängenden Obelisken empor, der von einem gelbgrünen Schein umgeben wurde, dann machte sie sich auf den Weg zur Treppe. Sophia folgte ihr, doch auch ihr Blick wanderte immer wieder zu den Obelisken und Mustern im Stein.

»Was meinst du, was das früher war?«

»Ein Tempel.«

»Jaja, so wirkt es. Aber was für ein Tempel? Es gibt keine Sitzplätze wie in einer Kirche. Zum Gebet oder zum Austausch sind die Aliens also wohl nicht zusammengekommen.«

»Meinst du. Du denkst viel zu sehr in einer Schiene.«

»Ich denke menschlich.«

»Eben. Vordefiniert. Du musst dich davon freimachen. Das ist mein Erfolgsgeheimnis als Strafverteidigerin. Andere Perspektiven einnehmen.«

Sophia antwortete nichts darauf.

»Was ich meine«, fuhr Flavia fort. »Dieser Tempel. Vielleicht ist es ein Tempel. Vielleicht war das Becken ein Opferbecken, wer weiß. Vielleicht ist das Gebäude aber auch eine Maschine. Wir hatten vorhin gesagt, dass sich das Material metallisch anfühlt. Und dann diese Kälte. Es könnte doch auch eine physikalische Funktion haben. Schau dir nur die Anordnung an. Obelisken, die ziemlich zielgerichtet aussehen, dazu ein Becken mittig, über dem wieder ein Obelisk schwebt. Also für mich sieht das nach einer sehr geometrischen Anordnung aus.«

»Unzweifelhaft. Es könnte aber alles sein. Metall ... vielleicht eine magnetische Wirkung?«

»Guter Punkt! Gefällt mir.« Flavia lächelte ihre Tochter an, doch das Lächeln gefror ihr auf dem Gesicht.

Sophia fuhr sofort alarmiert herum, und tatsächlich wogte die Dunkelheit vor ihr. Ins matte Licht der Terminals trat die gertenschlanke Killerin von Moriah.

»Keine Bewegung!« Mit zwei Pistolen zielte sie auf die beiden Frauen. Ihre Blicke huschten allerdings beständig zu den Obelisken und zur matt leuchtenden Decke.

Sophia hörte ihre Mutter schlucken. »Lassen Sie die Waffen sinken, die sind überflüssig.«

»Das entscheide ich«, sagte die Killerin.

»Oh ja, sicher. Aber die brauchen Sie nicht. Wir wollen verhandeln.«

»Nicht mit mir. Ich bin dazu nicht befugt.«

»Dann kümmern Sie sich um jemanden, der befugt ist!«

»Negativ. Das ist nicht mein Job.«

»Was ist dann Ihr Job? Hat Beatrice Silva Sie geschickt? Sogar auf einen anderen Planeten?«

Die Killerin antwortete nicht, kam dafür zwei Schritte näher. Ihre Blicke flitzten wieder zu den Obelisken. Sie schien eindeutig fasziniert von ihnen zu sein. Oder irritiert? Sophia konnte es nicht sagen, aber sie bemerkte die Wirkung auf die Killerin.

»Was wollen Sie von uns?«, wiederholte Flavia die Frage. »Sollen Sie uns zurückbringen?«

»Nein.«

»Nein?«

»Was ist das hier?«

Flavia zögerte keine Sekunde mit der Antwort: »Ein Tempel. Aber jetzt lassen Sie uns verhandeln! Was bietet Silva Ihnen für uns?«

»Bieten?«

»Ja ... Was verdienen Sie, damit Sie uns ... schnappen?«

»Nichts. Es ist meine Pflicht als Hand.«

»Eine Hand? Sind Sie Silvas Hand?«

Keine Antwort. Blicke in die matte Düsternis.

Den Moment nutzte Flavia zu Sophias Überraschung. Sie schrie ohrenbetäubend, schleuderte ihr Terminal davon und stürzte sich auf die Killerin. »Lauf!«, kreischte sie. *»Lauf!«*

Schon knallten Schüsse, grelle Blitze zuckten in der samtenen Dunkelheit, und Sophia wusste nicht, wie ihr geschah. Sie wollte eingreifen, doch Flavias schrille Stimme hallte in ihrem Kopf nach. *Lauf! Lauf!*

Plötzlich stürzte Sophia los, aber nicht zur Treppe, die sie herabgekommen waren, sondern in die entgegengesetzte Richtung. Sie hatte weitere Wege gesehen, die vom Becken wegführten, wie eine Art Kreuz oder Stern, in dessen Mitte das Becken lag.

Hinter ihr knallten wieder Schüsse, allerdings klangen sie wegen der Architektur des Tempels seltsam dumpf und nicht verortbar. Sie konnten überall sein, vor ihr, hinter ihr, über ihr, sogar unter ihr. Treffen tat sie zumindest nichts, denn sie erreichte schwer schnaufend das Becken, rutschte beinahe aus, fing sich und bog ihrem Bauchgefühl folgend nach rechts ab. Als ein Schrei die seltsame Stille erfüllte, blickte sie doch noch einmal zurück und sah die beiden Frauen miteinander ringen. Es war ein komischer Anblick, denn ihre Mutter war deutlich breiter und massiger als die gertenschlanke Killerin, hatte aber keine Chance gegen die Kraft der Hand. Die Killerin schleuderte Flavia zu Boden. Allerdings schien auch die Schlanke etwas abbekommen zu haben, denn Blut schoss aus ihrer Nase und benetzte ihre Lippen.

Lauf! *Lauf!*

Sophia widerstand dem heftigen Drang, umzukehren und ihrer Mutter zur Hilfe zu eilen. Sie lief weiter, bis die kalte Dunkelheit sie komplett verschluckte.

Ashae ärgerte sich zutiefst über sich selbst und schleuderte Flavia Flores mit einer entschiedenen Ringerbewegung zu Boden. Ihr linkes Auges suchte bereits nach Sophia, fand sie aber nicht, was sie auf das Nachtsichtaugment wechseln ließ, das in ihr künstliches Auge implementiert war.

Doch von der Tochter fehlte jede Spur. Dafür leuchteten die Wände in einem seltsam grellen Licht auf. Eingravierte Linien und verschlungene Symbole wanden sich ineinander, und die Darstellung machte Ashae fast wahnsinnig, sodass sie die Nachtsichtfunktion sofort wieder deaktivierte. Allerdings reichte der Moment der Justitia Custodia, die zäher als gedacht war; sie trat und schleuderte einen Stein nach ihr.

Ashae wich ihm aus, nahm den Kick gegen ihren Knöchel hin und trat Flavia selbst heftig in die Rippen. Dabei wischte sie sich Blut von Nase und Oberlippe und zielte mit der Pistole wieder auf Flavia. »Aufhören!«, knurrte sie. Die andere Pistole hatte sie unglaublicherweise im Kampf verloren.

Flavia funkelte sie an. »Und wenn nicht? Knallst du mich ab? Dann tu es! Es ist doch dein Auftrag, oder nicht? Niemand schickt eine Hand, um jemanden festzunehmen! Warum schießt du nicht? Los! Warum?«

Eine sehr gute Frage. Tatsächlich hätte Ashae die beiden Frauen einfach nur terminieren müssen, und doch hatte sie die

Chance verstreichen lassen. Warum? Weil ihr die Jagd seit langem mal wieder Spaß gemacht hatte? Oder war es dieser Ort? Irgendetwas daran machte sie ganz nervös. Sie konnte es nicht sagen, aber es war fast, als spielten ihre Augmente verrückt.

Ihr Riechaugment zumindest schien durch den Schlag ausgefallen zu sein. Ihre Nase war auch gebrochen. Der Schmerz zwischen ihren Augen war heftig und stach bis unter die Schädelplatte.

Flavia Flores lachte. »Du bist unentschlossen! Unglaublich! Eine unentschlossene Hand, das hab ich auch noch nicht gesehen.«

»Schnauze!« Ashae verpasste Flavia einen weiteren Tritt, woraufhin sie sich krümmte. »Und jetzt steh auf!«

Flavia spuckte aus. »Und dann?«

»Dann suchen wir deine Tochter.«

»Klar, lieber -«

Ashae verpasste der Frau einen harten Schlag mit dem Pistolengriff gegen die Schläfe, was Flavia stöhnen und völlig zu Boden sinken ließ. »Keine Widerworte, oder ich knall dich doch ab!«

»Dann tu es!«

»Nein.« Ashae packte Flavia und zerrte sie grob auf die Beine. »Noch nicht!« Sie stieß die Justitia Custodia vorwärts Richtung Obelisken.

SOPHIA STOLPERTE DURCH DIE DUNKELHEIT. Das matte Glühen des herabhängenden Obelisken war längst hinter ihr verblasst. Von ihren Schritten war kaum etwas zu hören, obwohl der Boden hart wie Eisen war. Und es war kalt. Brutal kalt. Sie zitterte bereits am ganzen Körper. Dazu kam ein komischer Geschmack nach Metall auf der Zunge, bitter und pelzig zugleich. Sophia konnte es kaum beschreiben, aber es war auch nicht wichtig. An einem Geschmack war noch niemand gestorben.

Sie musste einfach nur fliehen, aber wohin? Sie hatte keine Ahnung, wohin sie sich bewegte; immerhin war sie bisher kein

einziges Mal abgebogen, den Weg zurück würde sie also finden.
Aber genauso einfach konnte die Killerin sie finden.

Für einen Moment blieb Sophia stehen, rang nach Atem und
blickte zurück, sah aber nichts als Dunkelheit. Das Licht ihres
Terminals erhellte nur ein paar Meter Boden und ab und an
Wände, beides mit den Linien und Symbolen überzogen. Der
Tempel musste riesig sein. *Oder die Maschine ...*

Die Worte ihrer Mutter gingen ihr nicht mehr aus dem Sinn.
Die Vorstellung, dass sie sich durch eine Maschine bewegte,
verursachte ihr eine Gänsehaut. Wozu konnte so eine Maschine
gut sein? So viel Metall ...

Sophia erschauderte und blickte auf ihr Terminal. Strom
hatte sie noch genügend, aber irgendwann würde auch der
ausgehen, und dann stand sie in tiefster Finsternis in einem
Tempel. Sie brauchte dringend einen Ausweg. Eine Datenverbin-
dung hatte sie allerdings nicht. Vermutlich zu viel Metall um sie
herum, und überhaupt ... Wie tief waren sie hinabgestiegen?
Sicherlich zweihundert Stufen. Mindestens. Bei fünfzehn Zenti-
metern Stufenhöhe waren das locker dreißig Meter Metall und
Stein über ihrem Kopf, gefühlt war es noch mehr. Fünfzig Meter
vielleicht. Ja, es fühlte sich nach viel Masse an. Sehr viel Masse.

Der Gedanke ließ Sophia noch mehr erschauern. So viel
Gewicht über ihr. Wenn das einstürzte ... Wenn es sie unter sich
begrub ...

Sophia keuchte, als Panik nach ihr greifen wollte, und zwang
sich zur Ruhe. Überhaupt nichts würde über ihr einstürzen. Was
Jahrhunderte gehalten hatte, würde auch noch ein paar Stunden
überstehen. Die Angst war völlig irrational, unbegründet, überflüssig.

Sophia zwang sich zu ruhigen Atemzügen und ließ das
Gefühl der Angst zu. Ja, da waren Tonnen an Stein, Staub und
Metall über ihr, aber deswegen würde ihr nichts passieren. Sie
war sicher, viel sicherer als in der Blechdose von Glengettie, mit
der sie auf Dawn gelandet waren.

Mutter!

Sophia blickte wieder zurück und fragte sich, warum sie
überhaupt davongerannt war. Hätten sie nicht zu zweit die Hand
überwältigen können? Wieso hatte sie auf ihre Mutter gehört?

Sie kannte die Antwort: wegen der Entschiedenheit ihrer

Mutter. Flavia hatte immer gewusst, was zu tun war, Sophias ganzes Leben lang. Flavia Flores, alleinerziehende Mutter, Strafverteidigerin, Selbstständige, Agenturchefin, gepflegte Frau, wohlhabend, hart arbeitend. Die Justitia Custodia. Flavia hatte tatsächlich immer gewusst, was als Nächstes kam und welcher Schritt der richtige war. Oder sie hatte es intuitiv gespürt. Nein, Flavia hatte einfach Vertrauen. Sie lebte im Hier und Jetzt, kümmerte sich immer nur um den unmittelbar bevorstehenden Schritt und nicht um die Zukunft. Sophia erinnerte sich gut an einen Tipp ihrer Mutter, den sie zu Beginn ihrer Ausbildung als Polizistin bekommen hatte: Mach dir nur Gedanken über ein Problem, wenn es da ist, denn mehr als achtzig Prozent aller Probleme treten überhaupt nicht ein. Sie könnten zwar eintreten, tun es aber nicht. Warum also Angst vor den Gesteinsmassen über ihrem Kopf haben, wenn sie doch seit Jahren stabil waren? Wenn sie wirklich herabstürzten, dann ergäbe es Sinn, sich um eine Lösung zu kümmern, aber nicht vorher. Man verbrannte nur unnötig Energie.

Unnötige Energie ...

»Also, Sophia!«, wisperte sie sich selbst zu. »Was ist dein aktuelles Problem?« Dass sie keine Ahnung hatte, wie sie aus dem Gebäude herauskam. Stimmte nicht. Sie konnte den Weg zurückgehen, wobei sie vielleicht entdeckt wurde, aber der Weg war da. Alternativ gab es vielleicht auch andere Wege. Der Tempel befand sich am Rand des Meteoritenkraters; die Wahrscheinlichkeit war hoch, dass es zwischen den Felsspalten des Randes Ausgänge gab, von denen auch die Wächter nichts wussten. Oder die auch mit einem Schott abgesichert waren, das sie von innen problemfrei öffnen konnte.

Die Überlegung brachte sie zu einem weiteren Gedanken: War der Tempel vielleicht durch den Meteoriteneinschlag entstanden? Hatte sich außerirdisches Leben auf dem Meteoriten befunden und danach an Ort und Stelle den Tempel errichtet?

Der Gedanke brachte etwas in ihr zum Schwingen, aber er trug nicht zur aktuellen Problemlösung bei. *Also: Fokus! Wie kommst du hier raus, Sophia?*

Sie hob das Terminal höher, sah aber nur die gewundenen

Wände, die Symbole und ihren Atem als blassen Dunst. Der Weg vor ihr führte immer weiter.

Sophia schloss die Augen und fühlte in die Richtung. Ein kaum wahrnehmbarer Luftstrom strich über ihr Gesicht. Ja! Sie nahm den Finger in den Mund, um ihn mit Speichel zu benetzen, und hielt ihn vor sich in die Höhe. Sie spürte die Kälte, aber an der Fingerkante wurde es deutlich kühler.

Das ließ sie lächeln. Wenn Wind von vorne kam, musste es auch einen Ausgang geben. Sie entschied, dem Weg zu folgen. Ohne Abzweigungen stand ihr der Rückweg jederzeit offen. Sie konnte also nur gewinnen.

Mit neuer Kraft hastete sie los. Ihre Schritte verhallten bald in der Dunkelheit, ebenso verschwand das Licht ihres Terminals. Zurück blieben nur Stille und Kälte.

»Rufen Sie nach ihr!« Ashae stieß Flavia in den Rücken, was die Strafverteidigerin stolpern und auf die Knie fallen ließ.

Sie keuchte vor Schmerz und meinte: »Und was soll das bringen? Sophia ist weg. Sehen Sie das ein!«

Ashae unterdrückte ein Schnauben, aber sie wusste, dass Flavia höchstwahrscheinlich recht hatte. Sie waren von den drei zentralen Obelisken ausgehend alle Richtungen abgelaufen und hatten sieben weitere Gänge gefunden, die alle identisch aussahen. In drei davon waren sie tiefer eingedrungen, aber die Wege führten einfach strahlenförmig geradeaus – und nirgends war eine Spur von Sophia zu erkennen.

Ashae ärgerte sich maßlos, dass ihr Geruchs-Augment ausgefallen war, denn damit wäre es ein Leichtes gewesen, die Flüchtige aufzuspüren. So aber waren ihr tatsächlich die Hände gebunden. Es blieb ihr nur eine Möglichkeit: der Abbruch, ein größeres Team organisieren und zurückkommen. Sophia würde ihr nicht entkommen, es war nur eine Frage der Zeit.

»Dann hoch!« Sie zerrte Flavia auf die Beine und schob sie den Weg zurück Richtung Becken. Die Justitia Custodia wusste erst nicht, wie ihr geschah, dann grinste sie.

»Endlich eingesehen, dass sie weg ist?«

»Maul halten!«

»Oh-ho ... Sie verspüren ja doch Emotionen! Ärger! Gut! Lassen Sie ihn raus!«

Ashae verpasste Flavia wieder einen Schlag. »Ruhig jetzt!«

Die Verteidigerin war auch körperlich hart im Nehmen. Sie spuckte nur Blut aus und grinste. »Warum sollte ich? Sie sind gescheitert, gestehen Sie es sich auch ein. Also reden wir über den nächsten Schritt! Verhandlung! Rufen Sie endlich Beatriz Silva an, ich will mit der Schlange sprechen!«

Hätte Ashae tatsächlich auch gern getan, aber ihr Zerebralcomputer hatte hier unter der Erde keine Verbindung. Überhaupt spielten mittlerweile fast all ihre Augmente verrückt, weshalb sie sie nach und nach ausgeschaltet hatte.

Flavia lachte. »Sie können nicht, oder? Keine Verbindung?«

»Nein.«

»Verstehe. Es ist dieser Ort, oder? Ich habe gesehen, wie fasziniert Sie am Anfang waren. Oder eingeschüchtert? Ich hätte nie gedacht, dass ich jemals einen solchen Gesichtsausdruck bei einer Hand zu sehen bekomme. Der Ort *wirkt* ... Ich spüre es. Er sollte nicht sein.«

Ashae wusste, was Flavia meinte. Tatsächlich ging es ihr ähnlich. Sie nahm etwas wie Wellen wahr, oder Impulse, die von den Wänden ausgingen. Es war nicht in Worte zu fassen, aber durch ihre vielen Body-Modifikationen bestand Ashae zu einem hohen Prozentsatz aus Technik, die sie unterstützte. Und auf die wirkten die Impulse offenbar stärker als auf Menschen. Es war wie ein ... Störfeld. Vielleicht magnetisch?

»Sie spüren es auch.« Flavia nickte wissend. »Wirklich ein beeindruckender Ort. Wussten Sie davon?«

Nein, wollte Ashae antworten, sagte aber nichts. Die Justita Custodia war eine Schlange, vielleicht die wortgewandteste Person auf dem ganzen Planeten, die jahrzehntelang die Geheimnisse der Manipulation kultiviert hatte. Dagegen war auch eine Ashae nicht gefeit. Ihre Augmente mochten sie stärker, schneller und effizienter machen, aber für falsche Worte war auch sie empfänglich.

»Also nein«, schlussfolgerte Flavia richtig. Das schien sie zu amüsieren. »Man schickt Sie uns also auf den Hals, in der Hoffnung, dass Sie uns rechtzeitig finden. Haben Sie aber nicht. Dann ist es wohl dumm gelaufen für Sie?«

»Warum?«

»Weil damit auch Sie das Geheimnis des Tempels kennen. Glauben Sie, dass man das gut findet? Das größte Geheimnis der Custodes in der Hand einer Hand? Also, wenn ich richtig informiert bin, sind Hände die Werkzeuge der Wächter, aber nicht die Gehirne.«

Ashae antwortete nichts, sondern musterte Flavia aus ihren grauen Augen. »Sie reden nur«, entschied sie grimmig. »Und das zu viel.«

Ein Lächeln. »Das ist mein Job, meine Liebe. Aber ich meine es ernst! Wie lautete Ihr Auftrag? Uns eliminieren, das haben Sie vorhin mehr oder weniger zugegeben. Und dann?«

»Was, und dann?«

»Na, hätten Sie uns danach beseitigen sollen? Oder schickt man Ihnen ein Cleaner-Team? Ja, vermutlich Letzteres.«

Ashae biss sich auf die Lippen. »Woher wissen Sie das?«

»Weil ich nicht dumm bin, meine Liebe. Wie lange arbeite ich schon mit den Wächtern zusammen? Über zwanzig Jahre, falls Sie das nicht wissen sollten. Wie alt sind Sie überhaupt? Maximal dreißig, oder?«

»Siebenundzwanzig.«

»Sehen Sie. Ich habe doppelt so viel gesehen wie Sie, nein, zehnmal so viel! Ich habe Hunderte Fälle der Wächter bearbeitet, fast dreihundert Frauen und Männer aus dem Knast geholt. Ich war sogar per Du mit Marco Bertram, dem höchsten Wächter Moriahs! Ich weiß womöglich sogar besser als die meisten Wächter, wie die Abläufe in den hohen Kreisen sind. Und Sie sind am Arsch, meine Liebe. Ja, je länger ich darüber nachdenke: Sie sind am Arsch.«

Ashae starrte Flavia durchdringend an und versuchte, ihre Worte zu bewerten und durch ihre Wahrscheinlichkeitsberechnung zu jagen. Der Prozessor lieferte aber wegen der Störung keine Ergebnisse. Also blieb ihr nur ihr eigener Verstand, und der musste zugeben, dass an Flavia Flores' Worten etwas dran war. Hände waren nur Werkzeuge, sündhaft teure aufgemotzte Tötungsmaschinen, die die Drecksarbeit erledigten. Das Denken hingegen übernahmen die hohen Wächter, denen die Hände dienten. In ihrem Fall diente sie Beatriz Silva, und Beatriz war noch mehr Schlange als Flavia. Es gab nichts und niemanden, vor dem Beatriz haltmachte. Sie würde keinen Augenblick zögern, Ashae eliminieren zu lassen, wenn es sein musste. Aber musste es sein? Sollte Ashae nichts vom Tempel erfahren? Was hatte Beatriz ihr zuletzt aufgetragen? *Hören Sie zu, Ashae!*, hatte sie gesagt. *Halten Sie die beiden um jeden Preis auf!* Damit sie das Geheimnis des Tempels nie erfuhren. Und auf die Frage, was mit den Leichen geschehen sollte, hatte Beatriz geantwortet: *Das ist nicht Ihr Problem. Halten Sie sie nur auf. Und aktivieren Sie Ihre Geopositionstransmitter. Ich schicke Ihnen ein Cleaner-Team zur Unterstützung.*

Ashae unterdrückte ein Schnauben. Geopositionstransmitter aktivieren. Das hatte sie noch nie als Auftrag erhalten. Warum sollte sie auch? Damit das Cleanerteam sie fand und ebenfalls eliminierte? War es ein spezielles Cleanerteam, das den Tempel sogar kannte?

Ashae hatte keine Ahnung, was sie davon halten sollte, aber eines wusste sie: Flavia Flores' Zweifel waren auf fruchtbaren Boden gefallen.

»Weiter!«, knurrte sie.

Flavia lächelte. »Sie wissen ebenfalls, dass Sie am Arsch sind.«

»Halten Sie Ihren Mund oder ich nähe ihn mit Nanofäden zusammen!«

»Tun Sie sich keinen Zwang an. Wenn Sie die Zeit dazu haben.«

Ashae spürte Zorn und Wut in sich aufwallen und holte bereits zum Schlag aus, als sie leise Schritte vernahm. Sie waren kaum zu hören, aber der Geräuschverstärker zeigte einen Ausschlag an. Sie drangen vom Treppenabgang herab.

»Na los!«, zischte Flavia grimmig. »Nehmen Sie Ihren Mut —«

»Still jetzt!« Ashae hob die Hand in einer herrischen Geste, die Flavia tatsächlich verstummen ließ. »Jemand kommt.«

Ein Anflug von Angst huschte über das Gesicht der älteren. »Das Cleaner-Team«, flüsterte sie.

Das war durchaus möglich. Ashae packte die Justitia Custodia, zerrte sie näher zu sich heran und hob wieder den Finger, um ihr zu signalisieren, dass sie still sein sollte. Diesmal schwieg Flavia und nickte verstehend.

Ashae nahm ihre Pistole in Schusshaltung und schob Flavia

vorsichtig zu einem der Obelisken und dort in die Dunkelheit. Warum sie das tat, wusste sie auch nicht so recht. Doch, sie ahnte es zu wissen: Flavia Flores könnte mit ihrer Theorie richtig liegen, und in einem solchen Fall war sich Ashae über eine Sache im Klaren: Mit siebenundzwanzig Jahren war sie zu jung, um zu sterben.

Kapitel Drei

Äußeres Riff, an Bord der Nighthawk

CHARLES WAR SO MÜDE, dass ihm die Augen auf der Stelle zufallen wollten, doch er durfte jetzt nicht schlafen. Nicht vor dem bevorstehenden Kampf mit den Worx. Überhaupt war an Schlaf gerade nicht zu denken.

Deswegen hatte er Arthur zu sich bestellt. Arthur Krawitz war Arzt auf der Nighthawk und betreute Charles schon seit einigen Jahren persönlich. Arthur sah auch nicht wie ein Arzt aus, sondern wirkte mit seinen zwei Metern und drei und den breiten Schultern eher wie ein Krieger aus alten Zeiten. Er stammte von Nagomi ab, hatte aber im Krankenhaus auf Logia gearbeitet und dann bei ihnen auf dem Schiff angeheuert. Bevor er zu den Freien gegangen war, war ihm auf Nagomi angeblich ein schwerer Behandlungsfehler unterlaufen; er hatte eine Fraktur übersehen, obwohl sie auf den bildgebenden Verfahren eindeutig zu sehen gewesen war. Angeblich wäre Arthur bei der Behandlung nicht ganz bei Sinnen gewesen, doch die Anschuldigung des Alkohol- oder Drogenkonsums hatte man ihm nie nachweisen können. Trotzdem hatte er den Bruch übersehen, was ihn den Job gekostet hatte.

Charles fand, dass Arthur ein erstklassiger Arzt war. In all den Jahren auf der Nighthawk hatte er sich nichts zuschulden kommen lassen, im Gegenteil: Er war Arzt mit Leib und Seele, immer verfügbar, aufopferungsbereit und stets guter Laune.

So auch jetzt. »Der Admiral!«, grüßte Arthur grinsend, wobei er seine weißen Zähne zeigte. »Ich hoffe, Ihnen geht es gut.«

»An sich ja, aber ich bräuchte eine kleine ... Unterstützung.« Arthur nickte wissend. »Meinen Muntermacher?«

Charles nickte ebenfalls, ein verschwörerisches Lächeln auf den Lippen.

»Dann kommen Sie.« Arthur führte Charles in sein Büro und bot ihm einen Platz an. »Wie lange soll er wirken?«

Charles zuckte mit den Achseln. »Mindestens zwölf Stunden.«

»Alles klar.« Arthur trat an einen Schrank, in dem eine futuristische Maschine stand, die einer historischen, italienischen Kaffeemaschine glich. Dort drückte er auf einem Display herum, um die Zusammensetzung seines Muntermachers einzustellen. Charles wusste bis heute nicht, was in dem scheußlich schmeckenden Getränk drin war, aber es half. Nach dem Verzehr dauerte es keine halbe Stunde und er war hellwach. Und nicht nur das; er glaubte auch, mehr Details wahrzunehmen. Die feinen Gerüche von Schweiß und der gefilterten Luft, das kaum wahrnehmbare Rauschen der Lüftungsanlage, die leichten Erschütterungen, die manchmal durch die Nighthawk liefen. Es war genau das Richtige für den bevorstehenden Kampf.

Die Maschine rumpelte und plätscherte, dann brachte Arthur ihm den Muntermacher. Das Glas mit einem halben Liter Fassungsvermögen war gefüllt mit einer grünlich-bräunlichen Pampe, die an gemixtes Gras mit Erde erinnerte.

»So! Hier, Herr Admiral.«

Charles seufzte, als er das Glas zur Hand nahm. Es stank nach Algen, Moos und totem Fisch. Er vermutete, dass Fischölextrakt oder Ähnliches enthalten war. »Danke.«

Er schloss die Augen und setzte an. Der erste Schluck ließ ihn würgen, aber Charles zwang sich, das Gesöff hinunterzuschlucken und trank es bis auf den letzten Tropfen aus. Einzig die Schlieren am Glasrand leckte er nicht ab.

Noch einmal schüttelte es ihn. »Grausam. Warum muss Medizin immer so furchtbar schmecken?«

Arthur nahm das Glas entgegen und brachte es zu einem Waschbecken, in das er es stellte. »Tja«, seufzte er, »das liegt vermutlich an den Bitterrezeptoren. Die wurden uns schon im zwanzigsten Jahrhundert abtrainiert, wobei bitter so gesund wäre.«

»Aber das schmeckt nicht nur bitter.«

Ein Grinsen. »Stimmt. Das Fischöl ist ziemlich dominant.« Arthur wurde ernst. »Brauchen Sie sonst noch etwas, Admiral?«

»Nein, danke. Sie?«

»Personal.«

Charles seufzte tief. »Ich weiß. Ich werde Gregor O'Connor nochmals darauf hinweisen, aber die Lage ist schwierig.«

»Mir klar. Quarantäne und Angriffe, aber wir haben bald keine Hilfskräfte mehr. Dreizehn sind ausgefallen beim letzten Angriff der Worx, und elf davon werden noch einige Zeit ausfallen. Das ist ... Scheiße.«

»Ich weiß.« Charles erhob sich. »Aber alle kämpfen mit den gleichen Problemen, Arthur. Wir tun, was wir können.«

»Dito.« Auch Arthur erhob sich, lächelte und reichte Charles die Hand zum Abschied, als ein aufdringliches Pfeifen zu hören war. »Entschuldigen Sie, ein Notfall.« Arthur eilte zu seinem Schreibtisch, schnappte sich sein Terminal und ging ran.

Charles wollte gerade zur Tür hinaus, als Arthur rief: »Warten Sie, Admiral!«

Er blieb stehen. »Ja?«

Der Arzt war blass um die Nase. »Das sollten Sie sich anhören.« Er aktivierte eine Sprachnachricht auf dem Terminal, und eine Frauenstimme rief: »Arthur! Schnell! Du musst sofort in die Forschungsstation kommen, wir haben einen der Forscher tot aufgefunden – in der Isolation des Extrakts!«

Charles hob den Blick und fand den des Arztes. Im nächsten Moment rannten sie beide zur Tür.

KURZ DARAUF BETRATEN sie die Forschungsstation, wo eine blasse Ärztin mit zwei Soldaten auf sie wartete. Die Männer hatten den Raum gesichert; einer begutachtete die Workstation, während der andere angespannt in die Isolationskammer blickte. Charles begriff sofort, dass die Plasmakammer ausgeschaltet worden war. Ihm wurde flau im Magen. »Was ist passiert?«

»Keine Ahnung, Sir!«, antwortete die Ärztin. »Ich kam vorbei, weil ich zu einem Notfall gerufen wurde, und dachte mir, irgendwas stimmt hier nicht. Dann fand ich ihn.« Sie zeigte durch die Scheibe. Dort lag Doktor Morgenschein auf dem Boden, die Augen gebrochen, der Mund offen.

Charles unterdrückte ein tiefes Seufzen. Das hatte ihm gerade noch gefehlt. Er wandte sich an den Soldaten an der Workstation. »Schon irgendwelche Erkenntnisse?«

»Nein. Zuletzt eingeloggt war ein Herr Morgenschein.«

»Der Tote.«

»Okay ... er hat ... den Plasmagenerator deaktiviert, eine gute halbe Stunde später die Tür geöffnet und die Luftzufuhr auf einhundert Prozent Stickstoff angepasst. Dann wurde die Tür über eine Zeitschaltung von dreißig Sekunden geschlossen.«

Charles trat selbst neben das Pult und besah sich die Logfiles. Es stand dort schwarz auf weiß, ergab aber wenig Sinn. Warum hätte der Forscher sich selbst töten sollen? Und wieso hatte er ihm Stunden zuvor noch erzählt, dass er den Extrakt noch nicht untersuchen wollte? War das ein Ablenkungsmanöver gewesen? Wo bitte war überhaupt der Extrakt?

»Haben Sie die schwarze Masse gesehen?«

»Negativ, Sir!«

»Okay ...« Charles blies die Wangen auf, dachte kurz nach und meinte: »Ich will umgehend das gesamte Forschungsteam hier haben. Alle! Schaffen Sie sie mir her!«

Der Soldat salutierte und rannte hinaus. Charles wandte sich an Arthur. »Besteht noch irgendeine Chance, ihn zu retten?« Er zeigte auf den Forscher in der Kammer.

Arthur schüttelte sofort den Kopf. »Vergessen Sie es, Admiral. So lange hält niemand einhundert Prozent Stickstoff aus. Er ist längst erstickt.«

»Wiederbelebung sinnlos?«

»Ja. Da brauchen wir uns nichts vorzumachen.«

»Alles klar. Danke, dann können Sie wieder gehen, wobei ...« Er zog Arthur zu sich heran und flüsterte ihm ins Ohr: »Haben Sie noch Drogen zur Fokussierung?«

Arthur nickte nach einem Zögern. »Sie wissen aber, dass das nicht legal ist. Zumindest nicht, um Befragungen zu führen.«

»Ich weiß, aber das hier sieht verdammt noch mal nicht nach Selbstmord aus.«

Der Arzt blickte durch die Scheibe und seufzte. »Da stimme ich Ihnen zu. In Ordnung. Wenn Sie oder ein Kollege einen Fokus brauchen, melden Sie sich bei mir.«

»Gut. Ich schicke Ihnen jemanden vorbei, möglicherweise meine XO. Sie ist gut in solchen Dingen.«

»Das glaube ich.« Arthur blickte nochmals auf den Toten, dann verschwand er durch die Tür.

Charles trat selbst an die Scheibe und rieb sich die Schläfen. Einen Mord auf seinem Schiff hatte er gerade noch gebraucht. Er aktivierte sein Terminal und rief Alexandra an.

Die verfolgte zu dem Zeitpunkt angespannt die Frontlinie der Worx. Es waren über dreihundert Signaturen, die sich ihnen näherten. Nach Edener Maßstäben war das eine gesamte Flotte. Wie viel stand ihnen nahe Dawn zur Verfügung? Nicht mal die Hälfte, wobei die Nighthawk einiges ausgleichen konnte. Aber genug, um eine Flotte fremder Schiffe abzuwehren?

Sie winkte einen der Techniker zu sich heran. »Wie sieht es mit den Plasmaverstärkern aus?«

»Die Kollegen sind dran! Der letzte Stand war, dass sie ins Schildsystem geschafft wurden und angeschlossen werden.«

»Von wann ist der Stand?«

»Ein paar Minuten her.«

»Dann fragen Sie nach! Ich brauche aktuelle Infos!«

Ohne eine Antwort abzuwarten, wandte sie sich an eine Navigatorin. »Zeit bis zum Feindkontakt?«

»Noch eine Stunde und dreizehn Minuten.«

Alex runzelte die Stirn. Sie könnte eine Salve Torpedos abfeuern und den Worx zeigen, was sie erwartete. Aber das wussten sie eigentlich von der Vorhut. Es war also keine Überraschung mehr, und die Gefahr bestand, dass sie schnell eine Gegenwaffe adaptierten. Nein, die Torpedos würde sie frühestens in einer halben Stunde abfeuern. Oder wenn der Plasmaschild verstärkt war.

»Wie siehts aus mit den Plasmaschilden?« Ihre Stimme klang wie die eines hungrigen Raubtieres.

Der Techniker sprach gerade noch etwas in sein Terminal, bevor er sich ihr zuwandte. »Die Kollegen sind dabei, die Verstärker anzuschließen. Das dauert aber. Es gibt ... Komplikationen.«

»Welcher Art?«

»Anschlussprobleme. Die Adapter passen nicht.«

Alexandra platzte ein heiseres Lachen über die Lippen. »Die Adapter?«

»Ja ... Das ist Wächtertechnik, XO, keine von Eden. Die haben andere Stecker.«

»Also müssen wir Adapter basteln? Heißt es das?«

»Ja, Madam!«

Ein harter Atemzug. »Wie lange wird das dauern?«

»Keine Ahnung, aber sicher nicht allzu lange. Die Technik ist im Prinzip identisch, es geht nur um ein paar Zapfen und Nuten und Softwareanpassungen.«

Alexandra nickte, obwohl ihr zum Schreien zumute war. »Dann machen Sie Druck! Ihre Kollegen haben maximal eine halbe Stunde.«

»Jawohl!« Er nahm das Terminal wieder ans Ohr.

Alexandra senkte für einen Moment den Kopf. Falsche Stecker, das konnte doch nicht sein! Wieso hatte das von den Technikerinnen und Technikern niemand bedacht? Die hatten doch gewusst, was für Verstärker kommen würden. Unglaublich ...

Am liebsten hätte sie noch lauter geschrien, aber sie bewahrte Contenance, wie es sich für eine Offizierin ihres Rangs gehörte. Noch einmal wollte sie die Möglichkeiten durchgehen, als Charles sie kontaktierte. Sie ging sofort ran.

»Was gibt's?«

»Probleme«, kam er sofort zum Punkt. »Einer der Forscher wurde tot aufgefunden, vermutlich ermordet. Außerdem scheint der Extrakt verschwunden zu sein.«

»Nicht dein Ernst?«

»Doch. Ich brauche dich hier in der Forschungsstation.«

»Wofür?«

»Um die Forscher zu befragen. Mit Fokus.«

Alexandra entwich dieses Mal wirklich ein Stöhnen. »Kann das nicht bis nach dem Kampf warten? Die Worx sind in einer guten Stunde hier, und die Plasmaverstärker noch nicht angeschlossen.«

»Ich weiß, aber du bist dafür prädestiniert. Du bist die Beste in solchen Sachen.« Womit Charles nicht ganz unrecht hatte. Alexandra besaß außerordentlich feine Antennen, die man ihr wegen ihrer forschen Art nicht zutraute. Mit Fokus-Tabletten entging ihr kaum mehr etwas, dann nahm sie jede Zuckung und jede Stimmveränderung wahr. Alexandra Silvretta auf Fokus war besser als jeder Lügendetektor.

»Okay, wo soll ich hin?«

»Zu Arthur. Er wird dir das Medikament verabreichen. Dann kommst du in die Forschungsstation; ich habe alle Forscher herbeordert. Müssten jeden Moment eintreffen.«

»Und wer übernimmt die Brücke?«

»Bonnie. Aber nur, bis ich dort bin. Ich mache mich sofort auf den Weg.«

»Aye, Sir.«

»Alexandra?«

»Ja?«

»Passen Sie bei Anthony Walker besonders auf. Er wurde vom Toten angeschwärzt, dass er den Extrakt gern ohne Schild untersuchen würde.«

»Verstehe.«

»Dann los!« Der Captain terminierte die Verbindung, und Alex atmete tief durch.

»Bonnie?« Eine schwarzhaarige Offizierin erhob sich von ihrem Arbeitsplatz und salutierte. »Ja, Xo?«

»Die Nighthawk gehört Ihnen.«

Bonnie wich die Farbe aus dem Gesicht. »Und wie gehen wir mit den Worx weiter vor?«

»Das wird der Captain entscheiden. Er ist schon auf dem Weg hierher.«

»Verstanden.«

Alexandra nickte, machte auf dem Absatz kehrt und eilte aus der Brücke.

Dort stieg Bonnie Aldrin die Stufen zur Plattform empor. Erst zweimal war ihr das Kommando über die Nighthawk übertragen worden, aber nie in einer Gefahrensituation. Nie im Auge eines Alienangriffs. Drehten jetzt plötzlich alle ab?

Sie betrat die Plattform und legte die Hände auf die Reling, die den Captain vor einem Sturz in die abgesenkte Arbeitsplattform bewahrte, wo die Navigatoren, Scientisten und Waffenmeister saßen.

Ein Waffenmeister wandte sich ihr schon zu. »Wir messen eine Gammastrahlenzunahme im Worx-Schwarm!«

Bonnie schluckte die Furcht hinunter und sagte in Silvrettas Tonfall: »Geht's genauer?«

»Ja, Madam! Die Röntgenstrahlung ist um siebzehn Prozent sprunghaft angestiegen. Irgendetwas geht vor.«

»Hatten wir zuvor schon mal einen Gammastrahlenanstieg?«

»Nein, bisher nicht.«

»Was ist mit den Schiffen, die in den Angriff mit der Vorhut verwickelt waren? Dort irgendwelche Messergebnisse?«

Der Waffenmeister zuckte mit den Schultern. »Ich klär das ab!«

»Dann los!« Und in die Runde rief sie: »Irgendjemand eine Idee, was die Gammastrahlenzunahme bedeuten könnte?«

Ein Scientist meldete sich: »Vielleicht wollen sie wieder unsere Kommunikation stören. Zielgerichtete Strahlung könnte eine Option sein.«

»Nein!«, rief eine andere Wissenschaftlerin. »Das ergibt keinen Sinn. Unsere Schilde blocken fast alles weg.«

»Aber Gammastrahlung nur in geringem Maß.«

»Schon klar, aber Gammastrahlung erhitzt, das bringt keine Instantan-Module zum Gefrieren.«

Eine heftige Diskussion über Paarverschränkung und Photonen brach los, bis Bonnie laut: »Ruhe!«, schrie. Die Unterhaltungen verstummten, alle blickten zu ihr empor.

»Ich will, dass sofort ein Expertenteam einberufen wird und sich um das Phänomen kümmert. Wir müssen wissen, was der Anstieg zu bedeuten hat.« Sie zeigte auf die beiden, die am hitzigsten diskutiert hatten. »Sie übernehmen das – draußen.«

Die beiden nickten und räumten ihre Plätze.

Noch bevor sich die Türen hinter ihnen geschlossen hatten, rief eine Navigatorin: »Veränderung im Worx-Schwarm!« Auf dem riesigen Display gegenüber der Brücke leuchteten Kreise auf, die sich beschleunigten.

Bonnie erkannte nur ein wüstes Durcheinander. »Sind das Schiffssignaturen oder Geschosse?«

»Geschosse!«, rief ein Waffenmeister. »Viel zu klein für Schiffe.«

»Scheiße!« Bonnie brach der Schweiß aus. »Dann schickt Abfangjäger. Wir müssen wissen, was die auf uns abfeuern.«

»Aye, Captain!«

Captain, Captain, Captain.

Das Wort hallte in Bonnies Kopf nach und fühlte sich gut an. Gleichzeitig hoffte sie inständig, dass Charles Carroll jeden Moment durch die Tür schneien und das Kommando wieder übernehmen würde.

Denn eines war klar: Der Angriff der Worx hatte just in dem Moment begonnen.

Kapitel Vier

Dawn, Regnath, Sünthus

FLAVIA HIELT DEN ATEM AN, als die Hand sie hinter den Obelisken schob. Von dort aus hörte auch sie die Schritte. Leise und vorsichtig. Mindestens drei Personen, wobei die Geräuschkulisse im Tempel völlig täuschen konnte. Trotzdem war sich Flavia sicher, dass es das Cleaner-Team war. Eines, das den Tempel kannte.

Das Gesicht der Killerin war plötzlich direkt neben ihr, nur als blasser Schemen im matten Licht des Deckenobelisken zu erkennen. Ihre Lippen bewegten sich lautlos. *Ruhig und keine Bewegung.*

Flavia nickte und drückte sich fester gegen die Wand. Der seltsame Stahl war eiskalt und brannte durch ihre Kleidung. Erst jetzt fiel ihr auf, dass sie erbärmlich fror. Das Adrenalin hatte sie bisher ziemlich hochgepusht.

Die Hand schob sich lautlos an die Kante des Obelisken und spähte hervor. Und dann huschte sie einfach davon und ließ Flavia zurück. Die glaubte es im ersten Moment nicht und spielte im zweiten mit dem Gedanken, sofort die Chance zu nutzen und zu fliehen, aber sie widerstand dem Drang. Wenn ein Cleaner-Team hier war, war sie eine tote Frau, sobald sie den Schutz des

Obelisken verließ. Genauso tot war sie, wenn man sie fand, aber davonrennen war sicherlich die dümmste Variante.

Also hielt sie still und lauschte.

Die Schritte des Teams kamen von überallher, aber maximal gedämpft von der Architektur. Vermutlich waren sie schon viel näher ...

Etwas knackte rechts von ihr, ein leises Keuchen von links, dann wieder Stille.

Flavia blähte geräuschlos die Wangen auf und schloss die Augen. Das Ausharren machte sie wahnsinnig, sie spürte jeden Herzschlag heftig in der Brust, und ihre Beine zitterten vor Anspannung. Was, bitte, ging vor sich?

Wieder Schritte, schnell und weit ausgreifend, ein Ächzen, ein dumpfes Pochen wie von einem Schlag in eine Magengrube, die Andeutung eines abgewürgten Schreis ... Stille.

Ein Mann rief: »Eddi?«

Keine Antwort.

Plötzlich das grelle Flackern von blassblauem Licht, das die geschwungenen Wände in diffusen Schein tauchte. Ein verzerrter, aber gertenschlanker Schatten huschte nach rechts.

»Keine Bewegung!« Der Kerl. »Bleiben Sie stehen!«

Schritte, ein Schuss, das Nachhallen der Explosion.

»Was soll der Scheiß?«, rief der Kerl verärgert, aber auch ängstlich. »Kommen Sie raus! Wir sollen Leichen beseitigen, nicht mit Ihnen kämpfen.« Drei kaum zu hörende Schritte, gefolgt von einem Schnellen. Dann das Wispern, fast direkt an Flavias Ohr: »Eddie an Zentrale, Eddie an Zentrale. Brauche Verstärkung. Hört ihr mich? Scheiße.«

Flavia presste sich noch fester gegen das Metall. Der Kerl schien direkt neben ihr auf der anderen Seite des Obelisken zu stehen. Wenn er um die Ecke spähte, würde er sie entdecken.

Oder auch nicht. Ihre Seite lag im Schatten. Das blaue Licht vergrößerte den Obelisken zu einer bizarren, kantigen Säule.

Plötzlich die Stimme der Hand: »Wie lautet Ihr Auftrag?« Die Worte hallten komischerweise nach und kamen von links.

Flavia begann zu zittern. Wenn der Kerl jetzt auf die Idee kam, dass sie direkt neben ihm stehen könnte, dann ...

Schon hatte sie sich an die andere Kante geschoben, weg von der

Stimme. Flavia schluckte, die Hände an den Hals gepresst, um das Geräusch zu dämpfen, und spähte dann kurz ums Eck. Niemand zu sehen, also schnell um die Ecke und wieder an den Stein drücken.

Sie hob den Blick, um zu prüfen, was ihr Schatten machte, aber wegen der Kante des Obelisken war sie noch nicht zu sehen. Dafür entdeckte sie etwas anderes: eine Pistole. Sie lag knapp zwanzig Meter entfernt und wurde gerade noch vom blauen Licht bestrahlt. Es glänzte in der matten Oberfläche der Waffe.

Flavia stöhnte innerlich. Sollte sie es wagen? Es waren vielleicht fünf Sekunden Abstand, wenn überhaupt. Sie könnte hinter dem gegenüberliegenden Obelisken in Deckung gehen. Aber fünf Sekunden waren eine verdammt lange Zeit. Ein geübter Schütze ...

Flavia schloss die Augen, fühlte in sich hinein und sprintete geduckt los.

Irgendjemand schrie. Schüsse krachten. Funken stoben vor ihr aus der Wand. Es roch nach verbranntem Treibmittel.

Flavia sprang einfach, kam neben der Pistole auf, schlug sich die Hände auf, bekam die Waffe aber zu fassen, rollte herum, ächzte vor Anstrengung und krabbelte eher hinter den Obelisken. Wieder knallten Schüsse, aber sie klangen unterschiedlich. Dann verhallten sie. Auch das blaue Licht flackerte und wurde dunkler und dunkler, bis wieder nur das grüngelbe Leuchten des Obelisken den Tempel erfüllte.

Flavia zwang sich einfach zu ruhigen Atemzügen. Sie hatte keine Ahnung, was passiert war, aber es war ihr auch egal, Hauptsache, sie lebte und war nicht getroffen worden. Sollten die anderen sich nur gegenseitig töten, dagegen hatte sie nichts. Es wäre sogar der Hohn, wenn sie als Kampfniete als glückliche Gewinnerin vom Platz schlich.

Aber die anderen schienen sich nicht massakriert zu haben. Wieder hörte sie Schritte, und die kamen näher.

Flavia spannte die Finger um den Pistolengriff. Sie hatte oft genug Waffen dieser Art gesehen, sie wusste, wie man sie entsicherte und wie man damit umging – in der Theorie. Sie hielt die Waffe also schussbereit vor sich und wartete.

Die Stimme kam urplötzlich von links, was sie heftig zusammenzucken ließ. »Machen Sie keine Dummheiten!«, rief der Kerl. »Kommen Sie einfach mit erhobenen Händen raus.«

Damit du mich schön abknallen kannst? Flavia schwieg.

Dafür antwortete die Hand von rechts: »Kommen *Sie* mit erhobenen Händen raus!«

»Vergessen Sie es. Ich weiß nicht mal, was hier vor sich geht. Wir sind gerufen worden, um Leichen zu entsorgen, nicht um zu kämpfen.«

Flavia war sich sicher, dass er links ums Eck stand. Sie zielte auf Brusthöhe auf die Kante und schob sich näher ran. Wenn sie den Kerl ausschalten konnte, standen ihre Chancen nicht so schlecht, diesen Wahnsinn zu überleben. Die Hand hatte ihre Theorie geschluckt, und so falsch hatte sie offenbar nicht gelegen.

Da die Pistole in ihren Händen zitterte, zwang sie sich zur Ruhe. Sie war nur noch wenige Zentimeter von der Kante entfernt. Sie brauchte nur ums Eck zu schießen und –

In dem Moment kam der Kerl herum, entdeckte sie und drückte ab. Flavia ebenfalls. Die Schüsse waren so grell, dass das Licht in ihren Augen stach.

Etwas biss sie in den Arm, aber der Kerl schrie noch lauter, und dann war die Hand hinter ihm, packte die Pistole, brach ihm mit einer ruckartigen Bewegung die Finger und setzte sie ihm an die Schläfe.

»Wie lauten deine Befehle?«, knurrte sie mit einer Stimme, die kälter war als das Metall des Tempels.

Er wimmerte. »Ich soll Leichen ent... *ahhhh!*«

»Noch mal!«

»Ich soll verdammt noch mal Leichen entsorgen. Drei. Drei Frauen.«

Er keuchte, als die Hand den Druck verstärkte. »Wer hat den Auftrag gegeben?«

»Keine Ahnung, eine hohe Wächter– *ahhhhhhhhh!* Silva! Beatriz Silva!«

Der Name war noch nicht verklungen, als sein Kopf explodierte. Die Hand ließ seinen Leichnam achtlos zu Boden gleiten. Mit grimmigem Gesicht beugte sie sich über Flavia. »Sie wurden getroffen.«

Flavia blickte selbst an sich herab und sah den feuchten,

dunklen Fleck an der Seite ihres Arms. Mit der Optik kam der Schmerz. »Xen One, das ...«

»Ist halb so schlimm. Sie werden es überleben.« Die Hand zog sie einfach auf die Beine und bückte sich nach der zweiten Pistole, um sie einzustecken.

Die Blicke der beiden Frauen trafen sich. »Sie hatten recht«, sagte die Hand. »Silva wollte mich aus dem Weg räumen, falls ich den Tempel finde.«

»Und jetzt?«

»Verschwinden wir von hier.«

»Wir?«

»Glauben Sie, ich lasse Sie zurück? Sie können verhandeln, und ich brauche vielleicht jemanden zum Verhandeln. Und Sie brauchen jemanden, der Sie beschützt. Wer könnte besser dafür geeignet sein als eine Hand?«

»Was ist mit meiner Tochter?«

»Die werden wir finden, sobald wir aus dem Tempel raus sind. Und jetzt kommen Sie! Wenn sich das Cleaner-Team nicht zeitnah zurückmeldet, wird man Verstärkung schicken – womöglich ist die auch schon unterwegs.« Mit den Worten zerrte die Hand Flavia in Richtung Ausgang. Die konnte noch gar nicht richtig realisieren, was passiert war, aber sie hatte plötzlich eine Verbündete. Noch dazu eine Hand! Was ein paar Worte bewirken konnten.

Nur ein paar Worte ...

Sophias gute Laune und der Elan waren schnell wieder verflogen. Sie lief seit einer gefühlten Ewigkeit einfach geradeaus durch die Dunkelheit. Ihr Terminal verriet ihr, dass es keine Ewigkeit war, sondern nur achtundvierzig Minuten, aber das bedeutete, dass sie seit fast einer Stunde nun geradeaus lief. Sie hatte sich also schon vier bis fünf Kilometer von den Obelisken und dem Becken entfernt, und noch immer umgab sie das seltsame Metall mit den endlosen Gravuren. Sophia war einmal stehen geblieben und hatte sie sich aus der Nähe angesehen. Sie war sich nicht sicher, ob es sich überhaupt um Gravuren handelte, denn man sah keine Werkzeugspuren wie Kratzer,

Abschabungen oder Dellen. Die Oberfläche wirkte wie gegossen, aber das war in dieser Größe natürlich unmöglich. Das war selbst Sophia klar, trotz ihrer kläglichen Leistungen in Physik.

Wer auch immer diesen Tempel erbaut hatte, musste über völlig andere Bearbeitungsverfahren verfügen als die Menschheit. Sophia dachte an Laser oder 3D-Drucktechniken, aber eine Druckanlage, die eine so massive und mehrere Kilometer große Metallkonstruktion unter der Erde erschuf, war schon gigantisch zu nennen. Unmöglich war es jedoch vermutlich nicht. Sie dachte nur an die Freien, die im Riff unglaubliche Habitate und Weltraumstationen erbaut hatten. Logia war die größte Weltraumstadt der Geschichte und beherbergte mehr als dreißigtausend Menschen. Sophia war selbst noch nicht dort gewesen, hatte aber zahlreiche Berichte darüber gelesen. Die Station bestand aus zwei gewaltigen Ringen, die sich gegenläufig drehten. Etliche Jahre hatten die Ingenieure gebraucht, um die Ringe in Rotation zu versetzen, aber ihre Berechnungen waren richtig gewesen. Durch die Gegenrotation stand die gesamte Station still und geriet selbst nicht in Rotation.

Eine Meisterleistung der Ingenieurskunst. Aber auch die weiteren Werte von Logia beeindruckten. Über achtzig Millionen Kubikmeter Raum standen für Forschung, Produktion und Entwicklung zur Verfügung, verbunden über eine Achse, in der die Stromversorgung in Form von Reaktoren stattfand. Die Fusionsreaktoren wurden mit Helium-3 betrieben, das aus dem Riff stammte. Entlang der Achse landeten auch Schiffe an, brachten Lebensmittel und Eis. Logia war einer der wichtigsten Umschlagplätze, der die Kernwelten mit dem Riff verband. Eden mochte wegen des Konföderationskriegs immer noch brüskiert von den Freien sein, aber zum Handel sagte man nicht Nein. Und auch nicht zum größten Exportschlager der Freien: Know-how. Sie galten als die besten Techniker, die kreativsten Ingenieure und die erfinderischsten Entwickler, was Weltraumtechnik anging. Berühmt war Logias grünes Herz. Am unteren Ende der Achse der Station gab es das Gewächshaus, eine gläserne Kugel, in der verzehrbare Pflanzen und Gemüse angebaut wurden. Ein riesiger Sonnenspiegel spannte sich unter der Kugel auf, um das Sonnenlicht einzufangen, zu bündeln und in die Glaskugel zu leiten. So konnte die Photosynthese stabil gehalten werden.

Das grüne Herz faszinierte Sophia am meisten an Logia, denn es war nicht nur Lebensmittelproduktion, sondern auch Sauerstoffaufbereitung. Ganz Logia war ein unglaublich ausgeklügeltes System, das nur deswegen funktionierte, weil alle Einzelteile ineinander spielten. Das fand Sophia am beeindruckendsten, denn Logia war das beste Beispiel dafür, wie erfinderisch der Mensch sein konnte. Eine fast autarke Stadt im Weltall. Einzig Wasser musste importiert werden, aber die Freien besaßen Teile des Riffs, in dem Asteroiden aus Eis in Hülle und Fülle herumschwebten. Von denen bauten sie Eis ab und brachten es zur Weltraumstadt.

Der Gedanke an Eis holte Sophia zurück in die Dunkelheit des Tempels. Es war immer noch erbärmlich kalt, und sie zitterte mittlerweile am ganzen Körper, obwohl sie flott gelaufen war. Sie musste sich eingestehen, dass sie bald eine Entscheidung treffen musste: umkehren oder das Risiko eingehen, zu erfrieren.

Sie hatte keine Ahnung, wie lange sie es aushalten konnte. Auf Moriah herrschte ein überdurchschnittlich warmes Klima, weswegen sie solche Eiseskälte nicht gewohnt war. Sie hatte auch nicht die passende Kleidung für einen langen Aufenthalt im Eis, und irgendwann würde sie eine Pause brauchen. Spätestens dann würde sie erbärmlich frieren.

Sophia entschied, noch fünfzehn Minuten weiterzulaufen, dann hätte sie einen groben Rückweg von einer Stunde. Das würde sie aushalten. In ihrer Ausbildung war sie viel gejoggt und hatte auf dem Laufband trainiert, entsprechend konnte sie sicherlich zwei bis drei Stunden ohne Pause laufen. Aber dann ...

Fünfzehn Minuten. Sie stellte sich sogar einen Timer am Terminal, um den Umkehrpunkt nicht zu verpassen.

Den leichten Windhauch spürte sie auf jeden Fall immer noch auf dem Gesicht. Wenn sie sich nicht täuschte, roch es auch nach Staub. Staub. War das ein gutes Zeichen? Der Staub der Oberfläche ...

Sophia blieb stehen und ging in die Hocke, um den Boden zu betrachten. Sie fuhr mit den Fingern durch eine der Vertiefungen. Tatsächlich blieb ein wenig glitzernder Staub an ihrer Fingerkuppe haften.

Das ließ sie grinsen. Irgendwo musste es einen Zugang geben, durch den Staub hereinwehte. So weit konnte das doch nicht sein. Oder doch? War es vielleicht nur eine Art Belüftung, durch die sie als Mensch nicht hindurchpasste?

Der Gedanke jagte ihr eine weitere Gänsehaut den Nacken hinab. Sie sah sich schon eine Röhre emporklettern, die aber mit jedem Meter enger und enger wurde. Ihre Muskeln schmerzten vom Klettern, trotzdem schob sie sich höher und höher, nur um irgendwann einsehen zu müssen, dass es nicht weiterging. Sie hob in ihrer Vorstellung frustriert den Blick, Tränen auf den staubigen Wangen, und sah das kleine Luftloch keine drei Meter über sich. Das goldene Licht des Planeten fiel herein, darin schwebten Staubpartikel durch die Luft. Unerreichbar für Sophia Flores ...

»Lass das!«, keuchte sie in die Stille hinein und sprang auf. Sie würde nirgends stecken bleiben! Sie würde einen Ausgang finden und an die Oberfläche gelangen. Sie würde hier lebend herauskommen!

Der Zorn auf sich selbst verlieh ihr wieder Energie, und so stapfte Sophia weiter, das Terminal vor sich in die Höhe gehoben. Der Timer zählte erbarmungslos herunter.

Als er schließlich klingelte, hatte sich Sophias Umgebung nicht verändert. Wobei das nicht ganz stimmte. Mittlerweile knirschte bei jedem Schritt ein wenig Staub oder Sand unter ihren Stiefeln.

Wieder sank sie in die Knie und besah sich den Boden. Der Sand war nicht mehr zu übersehen. Die Gravuren waren beinahe aufgefüllt. Es wurde also mehr, deutlich mehr.

Sophia blickte geradeaus ins Nichts und fragte sich, ob sie das als gutes Zeichen werten sollte. War sie auf dem richtigen Weg? Eigentlich hatte sie nach einer Stunde umkehren wollen, aber angesichts des zunehmenden Sandes ...

»Scheiße!«, fluchte sie und fuhr sich mit den Fingern durchs Haar. »Was jetzt?«

Sekundenlang stand sie da und massierte sich den Nacken, den Blick auf ihre Füße gesenkt. Schließlich schüttelte sie den Kopf, stellte den Timer auf weitere zehn Minuten ein und setzte den Weg fort.

Diesmal drifteten ihre Gedanken zu ihrer Mutter. Wie es ihr wohl ging? Lebte sie überhaupt noch? Ja. Sophia war sich absolut sicher. Sie hätte den Tod ihrer Mutter gespürt. Schon immer hatten sie ein gutes Verhältnis gehabt, bis Sophia irgendwann begriff, was die Arbeit ihrer Mutter bedeutete. Sie hatte daraufhin schnell die Entscheidung getroffen, in den Dienst Edens zu treten. Es hätte nicht mal Polizeidienst sein müssen, aber als sie sich auf eine Stelle in der Verwaltung beworben hatte, hatte der Mitarbeiter sie lange angesehen und ihr die Polizeilaufbahn ans Herz gelegt. Sophia hatte ziemlich schnell zugesagt, denn der Job war abwechslungsreicher als ein reiner Bürojob. Den ganzen Tag vor einem Holodeck sitzen und Daten verknüpfen, sortieren, verifizieren. Zumindest das, was die KI nicht geschafft hatte. Nein, die Polizeilaufbahn war genau das Richtige für sie gewesen, wäre da nur nicht der Name Flores.

Sie hatte nie gedacht, dass es im sechsundzwanzigsten Jahrhundert immer noch solche Vorurteile wegen eines Namens gab. Aber geändert hatte sich in den letzten Jahrhunderten offenbar nichts. Die Menschen lebten zwar auf anderen Planeten und bauten grandiose Weltraumstädte mit künstlicher Schwerkraft, Sonnenspiegeln und Treibhäusern, aber die menschlichen Probleme waren immer noch die gleichen: Hunger und Durst, Liebe und Sex, Macht und Geld. An sich hatte sich nichts geändert – bis auf die Rahmenbedingungen.

Der Gedanke machte sie traurig. Seit Jahrhunderten kämpften kluge Leute und Idealisten für Gerechtigkeit, Gleichheit und eine Ausgewogenheit aller sozialen Schichten, aber kein System hatte es geschafft, eine Ausgewogenheit herzustellen. Es gab immer noch Superreiche, die sich auf Eden und Prime Luxushäuser auf saftige Wiesen stellten, mit Bächen und Seen und Bäumen im Garten, während auf Moriah, Dawn und Darkness Millionen Menschen sich im DeepSleep mental prostituierten. Dazu kamen die Wächter, deren Handeln nicht viel anders war als das der Mafiastrukturen des zwanzigsten und einundzwanzigsten Jahrhunderts.

Nichts hatte sich geändert. Gar nichts.

Ihr Timer klingelte und Sophia blieb abermals stehen, um den Boden zu begutachten. Sand und Staub bedeckten nun großflächig die Oberfläche; von den Gravuren war nichts mehr zu sehen. Sophia musste mit den Fingern herumwischen, um das kalte Eisen freizulegen.

Sie kam also näher an die Quelle heran.

Wieder überlegte sie und entschied sich, ein letztes Mal zehn Minuten zu gehen. Danach würde sie umkehren. Umkehren müssen. Ihre Finger waren mittlerweile so kalt, dass sie sie kaum mehr spürte.

»Komm, Sophia! Weiter!« Sie beschleunigte zu einem gemächlichen Trab und joggte los. Ihre Schritte waren durch den Sand kaum zu hören. Nur das leise Knirschen bei jedem Tritt.

Plötzlich stieß sie sich den Fuß, schrie auf und stolperte vorwärts. Sie stürzte auf den Boden, schlug der Länge nach hin und blieb benommen liegen. Ihre Zehen pochten. Sie musste gegen irgendetwas gelaufen sein. »Verdammte Scheiße!« Wo war das Terminal?

Panik wollte sie ergreifen, und sie sah es bereits zerbrochen in der Dunkelheit liegen, aber da war es ... Mit zitternden Fingern griff sie danach und leuchtete um sich herum.

Was sie sah, ließ ihr Herz schneller schlagen. Die eisernen Wände hörten auf, wurden von nacktem Stein abgelöst. Über solch einen war sie gestolpert. Sie hatte also das Ende des Tempels erreicht. Wenn es einen Ausgang gab, dann irgendwo hier.

Sie schloss die Augen und konzentrierte sich auf den Luftstrom. Sie streckte sogar die Zunge heraus und meinte, eine Richtung festzulegen. Dorthin wandte sie sich und lief vorsichtig herum, um die Wände näher zu inspizieren.

Gezackte Felsformationen erhoben sich in den Himmel, doch die Oberfläche war seltsam glatt, fast wie geschmolzen. Eindeutig. Offenbar ein Teil des Kraterrands, der vom Einschlag verformt oder so erhitzt worden war, dass das Gestein schmelzen musste.

Der Tempel war also erst nach dem Einschlag errichtet worden und nicht vorher. Der Meteorit hätte selbst diese gewaltige Eisenkonstruktion pulverisiert.

Aber das war zweitrangig. Sie musste raus aus der Kälte.

Fieberhaft suchte sie weiter nach einem Ausgang und fand einen breiteren Spalt zwischen zwei Felsen. Der Lufthauch kam von dort.

»Xen One!«, stöhnte Sophia. Es war ein Spalt, kaum so breit wie sie. Und es war im matten Schein des Terminals nicht zu sagen, ob sich der Spalt verjüngte oder nicht.

Sophia atmete tief durch und sank gegen die Wand. Sollte sie es wagen oder lieber umkehren? Sie hatte keine Ahnung. Wenn sie ehrlich zu sich selbst war, musste sie zugeben, dass sie müde war, Durst und Hunger hatte und erbärmlich fror. Der Rückweg würde hart werden, und die Wahrscheinlichkeit, geschnappt zu werden, tendierte gegen einhundert Prozent.

Also der Spalt ...

Sophia beäuge ihn abermals und biss sich auf die Unterlippe. Sie war noch nie durch einen verdammten Felsspalt gekrochen. Sie hatte ihr ganzes Leben in einer verfluchten Stadt verbracht. Sie kannte die Kanalisation vom Moloch, ein stinkendes Labyrinth voller Ungeziefer und Fäkalien, aber die Röhren waren breit.

Sie schlug sich mit den Fingerknöcheln gegen die Stirn. »Sophia! Ruhig bleiben! Du bist so weit gekommen, jetzt kannst du auch den Rest noch gehen.«

Sie spürte aber Angst, und die Vorstellung, steckenzubleiben, war wieder präsent. Was, wenn sie nicht mehr weiterkam? Würde sie dann hier unten elendig erfrieren und verdursten?

Sie stöhnte laut, löste sich von der Wand und betrat den Spalt. Er war wirklich schmal, der Boden uneben, die Wände wie geschmolzenes Glas. Und von dort kam der staubige Wind.

Der Wind, der einen Ausweg versprach.

»Komm, Sophia! Tu es für Flavia! Sie hat dir die Flucht ermöglicht, jetzt kannst du nicht wegen eines Felsspalts kneifen.«

Konnte sie auch nicht. Sophia Flores setzte einen weiteren Schritt in den Spalt, und noch einen und noch einen. Sand knirschte dabei unter ihren Sohlen.

Kapitel Fünf

Äußeres Riff, an Bord der Nighthawk

CHARLES STARRTE auf die Anzeige des Vakuumaufzugs, der ihn von der Forschungsstation Richtung Brücke brachte. In seinem Kopf herrschte Chaos. Erst die glückliche Landung der Glengettie, die Bergung der Plasmaverstärker, dann der Tod des Forschers samt Verschwinden des Extrakts und jetzt der Angriff der Worx. Wenn irgendwas passierte, dann alles zusammen. Das war immer so. Murphys Law.

Endlich öffneten sich die Türen und er hastete in den Flur. Von dort war es nicht weit bis zur Brücke, und doch zog sich der Weg hin. Am meisten beschäftigte Charles die Frage, was das Verschwinden des Extrakts bedeutete. Sie hatten die Kammer nicht geöffnet, es aber nirgends entdeckt. Auch die Scans des Raums waren negativ verlaufen. Aber wie sollte eine Masse von circa fünf Kilogramm einfach verschwinden?

Charles entschied, dass er die Frage jetzt nicht klären konnte. Es ergab daher auch keinen Sinn, sich damit zu beschäftigen.

Noch wichtiger war der Angriff der Worx. Es ärgerte ihn immer noch, dass sie keine konstruktive Kommunikation mit Eden hinbekommen hatten. Der Gouverneur von Dawn hatte den Einsatz seiner Flotte geleitet, Charles hatte mit der Nighthawk selbst agiert und die Wächter ... die machten auch ihr eigenes Ding. Das war nicht gut. Drei Parteien, die an einem Strang ziehen wollten, aber nicht miteinander sprachen. Das konnte nur schiefgehen.

Endlich erreichte er die Brücke und fand sich in einem Hexenkessel wieder. Etliche Leute riefen durcheinander, während auf dem Hauptdisplay Hunderte Lichter blinkten, pulsierten, sich farbig veränderten. Ein wenig verloren stand Bonnie Aldrin an der Reling und dirigierte den Wahnsinn. Angesichts der Situation schlug sie sich aber wacker.

Als sie ihn hereinkommen sah, wirkte sie mehr als erleichtert. »Admiral! Die Brücke gehört wieder Ihnen!«

Er nickte nur und versuchte, sich einen Überblick zu verschaffen. Ein paar verwaiste Plätze fielen ihm auf. »Was ist mit den Kollegen los?«

»Habe ich zu einer Taskforce rausgeschickt. Kurz vor dem Angriff ist die Gammastrahlung deutlich angestiegen. Sie sollen klären, warum.«

»Und was sind das für Objekte, die sich uns nähern?«

»Vermutlich ein Waffensystem. Wir wissen es aber nicht.«

»Haben Sie eine Erkundungsdrohne rausgeschickt?«

»Noch nicht. Ich wollte Ressourcen sparen.«

»Alles klar. Gute Arbeit.« Er trat selbst an die Reling und schrie mit donnernder Stimme: »Erkundungsdrohne startklar machen! Ich will wissen, was sich uns da nähert!«

Der Befehl wurde bestätigt, und weiter ging es im Hexenkessel. Charles wandte sich an Bonnie. »Was macht die Flotte von Dawn?«

»Haben sich zurückgezogen und formiert.«

»Irgendeine Meldung, was sie vorhaben?«

»Nein.«

»Dacht ich mir. Und die Wächter? Vermutlich auch kein Feedback.«

»Null. Keinerlei Kontakt.«

»Dann übernehmen Sie noch mal. Ich versuche umgehend, Kontakte aufzubauen.«

Bonnie Aldrin nickte und trat wieder an die Reling, während Charles aus der Brücke eilte. Es lief wie erwartet, und das machte ihn schier wahnsinnig. Das Wichtigste im Leben war Kommunikation, sei es im Krieg, in der Liebe oder in allen anderen Lebenslagen. Wenn die Kommunikation scheiterte, scheiterte das Projekt.

Er stürmte in sein Büro, das nur drei Zimmer weiter lag, aktivierte sofort das Holo und verlangte eine Verbindung zum Gouverneur von Dawn.

Edgar Lukianenko erschien keine zwei Sekunden später. Der Gouverneur war ein blasser Mann mit aufgedunsenen Wangen und dunklen Augen, die in tiefen Höhlen lagen. Er wirkte immer ein wenig kränklich, aber der Eindruck täuschte. Lukianenko war ein erstklassiger Soldat im Dienste Edens gewesen, hatte im Konföderationskrieg an der Front gekämpft und einige beachtliche Siege davongetragen. Man munkelte, dass er der Liebe wegen selbst nach Dawn wollte. Eine Bestätigung dafür hatte es nie gegeben, denn die Wurzeln seiner Lebensgefährtin lagen angeblich bei den Custodes.

»Commander! Was kann ich für Sie tun?«

Charles schnaubte. »Mit mir reden! Wie lauten Ihre Pläne bezüglich des Angriffs?«

Lukianenkos Augenhöhlen schienen dunkler zu werden. »Eden hat die Kontrolle übernommen. Ich bin nur verantwortlich.«

Charles stieß die Luft aus. »Das ist ein Scherz?«

»Leider nein. Flottenadmiral Rothaus hat das Kommando inne.«

»Und steuert den Krieg von Eden aus?«

Ein Schulterzucken. »Sie wissen, wie es läuft.«

»Ja ... scheiße.« Charles konnte nur den Kopf schütteln, hob zum Abschied die Hand und wählte sofort die Nummer von Flottenadmiral Rothaus.

Bei dem ging der Sekretär ran. Gelangweilt blickte er in die Übertragung. »Captain Carroll, was kann ich für Sie tun?«

»Mich durchstellen. Unverzüglich.«

»Das sieht schlecht aus. Der Flottenadmiral ist gerade in der Mittagspause.«

»In der Mittagspause? Sie wissen, dass die Worx Dawn angreifen?«

Der Sekretär wurde ein wenig blass. »Davon weiß ich nichts.«

»Jetzt schon! Verdammt, holen Sie den Admiral her!«

»Äh ... Ja, ich ... Ich schaue, was ich bewerkstelligen kann.«

Charles stöhnte laut und stellte sich Rothaus in einem Edelschuppen vor, wie er an einem honiggelben Chardonnay nippte, während glasige Jakobsmuscheln in Butter vor ihm auf dem Teller glänzten. Oder Hummer. Oder Kaviar. Oder irgendein edles Steak, nicht aus dem Drucker, sondern gezüchtet auf Prime.

Der Gedanke widerte ihn so an, dass er überlegte, eine Verbindung zu den Wächtern herstellen zu lassen. So sehr er die Custodes hasste, mit dieser Imani hatte er zumindest reden können. Die hatte seine Standpunkte verstanden. Es war ein Gespräch auf Augenhöhe gewesen, zumindest hatte es sich so angefühlt.

Das Schicksal nahm ihm die Entscheidung ab, denn Flottenadmiral Rothaus schien nicht in einem Edelschuppen gespeist zu haben. Offenbar war er in seinem Büro gewesen, denn er rief an und sagte: »Charles Carroll. Sie sagen, die Worx greifen an?« Seine Stimme klang angespannt, die Augen blickten konzentriert.

»Tun sie. Unbekannte Flugobjekte nähern sich Dawn, wir vermuten Geschosse. Die Gammastrahlung ist rapide gestiegen. Außerdem kommt es bald zum Kontakt. Wie lautet Ihre Strategie?«

»Abwarten.«

Charles glaubte, nicht richtig gehört zu haben. »*Abwarten?* Worauf? Auf den Weihnachtsmann?«

Ärger huschte über Rothaus' Gesicht. »Sparen Sie sich die flapsigen Worte, Carroll. Sie wissen, dass ich Sie trotz Ihrer damaligen Entscheidung nicht verurteile. Aber Eden hat bezüglich Dawn eine deutlich komplexere Sachlage.«

»Wegen der Wächter.«

»Unter anderem. Der Rat, allen voran Brenson, hat eine weitere Zusammenarbeit vorerst untersagt.«

»Heißt, Sie schauen zu, wie Dawn untergeht?«

»Nein. Wir werden eingreifen, aber erst, wenn die Wächter sich ebenfalls am Kampf beteiligen. Wir werden nicht als Kanonenfutter dienen.«

Charles lachte, weil es so abstrus war. »Und Sie glauben, die Wächter lassen sich verheizen?«

»Wenn ihnen ihr Planet etwas wert ist, dann schon.«

»Das haben Sie jetzt nicht gesagt. Das sind doch nicht Sie,

Rothaus, der da spricht.«

Der Flottenadmiral biss sich auf die Unterlippe. Sein Blick huschte zur Seite, als ob er sichergehen wollte, dass niemand in seinem Büro war. »Hören Sie, Carroll. Man wird Sie allein lassen.«

»Warum, bei Xen One?«

»Weil man Ihnen nicht traut. Wie uns berichtet wurde, hat eine Ihrer Fregatten Plasmaverstärker von Dawn an die Nighthawk transportiert. Das war von unserer Seite nicht autorisiert.«

»Ich weiß, deswegen mussten wir uns anderweitig helfen! Wir wollen hier den Planeten retten! Millionen Menschenleben.«

»Ich weiß, aber Brenson und Co. ist das ziemlich egal. Die glauben, Sie würden mit den Wächtern paktieren, wären möglicherweise sogar übergelaufen.«

»Also will man Dawn opfern, uns gleich aus dem Weg räumen, die Wächter schwächen und dann erst zur Verteidigung von Moriah ansetzen?«

»So meine ich es, zwischen den Zeilen gehört zu haben.«

Charles schüttelte den Kopf. »Und was halten Sie davon? Als Soldat? Als Admiral?«

Rothaus seufzte. »Sie wissen, wie es läuft. Befolge ich die Befehle nicht, werde ich ersetzt und ein anderer wird das Ruder übernehmen. Ich kann Ihnen nicht helfen, selbst wenn ich es wollte. Sie sind auf sich allein gestellt.«

»Ja ... schönen Dank auch.«

Charles beendete mit einer harschen Bewegung die Übertragung, schrie vor Zorn und schlug mit den Fäusten auf seinen Schreibtisch. Er hatte immer gewusst, dass auf Eden Idioten die Führung innehatten, aber dass sie so bescheuert und skrupellos waren, hatte er sich nicht vorgestellt.

Ihm blieb also nur noch eine Möglichkeit: Imani.

Die Kontaktmöglichkeit war vom letzten Anruf noch gespeichert, und so stellte er eine Anfrage nach Dawn.

Er musste eine knappe Minute warten, doch dann erschien die hohe Wächterin persönlich. Diesmal sprühten ihre Augen nicht vor Zorn, sondern glänzten vor Sorge. »Commander, was verschafft mir abermals die Ehre?«

»Die Worx. Sie greifen an.«

Die Frau nickte. »Das haben wir vermutet. Aber keine Sorge:

Wir sind bereit für den Kampf.«

»Wir auch. Eden aber nicht.«

Die Wächterin hob die linke Augenbraue, ein geschwungener Bogen zarter Härchen. »Was meinen Sie damit?«

»Dass sie nicht eingreifen werden. Eden glaubt, wir arbeiten zusammen. Ich wäre mit der Nighthawk übergelaufen.«

Die Wächterin lächelte. »Tun Sie das nicht auch gerade?«

»Ja ... vielleicht. Xen One, man kann es so und so sehen. Ich will Menschen retten, meine Crew und gern auch den Planeten.«

»Das ehrt Sie – wie auf Logia vor zwanzig Jahren.«

»Ja ... eingebracht hat es mir nur Ärger.«

»Mit Eden. Ich verstehe nicht, warum Sie sich eigentlich nicht längst gelöst haben. Ihnen stünden alle Möglichkeiten offen.«

»Sie meinen Freie und Wächter.«

»Zum Beispiel. Aber darum soll es nicht gehen, angesichts eines Angriffs. Was schlagen Sie vor?«

»Wir müssen uns koordinieren. Und wir müssen die Flotte von Dawn im Auge behalten.«

»Sie glauben, man fällt uns in den Rücken?«

»Na ja, es war im Gespräch mit einem Vertrauten von Kanonenfutter die Rede. Es wäre durchaus denkbar.«

»Dann stellen wir eine entsprechend starke Flotte ab als Back-up. Niemand wird uns in den Rücken fallen.«

»Vielleicht ich.«

Imani lächelte. »Nein, Commander. Sie mögen die Wächter hassen, aber Sie sind kein hinterhältiger Mörder und Schlächter. Mein Vorschlag: Wir stellen eine Kommunikationsleitung zwischen Ihnen und unserem Chefstrategen her. Sein Name ist *Kitzler*. Er koordiniert die Wächterflotte auf Dawn, ein erfahrener Mann in Ihrem Alter. Sie könnten Freunde werden.«

»Klingt gut. Dann los, Imani, die Zeit rennt. Ich schicke Ihnen umgehend noch die Zuleitung zur Brücke.«

»Verstanden.« Die Wächterin lächelte verhalten und schaltete die Übertragung ab.

Charles atmete tief durch. Und noch einmal. Er hatte gerade mit Eden gebrochen und war streng genommen zum Verräter geworden.

»Nein«, sagte er leise. »Nicht ich habe mit Eden gebrochen,

sondern Eden mit mir. Mit mir.«

Alexandra musterte die neun Forscher argwöhnisch. Sie hatte die Fokus-Droge bereits intus, und es war wie immer eine abgefahrene Erfahrung. Sie schien jede Hautpore der Frauen und Männer wahrzunehmen, jede Schweißdrüse, jedes Zucken eines Mundwinkels, jeden Atemzug. Noch besser würde die Wahrnehmung in Einzelgesprächen funktionieren, die sie auch führen würde, aber erst mal wollte sie die neun zusammen haben. Sie sollten den Toten sehen, und Alex wollte die Reaktionen überblicken.

Ein Forscher fehlte allerdings: Anthony Walker. Er war nicht auf seinem Zimmer gewesen, und sein ID-Band, über das sie die Forscher tracken konnten, hatten sie in der Ecke eines Aufzugs gefunden. Das sprach nicht für Walker, allerdings könnte er auch aus einem Fluchtreflex heraus geflohen sein. Er hatte sicher gewusst, dass Morgenschein ihn auf dem Kieker hatte oder zumindest als Kontrahenten ansah. Und jetzt war Morgenschein tot ...

Eine Forscherin hob die Hand. »Entschuldigung, dürften wir endlich erfahren, was los ist?«

Alexandra nickte einem Soldaten zu, der die Scheiben der Isolationsstation auf transparent schaltete.

Ein Raunen ging durch die Anwesenden, dann ein erschrockener Schrei, als sie den Toten entdeckten.

Alexandra sah sie sich genau an, jeden einzelnen, konnte aber nur echte Schrecken feststellen. Bei einer Frau, deren Name ihr entfallen war, vielleicht Erleichterung. Aber Erleichterung würde eine Mörderin eher weniger verspüren, wenn der Tote gefunden wurde. »Das ist los«, sagte Alexandra barsch.

Eine Diversität starrte sie mit offenem Mund an. »W-wie ist das passiert?«

»Das frage ich Sie. Wer hat Doktor Morgenschein zuletzt lebend gesehen?«

Neugierige Blicke, dann meldete sich ein Forscher. »Ich war mit ihm noch im Gespräch, als der Alarm losging. Dann sind wir beide in unsere Räumlichkeiten.«

»Worum ging es bei dem Gespräch?«

»Um den Extrakt.« Der Forscher schluckte. »Wo ist er eigentlich?«

»Das ist die nächste Frage. Laut Logfiles hat Morgenschein das Plasmaschild heruntergefahren und danach die Kammer betreten.«

»Unmöglich!«, stieß eine hagere Forscherin aus. »Das hätte Albert nic getan.«

»Sicher?«

»Tausendprozentig! Er wollte unbedingt, dass wir den Extrakt nicht freilassen. Er war mit der Bitte sogar bei Ihrem Captain.«

Alexandra musterte sie wie ein Adler ein paar Mäuse. »Wer ist im Lager Morgenscheins?«

Sechs Hände gingen nach oben. »Also knapp fünfundfünfzig Prozent waren dagegen, den Extrakt zu befreien.«

Kollektives Nicken, und die Frage: »Wo ist eigentlich Walker?«

»Das wissen wir nicht. Wir fahnden nach ihm.«

»Dann wissen Sie, wer das getan hat!«

»So sicher?« Alexandra musterte die Diversität, die eher wie eine Frau wirkte als ein Mann.

»Absolut! Walker wollte unbedingt den Extrakt befreien. Ich hab ihn mehrfach erwischt, wie er an der Scheibe stand und fast sehnsüchtig in die Kammer geblickt hat. Man konnte seinen Schmerz spüren.«

»Schmerz?«

»Ja! Darüber, dass ihm die Hände gebunden waren.«

»Und Morgenschein? Könnte er seine Vorsicht nur gespielt haben?«

Kollektives Kopfschütteln.

»Was macht Sie alle so sicher? Raus mit der Sprache!«

Ein Forscher räusperte sich. »Ich durfte mit Albert schon länger zusammenarbeiten. Es ging um die Untersuchung von Bodenproben, die wir auf einem Asteroiden genommen hatten. Es war ein wenig Staub und Gestein, aber Albert beharrte immer auf allerhöchster Vorsicht. Er wollte eine Kontamination vermeiden, und ich rede nur von einer kleinen Forschungsstation am

Orbitalhafen. Es wäre faktisch nichts passiert, aber Albert war die Vorsicht in Person.«

»Kann das jemand bestätigen?«

Wieder nickende Köpfe, und eine Handmeldung.

»Ja?«

»Ich hatte auch schon die Ehre, mit Doktor Morgenschein zu projektieren. Ich kann das nur bestätigen. Er war kein Mensch überhasteter Schritte, sondern hat immer alles minutiös geplant und durchgeführt.«

Alexandra sah nur Ehrlichkeit bei den Anwesenden. Und Bedrücktheit, eine Spur Ärger, dass Morgenschein zu Tode gekommen war, aber sonst nichts.

Aus dem Bauch heraus entschied sie, dass sie vorerst auf die Einzelinterviews verzichten würde. Sie wollte unbedingt mit Anthony Walker reden, solange der Fokus noch anhielt.

»Danke«, sagte sie in die Runde. »Bitte erarbeiten Sie eine Strategie, wie wir den Extrakt finden können, falls er die Kammer verlassen hat. Oder wie wir ihn dort drin wieder einsammeln können.«

Die Forscher nickten und machten sich sofort zum angrenzenden Besprechungsraum auf, während Alexandra zum Soldaten trat. »Ich muss mit Anthony Walker sprechen. Umgehend.«

»Ich initiiere eine groß angelegte Fahndung.«

»Jawohl. Sie haben maximal zwei bis drei Stunden! Dann will ich ihn in meinem Büro sitzen sehen.«

»Verstanden!« Ein grimmiger Salut. »Wir werden ihn rechtzeitig finden!«

Das hoffte Alexandra.

Mit ihrem Fokus trat sie an die Scheibe zur Kammer heran und betrachtete das Arrangement zum wiederholten Male. Der Doktor schien die Verkleidung des Plasmagenerators heruntergerissen zu haben. Wozu? Mit zusammengekniffenen Augen musterte sie die Scheibe, dann fielen ihr die Kratzer auf. Winzige Spuren auf der Scheibe. »Du hast versucht, die Scheibe zu zertrümmern. Wozu?«

Um zu fliehen, antwortete sie sich im Geiste. Das ergab Sinn, wenn Morgenschein nicht freiwillig in die Kammer gegangen war.

Grimmig nickte Alexandra ihrem blassen Spiegelbild im Panzerglas zu. Jemand hatte ihn gezwungen, danach hatte jemand das Gasgemisch verändert. Und dann? Was hätte sie getan, wenn sie der Mörder gewesen wäre?

Ihr Blick fiel auf die Workstation. Ein kaltes Lächeln huschte über ihr Gesicht. Klar, dann hätte sie – angemeldet als Projektleiter Morgenschein – die Logfiles verändert. Sie trat zum Pult und klickte sich durchs Menü, bevor sie in der IT-Abteilung anrief und verlangte, dass umgehend ein Fachmann herkam, um zu untersuchen, ob jemand die Logfiles manipuliert hatte. Womöglich fand man dazu noch etwas in den temporären Arbeitsspeichern.

»Ich kriege dich!«, wisperte sie nach dem Gespräch. »Keine Sorge.«

LEVI RANNTE. Sein Atem ging keuchend. Der Flur war dunkel, nur matt erleuchtet, sodass man die Wände erahnen konnte. Die schienen sich zu bewegen. Der Effekt war gruselig, trieb ihn fast in den Wahnsinn. Er streckte im Rennen die Hände schräg vor sich zu den Seiten, um bessere Bezugspunkte zu haben. Dabei strichen seine Finger an den glatten Wänden entlang, aber sie verloren immer wieder den Kontakt, bekamen ihn wieder, verloren ihn, bekamen ihn wieder.

Die Wände bewegten sich tatsächlich.

Levi schluckte hart und rannte schneller. Wo war er gelandet? Warum war er überhaupt hier? Und wie war er hierhergekommen?

Er erinnerte sich nicht, aber er erinnerte sich vage an einen schmalen Korridor, durch den sie geflogen waren. Und der war auch immer enger geworden. »Das schaffen wir nie!«, sagte eine Stimme hinter ihm.

Levi fuhr herum und sah sich Harris gegenüber. Sabberfäden zogen sich von seinen Mundwinkeln zur Brust, und aus seinem Link am Hinterkopf hing sein Gehirn heraus.

Ein schriller Schrei entrang sich Levis Kehle, als er schweißgebadet aus dem Albtraum hochfuhr. Keuchend saß er in seinem Zimmer und pumpte hart. Ein bitterer Geschmack lag auf seiner

Zunge, die sich auch noch wie ein aufgequollenes Etwas anfühlte. Vermutlich kam das von dem Medikament, das der Sanitäter ihm gespritzt hatte. Es war irgendein Cocktail von Vitaminen und Regenerativa, um ihn, Oscar, Wes und Cassy schnell wieder fit zu machen.

Cassy.

Levi schwang die Beine aus dem Bett, ging in die winzige Nasszelle, wusch und erleichterte sich, zog sich an, trank ein großes Glas Wasser und verließ das Zimmer.

Der Alarmstufe nach befanden sie sich immer noch im Kampf. Er fragte sich, wie er angesichts eines Außerirdischenangriffs überhaupt hatte schlafen können, aber es hieß ja, im Krieg konnte man jederzeit und überall schlafen, und Charles Carroll hatte sie per Anweisung freigestellt, um sich zu erholen. Es war ein Grundsatz des Captains: Wer viel arbeitet, muss viel ruhen – und wer intensiv arbeitet, muss intensiv ruhen.

Da war was dran. Müde und überarbeitete Soldaten machten nur Fehler, und die konnten im Krieg Leben kosten.

Cassy.

Levi schob die Hände in die Hosentaschen und machte sich zur Krankenstation auf. Unterwegs traf er kaum jemanden, was ihn erstaunte. Aber sie waren auf der Nighthawk auch unterbesetzt, insofern war das eigentlich nicht überraschend. Auf der Krankenstation ging es hingegen wie in einem Wespennest zu. Ärztinnen und Ärzte eilten auf dem breiten Flur von Zimmer zu Zimmer, während sogar Betten an den Seiten aufgestellt worden waren. Überall ruhten verletzte Crewmitglieder seit dem letzten Angriff. Levi sah viele bange Gesichter, müde Gesichter, ausdruckslose Gesichter, erschöpfte Gesichter. *Die Gesichter des Krieges.* Der Anblick tat ihm im Herzen weh.

An den Infoterminals fragte er nach Cassy und bekam eine Zimmernummer genannt. Dort klopfte er, vernahm eine gebrummte Antwort und trat ein. Es war ein Vier-Bett-Zimmer, in dem zwei Männer und zwei Frauen untergebracht waren. Es roch trotz Lüftung unangenehm nach Iod und Säure. Vermutlich Desinfektionsmittel oder eine Salbe.

Cassy lag hinten rechts und hatte die Augen geschlossen. Sie schlief. Die andere Frau sah kurz auf, widmete sich aber sofort wieder ihrem Terminal. Und die beiden Männer saßen nebeneinander auf einem Bett und sprachen leise miteinander, ein größeres Terminal auf ihren Oberschenkeln.

»Lasst euch nicht stören«, sagte Levi leise und lief zu Cassys Bett. Seine Ingenieurin sah so klein und verletzlich aus. Ein Heilring war um ihren Oberarm gelegt. Das Gerät überwachte alle Werte, korrigierte entsprechende Ausreißer sofort und sorgte dafür, dass Cassy stabil blieb. Im Notfall würde es eine Ärztin rufen, aber so schlimm stand es um Cassy offenbar nicht.

Levi trat neben sie, die Lippen geschürzt, und betrachtete sie für einige Momente. Er konnte sich gar nicht vorstellen, dass das die freche, harte Cassy Hunch war, die immer einen blöden Spruch auf den Lippen hatte, mehr aushielt als neunzig Prozent der Männer, eine begnadete Technikerin war, intelligent und mit schneller Auffassungsgabe – und ein guter Mensch.

Levi mochte Cassy sehr. Immer wieder hatte er auch mit dem Gedanken gespielt, ob das mehr war als nur eine Freundschaft, aber, wie sagte man: Never fuck the company. Nicht ganz einfach, wenn man im Dienste Edens stand, denn wen sonst sollte man kennenlernen? Aber es stimmte schon. Eine Beziehung innerhalb einer Fregatte war nicht ganz so einfach. Die Gefahr bestand, dass man das Team spaltete. Noch mehr Ärger drohte, wenn die Beziehung nicht funktionierte, aber man weiterhin zusammenarbeiten musste.

Nein, Levi hatte sich gegen Cassy entschieden, auch wenn sein Herz lachte, wenn er sie sah. Heute sorgte er sich, und er nahm überraschend ihre Hand und drückte sie.

Ihre Augen bewegten sich unter den Lidern, aber sie öffnete sie nicht. Vermutlich bekam sie es nicht einmal mit.

Levi lächelte, bettete die Hand wieder neben ihr aufs Bett und zog die Decke zurecht.

Als er sich abwenden wollte, hörte er einen der beiden Männer sagen: »Schau dir das Worx-Schiff an! Also, ich sag dir, das erinnert mich an irgendetwas.«

Der andere, ein älterer Kerl um die fünfzig mit Glatze und Stiernacken, zuckte mit den Achseln. »Für mich sieht das Zeug einfach nur abgefahren aus. Wie die überhaupt navigieren können!? Siehst du irgendwo einen Antrieb? Einen Plasmastrahl? Anderes Beschleunigungsmaterial? Ich nicht.«

»Ja, vielleicht läuft das über radioaktive Strahlung, wer weiß?

Unser Millet-Antrieb ist ja nur unsere Art des Antriebs. Physikalisch denkbar sind auch andere Ansätze. Vielleicht sind das abgefahrene Magnetsegel. Oder Materiesegel.«

»Ich sehe kein Segel.«

»Schon klar, du bist auch kein Ingenieur. Bei Magnetsegeln werden logischerweise magnetische Felder generiert, um geladene Partikel im Kosmos abzulenken. Damit wiederum wird das Raumschiff angetrieben. Dazu gab es interessante Studien, die entweder mit einem statischen Magnetfeld agieren, das zum Beispiel durch Supraleiter erzeugt werden kann, die fest am Raumfahrzeug verbaut sind. Aber es gibt auch Ideen zu beweglichen Magneten, die per Elektronik dynamisch konfiguriert werden könnten.«

»Aha. Und mit 'nem Magneten kann man fliegen?«

»Durchaus. Mit einem Magnetsegel ist es auch problemlos möglich, sich von der Magnetosphäre eines Planeten anziehen oder abstoßen zu lassen. Manöver sind sicher nicht so leicht wie mit unseren Steuerdüsen und dem Millet-Antrieb, aber hast du eine Ahnung, wie ausgeklügelt deren Technik ist? Ich nicht. Dieses Raumschiff erinnert mich trotzdem an irgendwas, ich komm nur nicht drauf. Herrschaftszeiten.«

Levi räusperte sich und trat vor die beiden Männer. »Darf ich Sie stören?«

»Klar.« Ein musternder Blick des Ingenieurs. »Fregattencaptain, oder?«

Levi grinste. »Sieht man das so offensichtlich?«

»Ja, irgendwie schon. Was können wir für Sie tun?«

»An sich nichts. Ich hab nur Ihr Gespräch gehört und fand es interessant. Sie sagten, die Worx-Schiffe erinnern Sie an was.«

»Ja. Ich weiß nur nicht, woran.«

»Vielleicht an einen Seeigel«, mutmaßte der Glatzkopf.

Der Ingenieur schnaubte. »Du bist ein Depp. Ich kann ein Raumschiff von einem Seeigel unterscheiden. Ich war jahrelang in der Entwicklung tätig.«

»Wo haben Sie gearbeitet?«, fragte Levi neugierig.

»Auf Prime im Forschungszentrum *New Horizons*. War eine gute Zeit. Spannende Projekte.«

»New Horizons?« Levi furchte die Stirn. »Waren Sie damals an den Forschungsexpeditionen beteiligt?«

Ein Leuchten funkelte in den Augen des Herrn. »Aber hallo! Ich hab an den Raumschiffen mitkonstruiert. Die waren ein Traum für jeden Ingenieur. Wir hatten Geld wie Heu. Eden wollte unbedingt das Koi-System erweitern oder die Grenzen verschieben.« Er nickte mit einem Strahlen im Gesicht. »Das waren Zeiten. Gute Zeiten.«

Der Glatzkopf brummte. »Und mit einem *Peng* sind sie zu Ende gegangen.«

»Ja, leider. Erst die *Black Horizon* und dann der Konförderationskrieg.« Ein Seufzen. »Aber wir waren nicht schuld am Versagen der Black Horizon. Das war ganz allein *Captain Edward Cohens* Schuld.« Die drei Worte spie er fast aus.

»Woher wollen Sie das wissen?«, fragte Levi.

»Weil Cohen ein Misanthrop war. Ein Arschloch vor den Göttern. Ich verstehe heute noch nicht, warum man ihm das Kommando über eines der Schiffe gegeben hat. Unbegreiflich.«

»Vielleicht hatte er andere Vorzüge, die ihn für diesen Posten prädestiniert haben.«

»Sicherlich. Er war ein ausgezeichneter Captain, vielleicht der beste. Aber ich kann doch keinen verbohrten, menschenverachtenden Soldaten auf eine Expedition schicken, die neue Welten für uns erschließen soll. Da brauche ich einen Enthusiasten wie Charles Carroll.«

Levi lächelte. »Haben Sie deswegen auf der Nighthawk angeheuert?«

»Hauptsächlich. Ich hatte damals mit Cohen zu tun, weil er Aspekte der Wendigkeit bemängelt hat, und ...« Ein Kopfschütteln. »Ich sage euch, mit so jemandem kann man nicht arbeiten. Kompromisslos. Stur. Dazu ein rücksichtsloses Arschloch. Als ich Charles Carroll Jahre später persönlich kennenlernte, war alles klar. Ein ganz anderer Mensch. Ein *Mensch*!«

»Deswegen bin ich auch hier«, sagte Levi. »Aber zurück zu den Worx. Woher könnte denn eine Verbindung kommen? Woran erinnert Sie das?«

Der Ingenieur starrte auf das Terminal, schüttelte den Kopf und zeigte Levi das großformatige Foto. Zu sehen war der Toroid mit den vielen Stacheln. »Ihr Mutterschiff, wie Sie vermuteten.«

»Das bringt einfach etwas bei mir zum Schwingen.«

»Furcht?«, fragte der Glatzkopf.

»Nein, nein. Es sind diese Stacheln. Irgendwas ist damit. Ich kanns nur nicht greifen.«

Levi zoomte das Bild heran. »Sind aber auch interessante Gebilde.«

»Nein«, widersprach der Ingenieur sofort. »Das sind keine Gebilde. Das ist Technik.«

»Sicher?«

»Ja. Es gibt zwar kristalline Strukturen in der Natur, aber nicht so was.«

»Warum nicht?«, wollte der Glatzkopf wissen. »Es gibt doch alles. Ich erinnere mich gut an den Romanesco auf Naomi. Als ich den zum ersten Mal gegessen habe, war ich fasziniert von der fraktalen Struktur. Wenn es so was Abgefahrenes gibt, dann doch sicher auch einen ... ordinären Stachel.«

»Nein, nein, nein, ein Fraktal mit Fibonaci-Spirale ergibt absolut Sinn. Das tritt in der Natur öfter auf. Beim Romanesco bilden sich wegen einer Genstörung keine Blüten, sondern immer weiter neue Knospen, wodurch es zu dem bekannten Muster kommt. Das ist Mathematik. Diese Stacheln muten aber eher wie Obelisken an. Das ist keine mathematische Form, die auf einem System beruht, sondern ein künstlich geschaffenes Objekt.«

Levi schürzte die Lippen. »Also, ich finde nicht, dass es wie ein Obelisk aussieht.«

»Doch, doch. Hier.« Der Ingenieur zoomte ein. »Hier sieht man das ganz gut. Eine Verdickung am Ende, dann die Spitze. Man erkennt das nur schwer, weil ein Obelisk für uns etwas anderes ist. Nämlich ein freistehender, sich nach oben verjüngender Pfeiler, der eine pyramidenförmige Spitze hat. Die nennt man das Pyramidion. Bei den, ich nenn das mal salopp Stacheln, ist das Pyramidion verzerrt oder, genauer gesagt, extrem langgestreckt. Aber per Definition ist das ein Obelisk.« Plötzlich weiteten sich seine Augen, als hätte er ein Schreckgespenst gesehen. »Das ist es!«

»Was ist was?«

»Ich weiß, woran mich diese Formen erinnern.«

»Woran?«

»An New Horizons.«

»Das Forschungsprojekt zur Entdeckung neuer Welten?«

»Genau. Xen One! Warum ist mir das nicht früher aufgefallen? Bin ich so blind?« Er schnappte sich das Terminal und drückte darauf herum. Bilder huschten so schnell über das Display, dass Levi beinahe schwindlig wurde. Schließlich stieß der Ingenieur einen triumphierenden Schrei aus. »Das ist es!« Er hielt ihnen das Terminal hin, sodass sie ein Objekt sehen konnten. Es ähnelte tatsächlich dem Seeigel-Raumschiff, nur war das Objekt ein perfekter Kreis, bestehend aus vielen Obelisken. Es sah damit wie ein Igelball aus, über den blaue Blitze zuckten.

»Was ist das?«, fragte Levi kaum hörbar, eine Gänsehaut auf den Unterarmen.

»Ein Magnetonomikom.«

»Ein was?«

»Ein Forschungsgerät zur Beeinflussung von Magnetfeldern, unter anderem auch kosmischen.«

Levi runzelte die Stirn. »Nie davon gehört.«

»Wundert mich nicht«, sagte der Ingenieur. »Selbst ich weiß nicht genau, was es macht.«

»Hä?« Der Glatzkopf kratzte sich am Kinn. »Aber du hast doch daran gearbeitet.«

»Nicht am Magnetonomikom. Dafür war eine Forschungsgruppe innerhalb von New Horizons zuständig. Top Secret. Ich weiß nur, dass für die Magnetforschung eine eigene Sonde konzipiert und in die Forschungsschiffe integriert worden war, denn ich hatte mit speziellen Schotts zu kämpfen, die ich einarbeiten musste. Es ging um magnetische Abschirmung, oder eben um keine Abschirmung. Ich weiß es auch, ehrlich gesagt, nicht mehr so genau. Ist zwei Jahrzehnte her.«

Levi besah sich nochmals das Worx-Schiff und das Magnetonomikom. »Also die Ähnlichkeit ist schon frappierend.«

»Absolut. Das kann kein Zufall sein.«

»Vor allem, wenn man bedenkt, dass die Worx aus Sektor 47-C kamen.«

»In dem vor zwanzig Jahren die *Black Horizon* verschwand«, fügte der Glatzkopf düster hinzu.

»Mit einem Magnetonomikom an Bord.« Alle drei sahen sich an und nickten sich vielsagend zu.

Kapitel Sechs

Dawn, Regnath

ADA DVOŘÁKOVÁ WURDE von Visenias vor die Luftschleuse geschoben. »Ruhig bleiben«, flüsterte er ihr ins Ohr. »Einfach ganz entspannt sein. Lass dir keine Angst anmerken, sei eher teilnahmslos. Reden übernehme ich. Verstanden?«

»Was?«

Visenias seufzte. »Du hast auch nur Blicke für den Himmel, oder?«

Ada nickte ehrfürchtig. Was sie durch die Scheibe der Luftschleuse sah, war aber auch gigantisch. Dawns' Himmel zeigte sich in rotgoldenen Tönen, bedeckt mit gemalten Wolken. In der Ferne brannte eine Bergkette, zumindest sah es so aus. »Ich hab noch nie einen freien Himmel gesehen.«

»Immer nur unter Kuppeln?«

»Ja.« Die Erinnerung an ihr bisheriges Leben auf Darkness verengte ihr die Brust. Wenn sie daran dachte, was sie in ihren wenigen Jahren erlebt hatte, ging die Bilanz gegen null. Sie hatte eine bescheidene Kindheit in ärmlichen Verhältnissen verbracht. Die Mutter hatte die meiste Zeit gelinkt, der Vater regulär gearbeitet. Er war in der Kuppelinstandsetzung tätig gewesen, ein gefährlicher Beruf, angeseilt mit Flugdrohnen in Hunderten Metern Höhe, wo sich Abgase und giftige Dämpfe sammeln konnten. Oder wo die toxische Atmosphäre von Darkness bei einem Leck hereinströmen könnte. Dann schwebten die Instandsetzer mit Gesichtsmasken dort oben und unterstützten die Reparaturdrohnen. Die vermochten viel, zumindest hatte Ada das immer gemeint, aber für manche Arbeiten brauchte es einfach einen Menschen, der die Schäden begutachtete, die Reparaturart festsetzte und auch manchmal selbst Hand anlegen musste, weil die Drohnen nicht alles konnten. Finger mit Gefühl waren auch heute noch ein erstklassiges Werkzeug.

»Schlechte Erinnerungen?«, fragte Visenias mit milder Stimme.

»Auch das.« Ada seufzte. »Mein Vater war Kuppelinstandsetzer und kam bei einem Unfall ums Leben. Ist mit einer Drohne abgestürzt, obwohl sie angeseilt waren. Das Seil riss. Ein Materialfehler – oder schlechte Wartung von anderen.«

Visenias schürzte die Lippen. »Das tut mir leid.«

»Muss es nicht, sonst müsste dir halb Darkness leidtun. Es war ein Schicksal von vielen.«

Während es in der Luftschleuse knackte und der Druckausgleich begann, fragte er: »Was ist mit deiner Mutter?«

»Linkerin. Hat sich verloren, als ich vierzehn oder so war. Kann es gar nicht genau sagen, auf jeden Fall war ich alt genug, um selbst zu linken, und das habe ich getan – bis du mich befreit hast.«

Er atmete tief durch. »Das wusste ich gar nicht.«

»Woher auch? Du hast doch auch nur nach Gehirnen gesucht.«

Er lächelte. »Nach ausgezeichneten Gehirnen. Nein, nach ganz besonderen Gehirnen mit überragenden Kapazitäten und Synapsenverbindungen.«

»Und was ist bei solchen Gehirnen besonders?«

»Dass eure Gehirnhälften außergewöhnlich stark miteinander verknüpft sind. Es gibt den sogenannten Hirnbalken, auch Corpus callosum genannt, der bei dir besonders stark ausgeprägt ist. Es handelt sich um querverlaufende Strukturen aus Nervenfasern, die linke und rechte Gehirnhälfte verbinden. Und je mehr Verbindungen vorhanden sind, desto mehr Hirnleistung kann man abrufen. Außerdem hast du eine erhöhte Menge an Gliazellen. Früher dachte man, die wären nur eine Art Leim, der die

Neuronen zusammenhält, aber die Gliazellen können auch mit den Neuronen kommunizieren und diese anregen, was wiederum die Gehirnfunktion fördert.«

»Und bei mir sind diese Zellen erhöht?«

»Deutlich, im Verhältnis zu den Nervenzellen.« Er wurde wieder ernst. »Wärst du unter anderen Umständen aufgewachsen, hättest du es weit bringen können. Ich denke nur an die Akademien auf Eden, Prime und Nagomi. Da hätte ich mir eine junge Ada sehr gut vorstellen können.«

Ada schnaubte. »Hätte, hätte ... Zentaurikette.«

Er nickte wissend. »Es ist, wie es ist. Und jetzt noch einmal: Einfach ganz entspannt bleiben. Lass dir keine Angst anmerken, sei eher teilnahmslos. Reden übernehme ich. Verstanden?«

»Ja? Mit wem treffen wir uns eigentlich? Nur damit ich weiß, was Sache ist.«

»Wir treffen uns erst mal mit niemandem. Wir gehen von Bord, aber auf Wächtergebiet.«

»Du hast ja auch ein Wächterraumschiff.«

»Genau.«

»Bist du eigentlich einer?«

»Ach, ich bin alles und nichts.« Seine Augen blitzten. »Und jetzt komm! Der Druckausgleich ist abgeschlossen.«

Tatsächlich glomm ein grünes Licht über der Schleuse, die Visenias entriegelte. Dampf wallte auf, dann kam der Geruch – nach Sonne, Staub und Erde. Es war ein phänomenaler Geruch nach den Tagen auf der *Fanatic,* wo die gefilterte Luft einfach keine Note hatte, außer manchmal Schweißgeruch oder Furz.

Visenias lächelte ein letztes Mal, dann trat er in den Sonnenschein. Ada folgte ihm.

Sie befanden sich am Rande einer gewaltigen Stadt. In der Ferne war eine atemberaubende Skyline zu sehen, ebenfalls ein flammendes Inferno über dunklen, schmalen Gebäude. Die Luft darüber flirrte und verzerrte das Leuchten, sodass es wie Glitzern aussah.

»Wunderschön, oder?«

Ada seufzte nur. Der Anblick erwärmte ihr Herz, wie sie es noch nie verspürt hatte. Mehr Zeit blieb ihr aber nicht, denn die Rampe zum Gleiter hinauf erklommen mehrere Gestalten in weißen Gewändern. Ihre Gesichter waren verhüllt.

Eine Gestalt trat vor, scannte mit einem Gerät etwas neben der Schleuse und sagte zu ihrem Freund und Retter: »Captain Visenias. Herzlich willkommen auf Dawn.«

»Die Freude ist ganz meinerseits, auch wenn ich mit schlechten Nachrichten im Gepäck reise.«

»Sie kommen laut Protokoll von Darkness?«

»Ja. Wir konnten kurz vor dem Angriff fliehen, leider war unser Kommunikationsmodul ausgefallen. Erst nahe Dawn konnten wir wieder Kontakt aufnehmen.«

Ein Nicken. »Wie sieht es auf Darkness aus?«

»Schlecht. Als wir losgeflogen sind, waren mehrere Kuppeln zerstört und Feuer ausgebrochen. Aber ich würde das gern mit einer hohen Wächterin oder einem Wächter besprechen.«

»Selbstverständlich.« Der Mann in Weiß wandte sich an Ada. »Und Sie sind?«

Visenias antwortete blitzschnell: »Meine Frau.«

Meine Frau, meine Frau, meine Frau ...

Ada meinte, die gefurchten Augenbrauen selbst unter der Maske zu erkennen. »Name?«

»Ada«, sagte sie.

Ein Nicken. »Gut, Captain. Sie dürfen beide passieren. Haben Sie eine Unterkunft?«

»Noch nicht, aber ich würde wirklich gern umgehend –«

»Werden Sie. Aber es wird einige Zeit in Anspruch nehmen. Die Worx stehen kurz davor, Dawn anzugreifen.«

Visenias hob den Blick zum Himmel, doch dort war nichts zu erkennen. »Seit wann?«

»Seit wenigen Stunden nähern sie sich uns rapide. Es wird bald zum Kampf kommen. Deswegen ist der Hohe Rat beschäftigt.«

»Verstehe. Dann ... können wir wohl nur beten, dass wir diesen Kampf gewinnen.«

»Werden wir«, sagte der Mann in Weiß. »Die Custodes werden siegen!« Die anderen Gestalten riefen wie aus einer Kehle: »Siegen! Siegen! Siegen!« Als sie verstummt waren, fragte der Mann in Weiß: »Haben Sie Gepäck?«

»Überschaubar. Wie gesagt: Wir mussten umgehend fliehen.«

»Okay. Dann bringen wir Sie vorerst in der Stadt-Lounge unter. Kommen Sie!« Der Mann in Weiß machte auf dem

Absatz kehrt und lief die Rampe hinab, während seine Lakaien in die Fanatic marschierten, um ihr weniges Gepäck zu holen und den Gleiter wieder startklar zu machen.

Visenias Stimme ließ sie zusammenfahren. »Ada.« Er wartete auf sie und hielt ihr die Hand entgegen, doch seine Augen sagten: *Los jetzt! Du verhältst dich auffällig.*

Ada schluckte eine plötzliche Furcht hinunter, die sie sich nicht erklären konnte, hastete zu ihm, nahm seine Hand und schritt mit ihm die Rampe hinab.

Zu ihrer Überraschung waren seine Finger klamm und feucht. Ihr Freund und Retter schien Angst zu haben, und das ließ auch sie erschaudern.

DIE WÄCHTER BRACHTEN SIE, wie angekündigt, in die Stadt-Lounge und ließen sie dort allein. Als sie endlich wieder zu zweit waren, sagte Ada mit großen Augen: »Das ist ja ein Palast!«

Visenias lächelte, auch wenn er müde aussah. »Es ist nur ein Wartebereich für gehobene Gäste.«

Ada konnte es nicht fassen. Die Lounge war ein gewaltiger Raum in dunklen, erdigen Tönen. Man sah allen Materialien die Hochwertigkeit an. An den Wänden hingen gezackte Kunstwerke aus Holz, die von Strahlern illuminiert wurden. Die Sitzbank davor, die sich um alle Seiten des Raums zog, war mit gestreiftem Stoff überzogen, der sündhaft weich aussah. *Und teuer.* So wie die futuristischen Lampen, die polierten Holztische, die Sessel und der funkelnde Barbereich aus Glas und rotem Leder. Dort wartete ein Roboter auf ihre Bestellungen. So einen hatte Ada auch noch nie gesehen. Der Roboter trug einen schwarzen Anzug mit Krawatte. Es sah so abgefahren aus, passte aber irgendwie ins Ambiente.

»Sei mal ehrlich«, sagte sie leise. »Du verkehrst nur in höheren Kreisen.«

»Nicht nur. Aber ich bin irgendwann aufgestiegen. War harte Arbeit. Musste mir viel Vertrauen erarbeiten und erkämpfen. So was geht nicht von heute auf morgen. Viele junge Leute glauben das aber. Sie ändern ihr Mindset und glauben ab sofort an

Erfolg, aber das ist Schwachsinn. Man muss aktiv sein und arbeiten und die richtigen Leute treffen.«

»Und vermutlich nicht im DeepSleep.«

Visenias deutete ein Lächeln an. Er wollte sich der Bar zuwenden, als Ada vor ihn trat und sich an ihn schmiegte, aber nur, um ihm ins Ohr flüstern zu können. »Wer bist du wirklich? Du bist kein Wächter. Du hattest bei der Ankunft Angst. Ich hab sie gespürt.«

Er hielt den Körperkontakt und sagte: »Du stellst gefährliche Fragen an gefährlichen Orten, Ada.«

»Ist das ein Ja?«

»Nein. Es ist nur eine Feststellung. Hüte deine Zunge.« Er löste sich von ihr und fragte: »Durst?«

Sie seufzte. »Ja.«

Der Roboter mischte ihnen auf Visenias Wunsch zwei alkoholfreie Cocktails. Einen historischen Ipanema aus Limetten, Rohrzucker, Maracujasaft und Ginger Ale für sie und einen Virgin Mary für sich. Ada staunte nicht schlecht, als der Roboter Tomatensaft, Salz, Pfeffer und eine Würzsoße mischte. Tomaten zu trinken, klang für sie so verrückt, dass sie auch nicht probieren wollte. Überhaupt hatte sie es nicht so mit Cocktails. Ihr Leben lang war sie an das Rechnersystem Edens angeschlossen gewesen und intravenös mit einer Nährlösung versorgt worden. Ihr Geschmackssinn war so was von schlecht ausgebildet, dass sie mit den ganzen Geschmäckern wenig anfangen konnte. Ihr Ipanema schmeckte für sie daher einfach nur süß und sauer. Sie behielt das aber für sich, als Visenias fragte, wie ihr der Cocktail mundete. Sie sagte nur: »Richtig lecker!« Und trank abermals davon.

So saßen sie schweigend an der Bar, bis Visenias den Roboter fragte: »Gibt es auch Nachrichten?«

»Selbstverständlich.« Ein Licht am Roboter blinkte auf, und aus der Decke fuhr ein Hologenerator heraus. Flackernd erwachte der Barbereich zum Leben. Zu sehen war eine Moderatorin, die auf ihrem Holo Dawn zeigte sowie Hunderte Raumschiffe im Orbit.

»Ton?«, fragte Visenias.

Der Roboter blinkte wieder, und schon erfüllte die Stimme der Moderatorin die Lounge. »Wie das Gouverneursbüro meldet, hat der Kampf mit den Worx begonnen, aber für Dawn und die Bevölkerung bestehe keine Gefahr. Es stünden genug Streitkräfte zur Verfügung.«

Visenias schnaubte. »Die paar Fregatten von Eden. Das ist ein schlechter Witz.«

Ada hatte keine Ahnung von Kriegsführung und zeigte auf das große Schiff. »Aber ist das nicht ein Titan?«

»Ja ... die Nighthawk. Ein alter Titan. Eher ein zahnloser Titan.«

»Aber ein Titan.«

»Das stimmt. Es ist besser als keiner.« Er trank von seiner Virgin Mary. »Dazu kommt die Macht der Custodes. Ziemlich beeindruckend, wenn man die Gleiter in diesen Massen sieht.«

Das war es wirklich. Ada schätzte die Anzeige auf mindestens zweihundert oder dreihundert Schiffe, aber auch die Worx kamen mit geballter Kraft.

»Keine Angst, dass es wie auf Darkness läuft?«

Visenias atmete tief durch. »Keine Ahnung, meine Liebe. Auf Darkness wurden wir überrascht. Außerdem war die Streitmacht der Wächter überschaubar.«

»Weil Darkness am Rand des Koi-Systems liegt?«

»Genau. Auf Dawn sieht die Sache durch die Nähe zu Moriah anders aus. Die Worx werden sich in jedem Fall schwerer tun.«

»Und wenn sie trotzdem gewinnen? Fliehen wir dann wieder?«

»Sicher. Ich wäre ja am liebsten schon woanders, aber Dawn war die einzig sinnvolle Anlaufstelle angesichts der ... Entwicklungen.«

»Verstehe. Was denkst du, wie lange wir warten müssen?«

Er zuckte mit den Achseln. »Das hängt ganz von der Schlacht ab.«

»Kann also länger dauern.«

»Das vermute ich.« Er wandte sich an den Roboter und fragte: »Gibt es auch Essen?«

»Ja.« Neben dem Holo leuchtete eine Speisenkarte auf, der sich Visenias zuwandte.

»Willst du auch etwas?«

»Nein, danke.« Ada leerte ihren Ipanema, schob das Glas über den Tresen und ging zu der sündhaft weich aussehenden

Bank. Dort zog sie ihre Schuhe aus und machte es sich auf dem Polster bequem. Der Stoff war wirklich ein Geschenk von Xen One. Weich und kuschelig, aber irgendwie auch seidig weich. Und es duftete nach Wald und Wiesen, auch wenn Ada noch nie in einem Wald oder auf einer Wiese gewesen war, aber so stellte sie es sich vor. Gähnend streckte sie sich aus, suchte eine bequeme Liegeposition und blickte noch einmal zu Visenias.

Der musterte sie, einen fast fürsorglichen Blick in den Augen, bevor er sich wieder dem Nachrichtenholo zuwandte, auf dem der Krieg tobte.

Ada war im nächsten Moment eingeschlafen.

Kapitel Sieben

Äußeres Riff, Orbit von Dawn, an Bord der Nighthawk

LEVI SCHOB den Ingenieur namens Carl Sammer auf einem Rollstuhl durch die Nighthawk. Carl hätte zwar laufen können – seine Verletzung am Bein war weitestgehend verheilt –, aber er humpelte und sollte das Bein noch schonen. Mit dem motorbetriebenen Rollstuhl ging es deutlich schneller, und sie mussten umgehend mit Charles Carroll reden.

Die Ähnlichkeit des Worxschiffs mit dem Magnetonomikom war so frappierend, dass sie kein Zufall sein konnte, und wenn das stimmte, dann hatten die Worx womöglich mit Magnetismus zu tun, was wiederum auf die Kriegsführung Auswirkungen haben konnte.

Carl las derweil auf seinem Terminal einen Bericht, schüttelte jedoch den Kopf. »Ich finde keine weiteren Infos über das Magnetonomikom. Das gibt es doch nicht! Im Datenspeicher steht nur, dass es zur Erforschung von kosmischem Magnetismus entwickelt wurde.«

»Na ja, du hast doch selbst gesagt, dass die Abteilung top secret gearbeitet hat.«

»Schon, aber das ist zwanzig Jahre her. Dass heute immer noch keine Infos rausgegeben wurden, ist dann doch ... komisch.

Normal dringt nach spätestens zehn Jahren etwas in den Daten-speicher.«

Und wenn nicht, ist das eher vielsagend, korrigierte Levi in Gedan-ken. Was auch immer erforscht worden war, musste brisant oder gefährlich gewesen sein, denn Eden war sonst immer an der Offenlegung von Forschungsergebnissen interessiert. Das ganze DeepSleep-System war darauf ausgelegt, in einem gewaltigen Kollektiv erfolgreicher arbeiten und forschen zu können. Deswegen brauchten sie auch Charles Carroll, denn er kannte von damals vielleicht noch Ansprechpartner. Der Captain war früher extrem gut vernetzt gewesen, und Charles hatte seine Kontakte immer gepflegt. In weiser Voraussicht. Man wusste nie, wann man die Hilfe eines alten Freundes brauchte.

Sie erreichten die Aufzüge und fuhren hoch zur Brücke. Vor dem Eingang standen allerdings zwei Soldaten Wache.

Levi grüßte, stellte sie vor und sagte, dass sie unbedingt mit dem Admiral sprechen müssten, doch die Soldaten verneinten. »Nicht während des Kampfs. Strikte Anweisung. Keine Ablenkung.«

»Aber vielleicht entscheidet das Gespräch über den Kampf!«, grollte der Ingenieur. Er stand mächtig unter Strom.

Einer der Soldaten schüttelte entschieden den Kopf. »Anwei-sung ist Anweisung.«

Levi winkte ab. »Schon okay.« Er würde es nicht anders handhaben, wenn er einer der beiden wäre. So kamen sie nicht weiter. Er überlegte, ob er sie einfach angreifen und überwältigen sollte, aber die Chancen standen nicht gut für ihn. Nein, er brauchte jemand anderen, der Zugang hatte. Die XO zum Beispiel.

Er schob Carl wieder zu den Aufzügen. Dort gab es ein Info-panel, um die wichtigsten Ansprechpartner zu kontaktieren; zumindest wenn sie im Dienst waren. Levi suchte Alexandra Silvretta aus der Liste aus, sah, dass sie als aktiv markiert war, und rief sie an.

Es dauerte nicht lange, bis die stellvertretende Schiffsanfüh-rerin den Call erwiderte. »Ja, wer da?«

Levi räusperte sich. »Levi, Fox, Madam! Ich müsste Sie umgehend sprechen.«

»Fox. Sie sollten sich ausruhen, oder?«

»Ja ... es ist aber wirklich wichtig. Es geht um den Angriff der Worx.«

»Und Sie meinen, Informationen zu haben, die uns weiterhelfen? Oder wollen Sie mich nur überreden, dass ich Sie verfrüht in den Dienst hole?«

»Ersteres! Ich habe einen Ingenieur hier, der womöglich entscheidende Infos hat.«

Stille. Dann: »Ich habe maximal fünf Minuten. Bin gerade auf der Forschungsstation.«

»Verstanden. Wir sind gleich da.« Levi grinste, rief den Aufzug und schob Carl in die nächste Kapsel. »Hat doch was für sich, wenn man bekannt ist.«

Der Ingenieur lächelte. »Das ist immer wichtig. Du kannst noch so gut sein – wenn es niemand weiß, kommst du nicht weiter.«

»Weise Worte.« Die Aufzugtüren schlossen sich, und es ging abwärts.

Fünf Minuten später erreichten sie die Forschungsstation. Dort wimmelte es von Soldaten und IT-Fachleuten, die eine Workstation zerlegten. In einem Nebenraum saßen Wissenschaftler, die heftig miteinander diskutierten. Durch die schalldichten Scheiben hörte man aber kein Wort davon.

Levi entdeckte die XO bei den IT-lern, wo sie sich über ein Bauteil der Workstation bückte. Einige der Softwareentwickler begutachteten ihren knackigen Hintern in der Uniform, aber das war ihr offenbar egal.

Als er Carl in den Raum schob, sahen ein paar von ihnen auf, interessierten sich aber nicht für ihn und den Ingenieur. Levi hätte gewartet, doch Carl hatte keine Geduld und rief: »Frau Silvretta!«

Die XO hob den Blick und entdeckte sie. »Bauen Sie das aus!«, blaffte sie einen der IT-ler an, dann kam sie zu ihnen. »Und Sie sind der Ingenieur?«

»Korrekt. Carl Sammer. Ingenieur in der Außenhülleninstandsetzung.«

Ihr Blick blieb ausdruckslos, dann legte er sich auf Levi. »Sie wollten mich sprechen?«

»Ja. Carl hat eine erstaunliche Ähnlichkeit entdeckt.« Der Ingenieur zeigte ihr das Terminal mit den beiden Bildern und

Alexandra studierte die Fotos mehrere Sekunden lang. Ihr Blick summte, als sie die beiden wieder fokussierte. »Was ist das?«

»Ein Magnetonomikom. Eins war auf der *Black Horizon* verbaut, um kosmische Magnetfelder außerhalb des Koi-Systems zu erforschen.«

Mehr brauchte er nicht zu sagen. Die XO folgte dem Gedanken selbst und kam zu den gleichen Schlüssen. »Haben Sie schon mit dem Admiral gesprochen?«

Levi schüttelte den Kopf. »Man hat uns nicht auf die Brücke gelassen. Deswegen –«

»Sind Sie hier. Verstehe.« Sie überlegte kurz, gab dann einem Soldaten Anweisungen wegen der Workstation und informierte, dass sie kurz weg sein würde.

Levi fragte neugierig: »Probleme?«

»Immer. Kommen Sie!« Alexandra zeigte in Richtung Aufzüge und ging voraus. »Was wissen Sie über das Magnetonomikom?«

»Kaum etwas. Ich war damals nur für die Außenhülle der Black Horizon zuständig. Beziehungsweise habe ich sie mitentwickelt. Also, ich war kein Teamleiter oder so, aber ich wusste, dass in allen vier Forschungsschiffen je eins dieser Teile verbaut worden war – in Form einer Sonde.«

»Wissen Sie, wer dafür zuständig war?«

»Nein, ich kenne niemanden mehr persönlich, aber das lief alles unter der Schirmherrschaft von *New Horizons.*«

»Also Eden. Verstehe. Irgendeine Idee, was das Teil machen könnte?«

»Sicherlich ein starkes Magnetfeld erzeugen. Womöglich, um kosmische Magnetfelder oder die von Magneten zu verändern. Oder in Interaktion zu treten.«

»Ist das möglich? Wenn es eine Sonde war, war es nicht gerade groß. Allein die Richtmagneten der Millet-Antriebe sind wuchtiger.«

»Das ist richtig, aber das war eine streng geheime Entwicklung. Keine Ahnung, was New Horizons damals entworfen hat. Selbst heute finde ich nichts dazu im Datenspeicher. Wäre ich damals nicht in die Entwicklung des Drohnenschotts involviert gewesen, wüsste ich gar nichts davon.«

Alexandra Silvretta hob eine Augenbraue und lief einfach weiter.

Levi fragte Carl: »Wie gut kennst du dich mit Magnetismus aus?«

»Wenig. War nie mein Fachgebiet. Ich komme aus der Werkstofftechnik. Ein bisschen was weiß ich aber.«

»Irgendeine Idee, was eine Adaption eines Magnetonomikoms in Form eines Raumschiffs bedeuten könnte?«

»Keine Ahnung. Vielleicht ein Antrieb. Ich sprach vorhin ja von Magnetsegeln. Andererseits könnte es auch eine gigantische Bombe sein.«

Alexandra musterte ihn. »Eine magnetische Bombe?«

»Ja. Denken Sie an eine EMP.«

»Einen starken elektromagnetischen Puls, der Stromschwankungen in Metallen induziert.« Alexandras Gesicht verdüsterte sich. »Haben Sie schon mal von einer EMP in dieser Größe gehört?«

»Nein.«

»Irgendeine Ahnung, wie die Wirkung sein könnte?«

»Nein. Aber womöglich verheerend.«

»Könnte es der Nighthawk den Strom abschalten?«

»Womöglich. Vielleicht sogar einem Planeten.«

Alexandra nickte. »Sie wissen es aber nicht.«

»Nein, dazu müssten wir Untersuchungen durchführen.«

»Was schlecht funktioniert«, sagte Levi. »Wir kommen ja nicht ran an die Schiffe.«

»Das nicht«, brummte Alexandra, »aber sie schießen auf uns.«

»Womit?«

»Mit den Stacheln.«

Dem Ingenieur klappte der Mund auf. »Sie verschießen die Stacheln?«

»Ja. Wir haben etliche zerstört, aber es ist nur eine Frage der Zeit, bis was durchgeht. Die Schlacht wird in Kürze so richtig losbrechen.«

Carl schüttelte den Kopf, dann starrte er die Xo an. »Können wir einen der Stachel einfangen?«

»Schwierig. Und wozu auch?«

»Um ihn zu untersuchen.«

»Kommt nicht infrage. Wir nehmen nichts von den Worx an Bord.«

»Aber«, hakte Carl ein, »könnten wir nicht mit einer Fregatte einen Stachel einfangen und dort untersuchen? Es gibt doch ein Labor auf jeder Fregatte.«

Levi nickte. »Und wir haben Halteklammern und Greifarme für Lasten. Das könnte gehen.«

Alexandra stöhnte. »Sie wollen das nicht ernsthaft durchziehen?«

»Warum nicht? Wenn wir so herausfinden, was das ist, könnte das der entscheidende Vorteil sein. Wenn es wirklich eine elektromagnetische Bombe und kein Mutterschiff ist, dann sollten wir das wissen. Und zwar schnellstmöglich.«

Die XO sagte nichts, sondern blickte sie abwechselnd an. »Glauben Sie, Sie kriegen das hin, ein solches Geschoss einzufangen?«

Levi grinste. »Ich nicht, aber ich kenne Leute, die das können.«

»Wen?«

»Meine Crew.«

AUF DER BRÜCKE ging es brutal zu. Überall blinkte, leuchtete, pulsierte etwas, die Anwesenden riefen durcheinander, zwar immer nur in kleinen Grüppchen, aber die vielen Unterhaltungen orchestrierten sich zu einem Lärmpegel, der Charles Kopfschmerzen bereitete. Fehlte nur noch Kindergeschrei ...

»Admiral!« Eine Scientistin trat auf der unteren Ebene vor ihn. »Die Erkundungsdrohne liefert erste Ergebnisse.«

»Dann auf den Schirm!«

Ein dunkles Objekt in der Form eines Zapfens wurde eingeblendet. Es flog mit der Spitze voraus Richtung Nighthawk. Die Drohne vermied einen direkten Kollisionskurs, versuchte aber, so nah wie möglich ranzukommen. Neben der Videoübertragung baute sich ein dreidimensionales Gittermodell des Objekts auf.

»Die ersten Scans laufen!«, sagte die Scientistin. Sie bewegte die Finger, woraufhin sich das Objekt als 3D-Modell drehte.

Charles musterte den Zapfen. »Sieht wie eine Säule aus. Drehen Sie mal um neunzig Grad!«

Das Objekt bewegte sich entsprechend. Alle Augen blickten auf die Displaywand. So sah der Zapfen wirklich wie eine eckige Säule aus.

»Ein Obelisk!«, rief jemand.

Und eine andere: »Eindeutig symmetrisch.

»Und verziert mit irgendwelchen Reliefs!«, ein Dritter.

Das alles nahm auch Charles auf, aber so spannend die Optik war, ihn interessierte das Gefahrenpotenzial. »Irgendwelche Energiefelder?«

Ein Waffenexperte verneinte. »Nichts Besonderes. Einzig eine elektrische Spannung scheint auf der Oberfläche anzuliegen, aber nicht der Rede wert.«

»Spannung?«, fragte eine Scientistin, und sofort gingen die Diskussionen wieder los.

Charles ließ sie reden und versuchte, seine eigenen Gedanken zu ordnen, während die Drohne das Objekt passierte. Es war wirklich ein seltsamer Anblick; ein schwebender Zapfen aus dunklem Material, der still durchs All glitt.

»Admiral!« Ein anderer Waffenexperte meldete sich zu Wort. »Einige der Worx-Schiffe beschleunigen! Wir stellen Energiefelder fest.«

»Dann fahren Sie alle Verteidigungssysteme hoch!«

»Sind bereit.«

»Plasmaschild?«

»Auf Standyby. Jederzeit einschaltbar.«

»Mit Verstärkern getestet worden?«

»Negativ. Dafür war keine Zeit. Die Techniker haben vor siebzig Sekunden gemeldet, dass sie fertig sind.«

»Dann auf Standby lassen. Wir −«

»Sir! Eine Kontaktanfrage von Dawn. Unbekannte Verschlüsselung.«

»Annehmen!«

»Sicher?«

»Annehmen!«

Auf einem separaten Display erschien ein Mann in Charles' Alter. Sein Haar war vollständig ergraut, was mit seinem weißen

Gewand hervorragend korrespondierte. Er sah nicht unfreundlich aus. »Admiral Carroll?«

Charles nickte freundlich. »Einsatzleiter Kitzler?«

Auch der Wächter nickte. »Es ist mir eine Ehre, und bitte entschuldigen Sie die Verzögerung. Wir hatten noch internen Abstimmungsbedarf.«

»Kein Problem. Wie ist der Stand bei Ihnen?«

»Wie unsere Satelliten melden, scheinen die Worx in Formation anzugreifen. Wir haben die Flotte, wie vereinbart, in zwei Teile gespalten; das Back-up bleibt an Ort und Stelle, die Front ist bereit.«

Charles spürte die irritierten Blicke seiner Crew, ließ sich davon aber nicht beirren. »Verstanden. Wir sind ebenfalls bereit. Mein Vorschlag: Wir warten, bis sie konkret angreifen.«

»Und diese Objekte? Ist das nicht als Angriff zu werten?«

»Wir wissen es nicht. Wir haben eine Erkundungsdrohne draußen, die keine Besonderheiten meldet.«

»Verstanden, dann –«

Der Waffenexperte fiel Kitzler ins Wort: »Angriff! Sie schießen wieder mit den schwarzen Kugeln, wie auf Darkness.«

Charles suchte Kitzlers Blick. Beide Männer nickten gleichzeitig und sagten: »Gegenfeuer eröffnen!«

LEVI STAND mit Alexandra Silvretta vor der Glengettie und sprach gerade mit dem reparaturleitenden Techniker, der nur den Kopf schüttelte, aber gleichzeitig nickte, als Wes auf die Fregatte zukam.

Levi hob sofort die Hand zum Gruß und eilte zu seinem Piloten. »Alles okay?«

Wes lächelte müde. »Muss. Geht aber wieder. Ein paar Stunden Schlaf unter Drogen, und schon fühlt man sich wie ein neuer Mensch.« Er klopfte Levi auf die Schulter und begutachtete die Gettie, das Gesicht voller Sorge. »Fliegt der Vogel überhaupt?«

Der Techniker brummte. »Fliegen ja, wir haben vor einer halben Stunde die ausgefallenen Steuerdüsen wieder zum Laufen gebracht. Aber die Luftschleuse funktioniert noch nicht und ...

Ach, wenn ich anfange, die Baustellen aufzuzählen, werde ich nicht mehr fertig.«

»Einsatzbereit oder nicht?«, fragte die XO mit ihrer harschen Stimme.

»Bedingt einsatzbereit«, sagte der Techniker und seufzte.

»Das reicht mir.« Wes stapfte die Rampe hoch ins Raumschiff. Er war noch keine Sekunde verschwunden, als Oscar angetrabt kam. Der Hüne grinste fast.

Levi musste bei dem Anblick des tätowierten Zwei-Meter-Kerls ebenfalls grinsen. »Da ist der wichtigste Mann für die Mission.«

Alexandra Silvretta musterte Oscar neugierig. »Sie haben die Verstärker noch in letzter Sekunde geladen?«

»Ja, Madam! Aber bedanken Sie sich bei Ihrem Offizier hier.«

Die XO schnaubte. »Sie sind schon so eine Truppe. Haben Sie einen Ingenieur an Bord?«

»Ja ... Ersatz mit Carl Sammer.«

»Ein Invalide.«

»Weniger Invalide als meine Chefingenieurin.«

»Ach ja?«

Alle fuhren herum und sahen sich Cassy Hunch gegenüber. Sie stützte ihre Hüften und war blass, aber sie stand und kam auf sie zu. »Wolltet ihr ohne mich fliegen?«

»Nein«, sagte Levi grinsend. »Wir wollten dich nur schonen.«

»Da pfeif ich drauf.« Sie musterte Alexandra Silvretta, dann verschwand auch sie an Bord, deutlich langsamer und vorsichtiger als die anderen.

Alexandra Silvretta schüttelte den Kopf. »Ich muss wahnsinnig sein, das zu genehmigen.«

Levi wurde ernst. »Aber Sie tun es.« Er formulierte es absichtlich so, dass es Frage und Feststellung zugleich sein konnte.

Zu seiner Erleichterung nickte sie. »Ja, ich tue es. Fangen Sie uns so einen fliegenden Obelisken ein.«

»Machen wir!« Levi salutierte, lächelte und trabte selbst die Rampe empor zu seiner Fregatte.

Die XO blieb mit dem Techniker zurück. Beide schüttelten die Köpfe.

CHARLES VERFOLGTE ANGESPANNT DIE SCHLACHT. Er konnte kaum fassen, dass es so schnell gegangen war. Die Nighthawk feuerte plötzlich aus allen Rohren, während die Wächterformation sich in den Kampf gestürzt hatte.

Schon nach wenigen Momenten hatte er die Übersicht verloren, weil alles durcheinanderging. Am meisten aber gefiel ihm, was abseits der Front passierte. Die Flotte von Dawn hatte sich an einem Lagrange-Punkt des Planeten gesammelt und keinen Zentimeter bewegt. In exakt gleicher Anzahl waren Gleiter der Wächter am nächstgelegenen Lagrange-Punkt geblieben, während der Rest wie ein Schwarm Vögel in die Schlacht geflogen war.

Charles würde gern das Gesicht von Brenson und seinen Beratern sehen. Und Flottenadmiral Rothaus, der vermutlich geflissentlich den Kopf gesenkt hielt und den Zorn des Rats über sich hinwegbranden ließ.

Sollten die auf Eden nur ihre Spielchen spielen. Charles hatte für sich entschieden, dass es ihm reichte. Zwanzig Jahre hatte er für seine Reputation gefochten, sinnlose Kleinaufträge Edens übernommen und war mit der Nighthawk Missionen geflogen, die eines Schlachtschiffs nicht im Ansatz würdig waren. Immer hatte er gehofft, dass es irgendwann besser würde, dass Eden endlich die Vergangenheit Vergangenheit sein ließ. Aber Eden vergaß nicht. Und Eden vergab nicht. Die Lektion hatte er endlich gelernt. Oder es begriffen.

Ja, entschied Charles, als die Lichter der Schlacht sein Gesicht in pulsierende Helligkeit und flackernde Schatten tauchten. Er hatte es endlich begriffen. Gewusst hatte er es vermutlich schon immer, aber wahrhaben hatte er es nicht wollen. So war das mit ambivalenten Gefühlen: Sie setzten einen unter Hochspannung, ohne dass man es wirklich bemerkte. Einerseits hatte er ein guter Soldat sein wollen, und zu einem guten Soldaten gehörte es, Befehle zu befolgen. Befehle wurden nicht infrage gestellt. Wie sollte eine Militäreinheit agieren, wenn jeder die Befehle hinterfragte? Man musste sich vollständig aufeinander verlassen können.

Andererseits hatte Charles kein Mörder von Kindern und

Unschuldigen werden wollen. Andere Soldatinnen und Soldaten im Krieg zu töten, war eine Sache, Kinder, Frauen und Alte eine ganz andere. Er hatte es damals nicht übers Herz gebracht. Und er konnte es auch nicht mit Dawn, so sehr er den Planeten mit seinen Wächtern nicht mochte, stand er doch für viel Elend und Ausbeutung. Aber stand nicht auch Eden dafür? Der DeepSleep war das Herzstück Edens. Die künstlichen Intelligenzen, die darauf liefen, sorgten für das Wohl der Menschheit. Bei der Komplexität der Zusammenhänge und Abläufe blieb gar nichts anderes übrig. Menschen konnten die Vorgänge nicht mehr ohne Hilfe leiten, das hatte schon vor der Jahrtausendwende angefangen und sich bis heute immer weiter gesteigert.

»Admiral!«

Charles zuckte zusammen. »Ja?«

»Die Erkundungsdrohne kommt einem weiteren Obelisken besonders nah. Wir können die Sensoren für Nah-Scans verwenden. Wir sollten die Chance nutzen, solange die Drohne noch unbeschädigt ist.«

Charles nickte. »Tun Sie das.«

»Aye, Sir!«

Während der Scientist mit seinem Holo hantierte, konzentrierte sich Charles endlich auf die Schlacht und versuchte, alles zu erfassen. Die Leitung zu den Wächtern war weiterhin offen, aber auf stumm geschaltet. Kitzler hatte sich zur Seite gedreht und sprach mit jemandem. Er sah bedacht und wohlüberlegt aus. Aufregung war nicht zu erkennen. Das gefiel Charles. Kitzler schien ein guter Mann zu sein.

Er hatte einem Teil seiner Wächter befohlen, einen Ausfall zu fliegen, um einen Eismond von Dawn zu nutzen und sich von dessen Anziehungskraft beschleunigen zu lassen. Die Gleiter schossen gerade aus dem Funkschatten des Eismonds und mit deutlich erhöhter Geschwindigkeit auf die Worx zu. Überall explodierten Geschosse und Torpedos. Ab und an zerriss es einen der Gleiter in einem grellen Blitz, aber die Worx ließen deutlich mehr Federn. Ihre Schiffe lösten sich in blassgrüne Leuchtsalven auf. Der Anblick wäre sogar schön gewesen, wenn es sich nicht um einen Krieg um Leben und Tod gehandelt hätte.

»Nahscans abgeschlossen!«, rief eine Scientistin.

»Und?«

»Keine dichten Energiefelder messbar. Nur minimale Spannungsentladungen. Und leichter Magnetismus. Und der auch nur in direkter Umgebung um den Obelisken.«

»Irgendeine Gefahr für uns?«

»Keine Ahnung. Dazu müssen wir erst umfangreiche Simulationen fahren. Es könnte aber durchaus sein, dass unsere Antriebe beeinflusst werden, also die Richtung des Plasmastrahls. Aber sicherlich nur bei entsprechender Nähe und Menge von Obelisken.«

»Gefahr für elektronische Geräte?«

»Unwahrscheinlich. Dafür sind die gemessenen Kräfte nicht ausreichend genug. Die Drohne funktioniert ... nicht mehr.« Das Gesicht der Frau wurde blass. »Kontakt zur Erkundungsdrohne verloren!« Sie wandte sich anderen Scientisten zu und begann eine hektische Diskussion.

Charles hob den Blick, doch die Videoübertragung der Drohne zeigte nur noch Schwärze.

»Admiral.«

Irgendwie konnte sich Charles nicht vom schwarzen Displayfeld lösen. Leise sagte er: »Ja?«

»Seit Minuten versucht Eden, uns zu erreichen. Wir haben die Instantan-Transmitter blockiert, wie Sie es befohlen haben, aber jetzt versuchen sie es mit Modulationen der Transmitter. Was sollen wir tun?«

»Nichts.«

»Wiederholen Sie das, bitte.«

»Sie tun nichts. Einfach nichts. Wir ignorieren alle Anfragen von Eden, solange die Schlacht tobt.«

Große Augen. »Verstanden, Sir!«

Charles nickte in die Runde. Er spürte, dass es an der Zeit war, eine Ansage zu machen. »Alle mal zuhören!«, rief er laut, und es wurde schlagartig still. »Eden hat sich entschlossen, nicht in den Kampf einzusteigen. Oder nicht sofort. Ich sage es hier ganz offen: aus politisch-strategischen Überlegungen. Ich heiße das nicht gut und habe mit den Wächtern gesprochen. Das dürfte Ihnen nicht entgangen sein. Aber damit eins klar ist: Ich trage die Verantwortung für diese Entscheidung, und sonst niemand! Wir werden Dawn retten! Wir werden in die Geschichtsbücher eingehen als diejenigen, die Millionen

Menschenleben gerettet haben. Oder als diejenigen, die es zumindest versucht haben. Und jetzt konzentriert euch wieder auf die Schlacht!«

Diesmal brandete kein Jubel auf, stattdessen erfüllte hochkonzentrierte Anspannung die Brücke. Wo vorher Chaos geherrscht hatte, war jetzt stiller Fokus angesagt.

Charles lächelte grimmig. So gefiel ihm seine Crew, so gefiel ihm die Arbeit, und noch mehr gefiel ihm, dass der Bruch mit Eden jetzt ganz offiziell war. Aber die Wahrheit war längst überfällig gewesen. Sie waren seit Logia kein Teil Edens mehr gewesen, auch wenn Eden draufstand. Jetzt waren sie frei. Frei!

Mit einem leichten Gefühl ums Herz widmete auch er sich der Schlacht und sah plötzlich ganz klar, als hätte die Ansage auch ihn befreit. Oder nur ihn?

Charles war es egal. Er studierte die einzelnen Schauplätze, gab Anweisungen, erbat Details, rief Daten ab, sendete eine Sprachnachricht an Kitzler, las Statusberichte und bemerkte schließlich ein blinkendes Feld am Rand des Hauptdisplays. Eine Warnmeldung.

Er zeigte darauf. »Was ist da los?«

»Einen Augenblick, Sir!« Die Finger der Scientistin huschten über ihre Bedienelemente, dann furchte sie die Stirn. »Ähm, ja ... das ist komisch. Eine Fregatte verlässt gerade den Hangar.«

»Eine Fregatte?«

»Ja, Sir! Eines unserer Schiffe. Sie steuern just in dem Moment aus der Schleuse.«

Charles begriff es nicht ganz. Er hatte doch befohlen, dass niemand das Schiff verließ. Wenn sie das Plasmaschild hochfuhren, waren die Fregatten auf sich allein gestellt. Es war völlig verrückt, die Nighthawk zu verlassen. Heiser fragte er: »Welches?«

»Moment, Sir ...« Die Scientistin schloss den Mund und drehte sich ihm langsam zu, als hätte sie einen Geist gesehen.

»Welches?«, fragte Charles nochmals.

Und die Scientistin antwortete heiser: »Die Glengettie.«

Kapitel Acht

Äußeres Riff, Orbit von Dawn, an Bord der Glengettie

CARL ATMETE SO HART in seinen Helm, als die Fregatte aus der Nighthawk glitt, dass Levi meinte, ihm schnaufe jemand in seinem eigenen Helm ins Ohr.

»Lange nicht mehr geflogen?«, fragte er.

Carl stieß den Atem noch lauter aus, als müsste er Stress abbauen. »Nicht mit einer Fregatte. Und nicht in eine Schlacht.«

»Wird gut«, meinte Oscar. Er hatte sich bereits eingelinkt und die Augen geschlossen. »Und wenn es noch nicht gut ist, dann ist es noch nicht das Ende.«

Cassy schnaubte. »Kannst du mal den Mund halten? Oder zumindest diese sinnfreien Sprüche lassen?«

»Warum sollte ich?«

»Weil es nervt!«

»Hey! Das war nur positiv gemeint!«

Wes lachte. »So schlecht kann es euch allen nicht gehen, wenn ihr schon wieder zum Scherzen aufgelegt seid. Und jetzt festhalten.« Die Steuerdüsen zischten, woraufhin die Glengettie eine harte Drehung absolvierte.

Levi biss die Zähne zusammen und hielt sich auf seinem Sitz fest. Carl atmete wieder wie bei einem Marathon, während die anderen still blieben.

»Okay!«, rief Wes. »Sind draußen.« Dann pfiff er durch die Zähne. »Alter, geht es hier ab!«

Levi sah es selbst. Vor ihnen herrschte ein wildes Durcheinander von Gleitern und Worx-Schiffen. Die Dornen und die anderen Geschosse der Feinde waren kaum zu erkennen. Immer wieder flackerte irgendwo ein Licht auf, wenn etwas explodierte. Wie immer war es ein seltsamer Anblick, wenn man Explosionen sah, sie aber nicht hörte. Levi hatte das nie infrage gestellt, bis er mal alte Kriegsfilme von der Erde gesehen hatte. Die Schlachten hatten ja eher aus ohrenbetäubenden Explosionen bestanden als aus Gefechten. Aber klar, die Distanzen waren andere. Im Weltraum operierten sie auf Tausende Kilometer in einer Schlacht, das konnte man nicht vergleichen.

Carls Atemzüge wurden schneller. »Großer Xen One, worauf hab ich mich da nur eingelassen?«

»Auf einen wilden Ritt«, stieß Cassy hervor. »Habe die Scans gestartet. Suche einen nahegelegenen Dorn, der abseits der Hauptkriegsplätze herumfliegt.«

»Unterscheiden die sich eigentlich in der Größe?«, wollte Oscar wissen. »Ich mein nur ... wegen Ladung und so.«

Levi blähte die Wangen auf. »Ich hab keine Ahnung, das muss ─«

»Nein!«, rief Cassy dazwischen. »Die sind unterschiedlich groß laut den Scans.«

»Dann erweitere die Parameter und nimm nicht den größten.«

»Hab ich schon gemacht.« Cassy bleckte die Zunge und vertiefte sich wieder in ihr Holo. Die schnell wechselnden Lichter der Anzeigen tauchten ihr Gesicht im Helm in flammenden Schein.

»Wir wurden erfasst!«, rief Wes. »Worx-Angriff erkannt.«

»Sehe es!« Oscar hatte die Augen fest zusammengekniffen und agierte über den Link. »Halte Kurs, ich fang die Geschosse ab.«

Levi verfolgte das Geschehen mit Anspannung. Es war wirklich das pure Chaos, in das sie hineinflogen. Dazu kamen immer mehr Schrottteile, die von explodierten Gleitern oder Worx-Schiffen durch die Gegend trudelten. Die Kollisionserkennung, die er am Rand seines Holos verfolgen konnte, blinkte unablässig auf, wie ein Stroboskopblitz.

Wes schien die Anzeige im selben Moment wahrgenommen zu haben. »Das wird ein ganz harter Ritt, Leute! Festhalten.«

Die Gettie wich einem größeren Brocken aus, der an ihnen vorbeitrudelte. Levi und die anderen presste es dabei in die Sitze.

Cassys Stimme tönte über Carls schweres Schnaufen hinweg. »Mögliches Ziel gefunden!«

Auf Levis Holo erschien einer der Dornen. Laut Anzeige war er sechzehntausend Kilometer entfernt, etwa so groß wie zwei Menschen und flog abseits des Trubels dahin.

»Sieht gut aus!« Auch Oscar schien das Objekt studiert zu haben. »Den holen wir uns.«

Nur Wes brummte. »Freut euch da mal nicht zu früh! Seht ihr das?« Auf dem Hauptdisplay erschien ein Ausschnitt des Weltalls. Ein Streifen wurde markiert. »Space debris von der Schlacht.«

»Da kommst du doch locker durch.«

»Durch schon, aber Oscar muss den Dorn packen. Das geht nicht im Vorbeifliegen, oder?«

»Nicht wirklich. Ein paar Sekunden brauch ich schon.«

»Also.«

»Haben wir eine Alternative?«, wollte Levi wissen.

»Negativ. In unmittelbarer Umgebung sieht es schlecht aus. Nur große Teile oder Schlacht.«

»Wie auch jetzt! FESTHALTEN!« Die Gettie ruckte nach unten. Alle wurden von der plötzlichen Beschleunigung in die Sitze gepresst. »Mehrere Geschosse!«, schob Web hinterher. »Ausweichmanöver eingeleitet.«

Oscar feuerte schon mit dem Geschützturm auf die schwarzen Kugeln, die wie der unsichtbare Tod aus dem Nichts kamen.

»Worx-Schiff nähert sich. Leck mich am Arsch, ist das schnell!«

»Sehe es.« Oscar kniff das Gesicht zusammen. Ein Mundwinkel zuckte. »Torpedo feuerbereit.«

»Abschluss!«, gab Levi die Freigabe und verfolgte, wie die Rakete auf das Raumschiff zuschoss, einen blauen Schweif hinter sich herziehend.

Carl blähte wieder die Wangen auf und krallte sich in seinem Sitz fest, während die Gettie einen weiten Bogen flog, um tangential davonzudriften.

»Komm schon!«, knurrte Oscar. »Schlag ein!«

Doch der Torpedo schlug nicht ein. Er verfehlte das Schiff um wenige Meter und schoss davon.

»Die sind ausgewichen! Scheiße! Sie beschleunigen weiter.«

»Wie, zur Hölle?« Man sah keinen Plamastrahl, keinen Schweif, nichts.

»Mir scheißegal!« Wes' Finger tanzten über die Steuerelemente. »Schießt das Teil ab!«

»Torpedo feuerbereit!«

»Abschuss!«

Der nächste verließ den Schacht und raste auf das stachelige Worx-Schiff zu.

Oscar hatte die Augen hart zusammengekniffen. Schweiß stand ihm auf der Stirn. »Komm! Diesmal! Und ... nein!« Wieder flog der Torpedo vorbei und verschwand in der Schlacht.

»Anstieg der Gammastrahlung!« Cassys Stimme klang heiser. »Alter, geht das ab.«

»Ein Angriff?«

»Vermutlich.«

Die Lichter in der Gettie flackerten und Levi entschied aus dem Bauch heraus: »Beidrehen! Maximalen Schub! Bring uns weg!«

Wes reagierte schon, und die Gettie beschleunigte mit allem, was sie hatte.

Wieder flackerten die Lichter. Carl stöhnte, Cassy keuchte, Oscar schnaufte, Levi biss sich auf die Lippe und Wes knurrte. Dann ein letztes Flackern und matte Dunkelheit.

Jetzt schnaufte auch Levi hart. »Was ist passiert?«

»Irgendein Modul ist ausgefallen.« Cassy. »Notstrom fährt rein in drei, zwei, eins.« Wieder flackerte Licht und erinnerte an Blitze, in denen Levi seine Crew in der Brücke wahrnahm. Dann ein letztes Leuchten und sie waren wieder im Licht.

Cassy schnallte sich schon ab.

»Wo willst du hin?«

»In den Technikraum, nachsehen, was passiert ist.«

»Ernsthaft?«

»Verdammt, ja! Nicht, dass die Strahlung etwas gegrillt hat.«

Levi nickte, auch wenn es ihm nicht gefiel. »Dann los!«

Cassy verschwand schon, während Wes die Beschleunigung verringerte. »Wo sind wir?«, wollte Levi wissen.

»Hier am Rand der Schlacht. Haben das Worx-Schiff abgehängt. Es ... es hat beigedreht und fliegt wieder Richtung Nighthawk.«

»Wie sieht es dort aus?«

»Keine Ahnung. Sie haben die Plasmaschilde hochgefahren. Wir kommen nicht mehr rein. Sie scheinen voll in den Kampf integriert zu sein.« So sah es auch aus. Die Gleiter der Wächter hatten sich formiert und glitten in einer Rauten-Formation auf die Worx zu, die Nighthawk als Herzstück. Der Anblick war majestätisch, aber auch so verquer, dass Levi nur den Kopf schütteln konnte. Er wandte sich an Oscar und Carl.

»Haben wir hier die Chance auf einen Dorn?«

»Womöglich.« Carl hatte Cassys Steuerung übernommen und blendete einen Dorn ein. »Der hier. Etwas größer, aber erreichbar.«

»Etwas größer«, stieß Wes hervor. »Das ist ein verdammtes Monument.«

»Nein, es passt durch die Frachtluke. Auch die Halteklammern können es packen. Ich habs berechnet. Wir müssen es nur entsprechend drehen und hineinmanövrieren.«

Oscar blähte die Wangen auf. »Wird aber nicht leicht. Ich muss beide Halteklammern andocken. Eine im vorderen Drittel, eine im hinteren. Kannst du uns auf gleichen Kurs bringen?«

Wes schnaubte. »Das fragst du noch?«

»Ja ... dumme Frage. Sollen wir?«

Levi überlegte, dann nickte er. »Macht euch bereit und fliegt los. Ich schau nach Cassy.«

Er fand sie im Technikraum, wo sie mehrere Auszüge mit Kabeln und Platinen herausgezogen hatte. Aus zwei der schweren Schubläden quollen Rauchfäden heraus. »Und?«

Sie winkte ab. »Es hat drei Steuerelemente zerrissen.«

»Überhitzt?«

»Nein. Zerbröselt. Und dann sind die Kondensatoren dahinter in Flammen aufgegangen.«

»Also doch eine Waffe. Wie bei den Instantan-Modulen.«

»Vermutlich. Ich hab zwar keine Ahnung, wie die Gammastrahlung ein Steuerelement zerbröseln kann, aber du siehst es ja selbst.« Sie zog ein Kästchen von der Platine herunter, in dem schwarzes Pulver herumschwebte.

»Okay. Dann müssen wir dauerhaft auf Gammastrahlung checken. Wie schlimm sind die Schäden?«

Cassy winkte ab. »Kein Beinbruch. Ich tausch die Schaltkreise aus. Ich werd nur die Kondensatoren nachdrucken müssen.«

»Wie lange brauchst du?«

»Halbe Stunde ... ungefähr.«

»Können wir derweil normal fliegen?«

»Ja. Auch einen Dorn fangen, wenn du das meinst. Betrifft hier nur die Steuerelemente der Krankenstation.«

»Okay.« Levi klopfte ihr kameradschaftlich auf die Schulter und schwebte zurück zur Brücke. »Wir können das Manöver starten.«

»Alles klar«, gab Wes retour. »Haben uns dem Dorn genähert.«

»Gammastrahlung?«

»Unauffällig.«

»Okay. Behaltet die rund um die Uhr im Auge.« Er wandte sich an Carl. »Kannst du die Software modifizieren und die Gammawerte dauerhaft aufs Displays holen?«

»Ich versuch es. Müsste aber klappen.«

»Dann los!«

So flogen sie wieder der Schlacht entgegen. Levi versuchte, sich einen Überblick darüber zu verschaffen, was passiert war, aber es war sinnlos. Die Formation der Gleiter hatte sich aufgelöst und in ein einziges Wirrwarr verwandelt. Nur die Nighthawk leuchtete mit ihrem Plasmaschild wie ein Leuchtfeuer in der Dunkelheit. Um sie herum glommen und flammten unentwegt Lichtpunkte auf, immer dann, wenn der Plasmaschild gefordert wurde oder ein Geschoss absorbierte. Wie lange die Nighthawk den brutalen Beschuss wohl aushalten würde?

»Wo stehen die Schilde?« Charles' Stimme klang mittlerweile wie ein Krächzen, so viel hatte er geschrien.

»Bei siebenundvierzig Prozent. Tendenz fallend.«

Charles verzog das Gesicht. »Das geht so nicht. Wir verlieren zu schnell zu viel Plasma.«

»Wir könnten beidrehen«, sagte Bonnie Aldrin an seiner Seite.

Charles schüttelte den Kopf. »Niemals. Dann verlieren wir den Planeten.«

Ihr fragender Blick ließ ihn zu ihr schauen. Leise fragte sie: »Was sind die Alternativen?«

»Wir brauchen Verstärkung. Eden!«

»Die wollten aber doch −«

»Ich weiß, verdammt! Die müssen! Übernehmen Sie!«

Aldrin schluckte, nickte aber und übernahm das Kommando.

Charles schickte Kitzler noch eine Nachricht, dass er nun doch Kontakt mit Eden aufnahm, und verließ die Brücke.

Diesmal forderte er nicht den Flottenadmiral an, sondern direkt das Arschloch von Brenson. Er schien der Strippenzieher zu sein. Wenn er ihn überzeugte, würde Eden eingreifen und sie hätten mit der Flotte und den Back-up-Gleitern in gleicher Anzahl deutlich mehr Schlagkraft. Vielleicht die entscheidende Schlagkraft.

Er bekam allerdings nur das Sekretariat von Brenson in die Leitung, und die Dame versicherte ihm, dass ihr Vorgesetzter in einer wichtigen Besprechung gebunden sei.

»Ist mir völlig egal!«, schnauzte Charles. »Holen Sie ihn in den Call. JETZT!«

»Das kann ich nicht, Sir!«

»Doch! Es geht um Millionen Menschenleben.«

»Aber ... ich habe Anweisungen, dass −«

»Ist mir egal, was Sie für Anweisungen haben. Holen Sie ihn!«

»Nein, Sir. Ich bin nicht dazu befugt.«

»Ach, nicht? Ich glaube, schon, denn wenn Sie es nicht tun, dann werden wir alle Torpedos, die wir auf der verdammten Nighthawk haben, und das sind sehr viele, auf Eden feuern. Haben Sie verstanden?«

Die Dame wurde noch blasser. »Ist das eine Drohung?«

»Ja! Ich drohe hiermit offiziell Eden mit einem vernichtenden Nuklearschlag, wenn Sie mir Ihren Vorgesetzten nicht in den Call holen! Sie haben zwei Minuten!«

Die Dame schluckte schwer und verschwand. Die Übertragung ließ sie eingeschaltet.

Charles sank in seinen Bürostuhl und rieb sich mit schweißfeuchten Händen über das Gesicht. »Nicht gut«, brummte er. »Nicht gut.« Er wusste jetzt schon, dass man ihm die unbedachten Worte negativ auslegen würde. Aber was scherte es ihn? Er hatte mit Eden gebrochen. Er wollte nur, dass sie mitkämpften. War das denn zu viel verlangt?

Endlich erschien Brenson, ein Mittfünfziger mit Haarkranz und gefährlich intelligenten Augen. Und mit einer Verschlagenheit, die an einen Fuchs erinnerte.

»Herr Carroll, Sie drohen uns wirklich?«

»Ach, hören Sie auf, Brenson. Wir brauchen Edens Flotte vor Dawn. Sofort!«

»Kommt nicht infrage. Sie paktieren mit den Wächtern!«

»Weil wir sonst keine Chance haben! Fragen Sie Rothaus. Unsere Schilde sind schon mehr als zur Hälfte verbraucht. Die Custodes sterben wie Fliegen, aber auch die Worx. Wenn wir gemeinsam angreifen, können wir sie zurückschlagen. Aber es muss *jetzt* passieren!«

Brenson musterte ihn abfällig. »Seit wann haben Sie das Kommando inne?«

»Seit heute. Über die Nighthawk.«

»Also doch. Sie haben mit uns gebrochen.«

»Von mir aus, Brenson. Es ist mir völlig egal, wer mit wem und warum. Wir müssen gemeinsam angreifen. Wie hat es einer meiner Piloten gesagt: Wenn die Worx kommen, sind wir alle gleich. Schauen Sie sich den Schlachtverlauf an und greifen Sie ein! *Jetzt!*«

Brenson schnaubte nur und schaltete die Übertragung ab.

Charles wollte es nicht glauben. »Arschloch!«, brüllte er. »Du dummes Arschloch!« Seine Fäuste schlugen auf den Tisch ein, immer wieder, bis ihm die Hände brannten, dann stieß er pfeifend die Luft aus und stöhnte. »Okay, Charles. Ganz ruhig. Denk nach! Wie kannst du die Schlacht ohne Eden gewinnen? Wie?«

Ihm wollte nichts einfallen, und das machte ihn schier wahnsinnig. Aber es half nichts. Er wurde auf der Brücke gebraucht, und dorthin eilte er zurück. Er würde alles geben, und sollte es am Ende sein Leben sein. Er würde den Planeten nicht aufgeben. Und nicht die Menschen, die dort lebten. Niemals.

Levi hatte sich wieder auf seinen Stuhl gesetzt und die Gurte festgezogen, denn die automatische Kollisionserkennung der Gettie steuerte sie so brutal durch das Trümmerfeld, dass sich Levi wie in einer Wäschetrommel vorkam. Die Bewegungen waren wirklich heftig. Es drückte ihn bei Beschleunigung mal in den Sitz, dann warf es ihn bei einem Bremsmanöver in den Gurt, es ging links und rechts, nach unten und oben und dann in eine harte Rotation, als die Gettie in einer Evolvente um ein Worx-Wrack herumsteuerte.

Levi verfolgte das Wrack in der Übertragung neugierig, aber er ließ es am Ende passieren, denn die schwarze Masse war ihm nicht geheuer – und das Wrack besaß jede Menge davon.

Es war ein wirklich bizarrer Anblick. Es wirkte, als ragten Trümmerteile eines Raumschiffs aus der schwarzen Masse – oder sie fungierte als eine Art Kleber. Es sprossen Spitzen aus der Masse, verdrehte Formen, aber Levi meinte auch, transparente oder milchig gewordene Flächen wahrzunehmen, hinter denen es blassgrün schimmerte.

Wie er auf die Idee kam, dass es sich um ein Wrack handelte, wusste er gar nicht genau, aber das Schiff sah einfach tot aus. Ausgebrannt. Zerstört.

Als sie daran vorbei waren, wusste er auch, warum. Auf der Rückseite hatte ein Torpedo eingeschlagen und ein gutes Drittel des Schiffs weggerissen. Der Anblick war noch spannender, denn das Innere schien aus Hohlkammern zu bestehen. Oder Waben, die von den Dornen getragen wurden? Lebewesen sah Levi keine, aber das hieß nichts bei einem Kontakt mit dem Vakuum. Menschen würde er auch keine sehen, denn die würden als Leichen davontrudeln und im Nichts verschwinden.

Virus, durchzuckte es ihn plötzlich. Und ja, das Schiff erinnerte ihn entfernt an die Nahaufnahme eines Virus mit seiner Hülle und den daraus herausragenden Spike-Proteinen.

Die Assoziation ließ ihn erschaudern. Allein die Vorstellung, dass sie es womöglich mit einem Virus zu tun hatten, nur in erheblich anderen Maßstäben, als sie es gewohnt waren, war zutiefst erschreckend. Wenn er an die Pandemien der letzten Jahrhunderte dachte, und daran, was ein Virus alles auslösen konnte, dann würde das schon passen. Ein direkter Angriff auf Darkness, unangekündigt und schonungslos, keine Kontaktaufnahme, keine Gesprächsversuche. Wie ein Virus, der nur zu seinem eigenen Vorteil einen Wirt suchte, um sich zu vermehren.

Aber was müsste das für eine unglaubliche Lebensform sein, um in dieser Größe Viren auszubilden? Andererseits war das Universum so gewaltig groß, dass alles möglich war. Vielleicht gab es auch noch irgendwo einen Planeten, auf dem Dinosaurier lebten oder andere Menschen. Oder Levi selbst, als Doppelgänger. In den Multiversentheorien war all das denkbar, und nie war das Gegenteil bewiesen worden. Warum sollte es nicht einen Planeten oder einen Bereich geben, in dem sich riesige Viren entwickelt hatten?

Viren. Levi erschauderte und wandte sich Wes zu. Der sagte in dem Moment: »Dorn direkt vor uns!«

Auf dem Hauptdisplay war das Objekt gut zu erkennen. Es schwebte mit der Spitze voran geradeaus. »Keinerlei Rotation?«

»Nein. Bewegt sich schnurgerade ins Nirgendwo.«

»Ne, ne«, ging Carl dazwischen. »Mit Sicherheit hat das einen Kurs, wir verstehen das Muster nur noch nicht.«

Wes zuckte mit den Achseln. »Also ich sehe hier mindestens hundert von diesen Objekten, die in verschiedenen Größen in alle erdenklichen Richtungen fliegen. Sieht ziemlich planlos aus.«

»Mag sein, aber ich vermute, da steckt System dahinter. Hinter allem steckt ein System. Entweder, die Dornen wurden von einer Intelligenz abgeschossen, dann aus gutem Grund, oder sie sind natürlichen Ursprungs, aber auch dann gibt es ein System, warum sie sich so bewegen, wie sie sich bewegen. Pflanzen wachsen zum Licht. Wasser folgt der Schwerkraft. Kristallbildung folgt physikalischen Gesetzen. Alles folgt Gesetzen.«

»Dann sollten wir die Flugbahnen vielleicht katalogisieren«, schlug Levi vor.

Carl nickte. »Von allen Objekten.«

Oscar öffnete für einen Moment die Augen und blinzelte ins helle Licht der Brücke. »Aber wird das nicht sowieso von der Nighthawk erledigt? Also von der Schiffs-KI?«

Levi hatte keine Ahnung. »Ich hoffe es, denn wir können es nicht machen. Dafür reichen unsere Sensorkapazitäten nicht.« Er zeigte aufs Display. »Was meinst du, Oscar? Bist du bereit?«

»Bin ich immer.« Der tätowierte Hüne grinste anzüglich, dann sank er wieder auf seinen zurückgelegten Sitz und schloss die Augen. Die Halteklammern signalisierten über eine Meldung, dass sie aktiviert wurden.

»Okay!« Levi schluckte die aufkeimende Anspannung hinunter. »Alle bereit für die Bergung?«

Aus den Lautsprechern seines Helms hörte er von allen ein: »Ja«.

»Gut, dann los! Wes, bring uns so nah ran, wie du nur kannst! Entsprechend Kurs angleichen und halten. Carl, behalte die Gammastrahlung im Auge. Cassy ... wie weit bist du eigentlich?«

»In einer Minute fertig und dann auf dem Weg zu euch.«

»Super. Oscar? Sind die Halteklammern bereit?«

»Aber so was von.«

»Alles klar. Dann Go! Holen wir das Baby an Bord!« *Oder das Spike-Protein eines riesigen Virus ...*

Wes hob den Daumen und schaltete die automatische Kollisionserkennung aus. Seine Finger legten sich auf die flachen Steuerpanels, über die er die Glengettie justierte. Die Panels kamen seit der Erfindung des Millet-Antriebs zum Einsatz und hatten Joysticks und andere Steuerelemente wie Trackballs und Gestensteuerung abgelöst. Durch die hohe Beschleunigung von weit über zehn G, die mit dem Millet-Antrieb erreicht werden konnte, wurde die künstliche Schwerkraft so stark, dass man die Hände mit einem Joystick nicht mehr bewegen konnte. Die Arme wurden an den Körper gepresst. Einzig mit den Fingern funktionierte das Navigieren weiterhin.

»Nähern uns dem Dorn weiter an«, sagte Wes konzentriert. »Ich werde die Gettie drehen und gegensteuern, um parallel an den Dorn ranzukommen.«

»Aber vermeide, in den Antriebsstrahl zu kommen«, warf Carl ein.

Wes grunzte. »Welcher Antriebsstrahl?«

»Ja, den nicht vorhandenen. Trotzdem. Stell ihn dir einfach vor. Irgendwie wird der Dorn angetrieben. Ich möchte eine Reaktion vermeiden.«

»Vielleicht wurde er einfach aus einem der Worx-Schiffe geschleudert und fliegt seitdem mit konstanter Geschwindigkeit dahin. Seit wir das Baby auf dem Schirm haben, hat sich die Geschwindigkeit nicht verändert.«

»Auch möglich, aber ich wollte meine Überlegungen nur gesagt haben.«

»Find ich auch super«, sagte Levi. Und an Wes: »Versuch bitte, den Kontakt mit der Rückseite des Dorns zu vermeiden.«

Wes schüttelte nur den Kopf. »Ihr wollt das Ding an Bord holen, habt aber Schiss, es könnte uns gefährlich werden, wenn wir nur dahinter fliegen? Okaaay. Alles klar.« Er winkte ab und konzentrierte sich wieder auf den Flug.

Es ging immer näher an den Dorn heran, plötzlich daran vorbei, dann ruckten die Steuerdüsen und die Gettie wurde langsamer und langsamer, bis sie dem Dorn auf einer parallelen Flugbahn folgte. Wes steigerte die Beschleunigung und holte auf, als gerade Cassy zurück auf die Brücke kam.

»Alle Steuerelemente wieder voll einsatzfähig.«

»Super.« Levi lächelte kurz, widmete sich aber sofort wieder dem Manöver. Wes hatte die Fregatte auf gleiche Höhe gebracht und per Steuerdüsen abgebremst. Schließlich nahm er die Finger vom Panel und schnalzte mit der Zunge. »Fliegen jetzt exakt parallel in einem Abstand von einhundert Metern.«

Oscar bleckte die Zunge. »So lang sind die Halteklammern nicht.«

»Ich weiß, aber ich wollte uns erst mal ausjustieren. Den Rest erledigt die Gettie selbst, wenn ich entsprechende Order gebe. Ich schlage aber vor, du fährst zunächst die Greifarme aus.«

»Bin schon dabei.« Oscar hatte die Augen wieder geschlossen und bewegte die Finger, deren Bewegungen von Scannern erfasst und in Bewegungen der Greifarme umgesetzt wurden. »Also ... ich wäre soweit. Bring uns näher ran.«

Wes gab einen Befehl ein, und die Gettie veränderte Antriebsschub und Seitenschub, um den Flugvektor anzupassen.

Carl hing mit großen Augen an der Videoübertragung. »Ganz vorsichtig greifen! Wie wir es gesagt haben: vorderes und hinteres Drittel.«

»Jaja, ich krieg das schon hin.«

Oscars Gesicht war vor Konzentration verzerrt, während die Greifarme sich Richtung Dorn streckten. Die Halteklammern an den Enden öffneten sich zur maximalen Weite. Fast synchron näherten sie sich zentimeterweise dem Dorn.

»Näher ran«, wisperte Oscar. »Ganz sanft.«

Wes erwiderte nichts, sondern justierte den Kurs um weitere Zentimeter. Die geöffneten Halteklammern, die wie Hände mit acht Fingern aussahen, glitten an den Dorn heran.

Oscar schnaufte schwer. »Warte! Warte! Noch einen Zentimeter ran. Einen! Ja ... Stopstopstop!« Ihm entwich ein langer Atemzug. »Sehr geil. Alle bereit, dass ich zupacke?«

Jeder nickte, keiner sprach.

»Okay.« Oscar atmete tief durch. »Dann packen wir zu.« Er gab einen entsprechenden Befehl, und schon schlossen sich die beiden Halteklammern in einer synchronen Bewegung.

Alle hatten offenbar gleichzeitig die Luft angehalten, denn Levi hörte ein lautes, kollektives Ausatmen. Er musste grinsen. »Guter Job! Wie sind die Parameter der Glengettie? Irgendwelche Veränderungen? Gammastrahlung?«

»Nicht auffällig«, sagte Carl, und Wes schob hinterher: »Auch bei mir alles im grünen Bereich.«

»Okay. Sollen wir warten oder ... das Teil an Bord holen?«

Alle blickten zu ihm, und Wes sagte: »Du bist der Captain.«

Levi rollte mit den Augen. »Jaja. Ich frag euch trotzdem. Also?«

»Reinholen!« Cassy war sofort dabei.

Auch Carl nickte.

Wes seufzte. »Also, wenn ich ehrlich bin, gefällt mir das alles nicht. Wir haben keine Ahnung, was das ist. Vielleicht holen wir uns eine verdammte Bombe an Bord.«

»Darf ich dich daran erinnern, dass du uns eben wegen dem nicht vorhandenen Strahl gescholten hast?«

»Jaja, ich weiß. Aber darüber wissen wir gar nichts.« Wes

zeigte auf die Videoübertragung des Dorns, der in den Halte-klammern gefangen war.

Levi wandte sich an Oscar. »Was meinst du?«

Der Hüne zuckte mit den Achseln. »Ich bin bei Wes. Wir könnten mit einer EVA erst mal raus und das Teil dort untersuchen.«

»Ist doch scheiße!«, brummte Cassy. »Draußen haben wir fast keine Möglichkeiten.«

»Du kannst eine Materialprobe nehmen und im Labor unter-suchen«, entgegnete Oscar. »Oder wir könnten die Sensorkonglo-merate darauf ausrichten. Keine Ahnung. Ihr seid die Ingenieure.«

»Und wir sagen: reinholen.« Carl verschränkte die Arme vor der Brust, um seinen Standpunkt zu unterstreichen.

Levi seufzte. »Also liegt es doch an mir.« Er blähte die Wangen auf und musterte den Dorn auf der Außenübertragung. *Spike-Protein*, ging ihm wieder durch den Kopf, und vielleicht gab das den Ausschlag dafür, dass er sagte: »Macht euch für eine EVA bereit! Ich will erst wissen, dass das Material ungiftig ist, bevor ich mir das Teil an Bord hole.«

DIE STIMME des Waffenmeisters tönte viel zu hoch und voller Angst durch die Brücke. »Schilde bei siebzehn Prozent!«

Charles sah es selbst. Die Anzeige schwand und schwand und schwand, und immer noch tobte die Schlacht, auch wenn sich die Kämpfe etwas weiter weg von Dawn verlagert und in kleinere Scharmützel aufgeteilt hatten. Der Planet hing wie eine braun-rote Scheibe links der Nighthawk. Davor waren in schwarzen Flecken Raumschiffe und Trümmerteile zu sehen. Ein bizarrer und düsterer Anblick.

Noch düsterer war, dass Eden nicht eingriff. Die Flotte ruhte weiterhin am Larange-Punkt und sah einfach zu.

Charles wandte sich an Kitzler. »Ich glaube, Sie müssen das Back-up mobilisieren.«

Der Wächter nickte und schürzte die Lippen. »Ich glaube auch. Geben Sie uns zur Not Feuerschutz, sollte Eden uns in den Rücken fallen?«

Charles hatte mit der Frage gerechnet und nickte, die Lippen zu einem Strich zusammengepresst.

Der Wächter neigte anerkennend den Kopf. »Dann mobilisiere ich das Back-up.« Er wandte sich ab und sprach in der Sprache der Wächter mit jemandem. Die Wächtersprache war wenig bekannt und wurde kaum genutzt. Ursprünglich war sie als Geheimsprache entwickelt und für illegale Geschäfte genutzt worden. So konnten die Gesetzeshüter nicht verstehen, was gesprochen wurde. Charles hatte sie wenige Male gehört und er mochte die kehligen Laute nicht, denn sie erzeugten bei ihm eine Gänsehaut. Abgesehen davon war ihm die Sprache so fremd, dass er nur Kauderwelsch verstand. Er hörte nicht mal Worte heraus.

Er sah aber, dass sich die Back-up-Flotte der Wächter vom Larange-Punkt löste und Richtung Schlacht strebte. Ein Gleiter nach dem anderen drehte bei und schoss davon. Zurück blieb die Flotte Edens. *Die Schande Edens*, korrigierte sich Charles.

Er räusperte sich und rief: »Zwei Waffenmeister abziehen und auf Standby. Bei mir melden!« Eine Frau und ein Mann verließen ihre Plätze und kamen zu ihm, um zu salutieren.

Charles ging in die Hocke, um auf Augenhöhe mit ihnen reden zu können. Manchmal empfand er die erhabene Kanzel des Captains als störend. »Ich habe einen Sonderauftrag für Sie. Sie werden ab sofort engmaschig und dauerhaft die Flotte Edens kontrollieren.«

Fragezeichen bildeten sich auf den Gesichtern der beiden. »Worauf kontrollieren?«, fragte sie.

»Auf kriegerische Aktivitäten.« Charles sah ihnen in die Augen. »Haben Sie verstanden? Sollte Eden sich gegen uns oder die Wächter wenden, greifen Sie an.«

Ein hartes Schlucken. »Bestätige«, sagte er. »Eden angreifen, falls sie uns angreifen.«

»Oder die Wächter.«

Beide nickten, sichtlich mitgenommen von der Order.

Charles winkte sie noch näher heran. »Ich hoffe, dass der Fall nicht eintritt. Aber Sie beide sind dann die letzte Rückendeckung, falls ... Eden ... falschspielt.«

»Werden sie nicht«, war sich die Waffenmeisterin sicher.

»Hoffen wir es.« Charles zeigte auf die Arbeitsplätze und entließ die beiden.

Danach verfolgte er wieder die Schlacht. Das Back-up hatte sich eingereiht und half, zwei Scharmützel zu ihren Gunsten zu entscheiden. Ein dritter Schauplatz ging an die Worx, gefolgt von einem vierten. Die Plasmaschilde sackten in dem Moment unter zehn Prozent. Warnlichter flammten auf und tauchten die Brücke wieder in höllenfarbenen Schein.

Bonnie Aldrin kam zu ihm, blass und müde, aber ganz bei sich. »Sollen wir Evakuierungspläne einleiten?«

»Nein.«

»Fluchtpläne?«

»Nein.«

Die junge Frau sah ihn durchdringend an, begriff und neigte das Haupt. »Ich mobilisiere alle Waffen, sollten die Schilde brechen.«

»Tun Sie das. Wir geben alles. Bis zum letzten Schuss und bis zum letzten Torpedo.«

Bonnie Aldrin verzog den Mund zur Andeutung eines Lächelns. »Für die Nighthawk!«

Charles lächelte ebenfalls, jedoch nur äußerlich. »Für die Nighthawk!«

AUF DER SPIELTE sich noch ein ganz anderes Drama ab, als Selena Singer Schritte hinter sich hörte. Sie fuhr herum, sah sich einem unbekannten Mann gegenüber und fragte: »Was wollen Sie hier?«

Der Kerl musterte sie, dann die Tür hinter ihr. »Bin ich hier bei der Lüftungswartung?«

Selena zögerte mit einer Antwort. Der Kerl kam ihr komisch vor, irgendwie gefährlich. Zwar sah er ganz nett aus und nicht wie ein Bösewicht, aber ihn umgab eine Art Aura. Entschlossenheit? Purer Wille? Sie wusste es nicht, doch in seinen intelligenten Augen funkelte etwas Dunkles.

»Warum wollen Sie das wissen?«, fragte sie daher und wich einen Schritt zurück.

»Weil es Probleme mit der Lüftung in meinem Quartier gibt.«

»Dann wenden Sie sich an die Schiffswartung. Die kümmern sich darum.«

»Würd ich gern, aber die Schiffswartung ist wegen des Angriffs vollumfänglich eingespannt. Können Sie nicht mal ein Auge auf die Steuerung werfen? Apartment 713428.«

Selena zögerte immer noch, dann nickte sie jedoch. Ihr Bauchgefühl hatte sie so oft genarrt, vielleicht war er einfach nur nett und wild entschlossen, die Lüftung auf seinem Zimmer zu reparieren. Wem konnte sie das verdenken?

»Also gut. Kommen Sie.« Sie öffnete mit ihrer ID-Karte die Tür zur Steuerzentrale und führte ihn hinein. Der Raum war überschaubar, maß circa drei mal drei Meter, die Wände waren vollständig mit Monitoren und Steuerelementen übersät.

Der Kerl pfiff durch die Zähne. »So krass hab ich mir das nicht vorgestellt.«

»Na ja, wir haben über neuntausend Räumlichkeiten unterteilt in verschiedene Zonen, die einzeln evakuiert und separiert werden können. Da braucht man schon eine entsprechende Zentrale.«

»Aber ist denn außer Ihnen niemand hier?«

»Nein. Eine KI steuert und überwacht die Lüftung. Wir greifen nur in Notfällen ein.«

»Und gab es einen, weil Sie hier sind?«

»Nein, das liegt am Angriff. Falls die KI ausfällt, muss jemand vor Ort sein.«

»Verstehe.« Er lächelte freundlich. »Könnten Sie dann mal schauen?«

»Klar. Welches Zimmer war es noch mal?«

»713428.«

»Okay.« Selena ging zur Zentralsteuerung und gab die Nummer des Apartments ein. Es war eine von den externen Kabinen für Gäste. Er gehörte offenbar nicht zur Crew. »Also ... ich kann keine Fehlfunktion feststellen. Woran hakt es denn?«

»Keine Ahnung. Es kommt muffiger Gestank aus der Lüftung.«

Sie musterte ihn mit hochgezogener Augenbraue. »Das ist

aber sehr komisch. Muffiger Geruch müsste den ganzen Sektor betreffen. Ich habe aber sonst keine Meldungen.«

»Welcher Sektor ist es denn?«

Sie zoomte aus der Einzelzimmerübersicht heraus und zeigte die Sektoren. »Sektor 7. Sehen Sie? Keinerlei Meldungen. Alle Kontrollkästchen sind grün.«

»Verstehe. Und was ist das für ein Sektor?« Er zeigte auf die Forschungsstationen.

»Warum wollen Sie das wissen?«

»Weil ich neugierig bin.«

»Ja, und ich habe zu tun. Also, dürfte ich Sie −« Sie sah seine Faust zu spät kommen. Etwas knackte in ihrem Gesicht, dann sank sie zu Boden. Den Aufschlag bekam sie schon gar nicht mehr mit.

ANTHONY WALKER MUSTERTE die Frau wie Vieh, bevor er über sie hinwegstieg und den Sektor 9 betrachtete. Er zoomte hinein und fand die Forschungsstationen, ebenso die Isolationskammer. Es gab eine einzige Zufuhr, die isoliert war. Logisch, war ja auch eine Isolationskammer, die man entsprechend abriegeln können musste.

Er suchte in den Menüs nach den Bauplänen und fand einen entsprechenden Befehl. Er musste etwas herumprobieren, bis er es hinbekam. Dann aber leuchtete die Luftzufuhr der Isolations-kammer farbig hervorgehoben auf dem Display. Anthony studierte die Grafik genau. Die Lüftung kam im Technikraum 347359 heraus, wurde dort isoliert (oder nicht) und dann von einer Zuleitung mit der Kennzeichnung XL37 gespeist. Die wiederum führte in einen Verteiler, von dem aus der Extrakt überall hinkam. Anthony musste also hoffen, dass er ihn im Technikraum abfangen konnte.

Er rief wieder die Schiffskarte auf und suchte den Raum. Er lag eine Ebene unter seinem jetzigen Standort. Das war gut, ein kurzer Weg.

Als Anthony die Zentrale verlassen wollte, stöhnte die Mitar-beiterin und rappelte sich auf. Blut lief aus ihrer Nase, und ihr Auge schwoll zu.

Anthony ging zurück, blickte ihr in die Augen und sah Furcht und Trotz. Sie würde ihn melden, sofort. Mit einer schnellen Bewegung war er hinter ihr, schlang seine Hände um ihren Hals und zerrte ruckartig daran. Beim ersten Mal ächzte sie, beim zweiten Mal knackte es laut und sie erschlaffte.

Anthony ließ sie auf den Boden sinken, schnappte sich ihre ID-Karte und verließ den Raum. Schnell sperrte er ab und trabte den menschenleeren Flur entlang zum nächsten Treppenhaus.

LEVI, Oscar und Cassy warteten in der Luftschleuse auf den Druckausgleich. Da die Schleuse bei der Bruchlandung einiges abbekommen hatte, dauerte der Ausgleich länger als üblich. Es konnte nur über ein Ventil der Druck angepasst werden, nicht wie sonst über zwei.

Keiner von ihnen sprach. Levi hörte nur ihre leisen Atemzüge in der Übertragung seines Helms.

Endlich signalisierte die Schleuse, dass der Druck angepasst war. Sie konnten das Schott öffnen, was Oscar übernahm. Zischend glitt es auseinander, zeigte ihnen einen rechteckigen Ausschnitt vom Sternenhimmel. Von der Schlacht war nichts mehr zu sehen; sie musste sich verlagert haben, außerdem drifteten sie mit nicht unerheblicher Geschwindigkeit weg von Dawn. Wie all die anderen Dornen.

Levi hatte immer noch keine Idee, wofür die Dornen sein sollten. Er hatte schon überlegt, ob es eine Art Vermessungstechnik sein könnte. Wenn man von einer Koordinate die Dornen abschoss und die Geschwindigkeiten und Flugvektoren kannte, konnte man mögliche Hindernisse erkennen, immer dann, wenn ein Dorn ausfiel, zerstört oder abgelenkt wurde. Aber wozu brauchte eine Intelligenz, die durchs All fliegen konnte, eine so rudimentäre Vermessungstechnik? Das ergab keinen Sinn. Bomben, wie Wes vermutet hatte, aber auch nicht. Warum sollte man wahllos Bomben abschießen? Dafür suchte man sich doch konkrete Ziele und feuerte nicht einfach so in den Nebel.

Nein, Levi hatte keine Ahnung, was das mit dem Dorn sollte. Entsprechend mulmig war ihm, als er nach Oscar und Cassy aus dem Schott schwebte, sich an der Halteleine entlanghangelte und zum Dorn flog. Der war von den Halteklammern direkt vor die Ladeluke manövriert worden und hing in circa zwei Metern Abstand neben der Glengettie. Stehmöglichkeiten gab es direkt vor den Halteklammern, damit im Hangar Leute an externer Fracht arbeiten konnten. Heute schwebten die drei zu den Gittern, verhakten ihre Stiefel mit Magnetschnallen und wandten sich dem Aliendorn zu.

Er sah wunderschön aus. Glatt und glänzend, mit abstrakten Mustern versehen, die wie eingeätzt aussahen. Klappen oder Schrauben sah Levi keine. Die Oberfläche schien wie aus einem Guss zu sein, wobei natürlich Kanten in den Mustern hätten versteckt sein können.

Cassy holte derweil eine mobile Messstation aus einem Koffer, den sie mitgebracht hatte, und setzte sie auf der Oberfläche des Dorns auf. »Ich lasse erst mal die Oberflächenanalyse laufen«, sagte sie und aktivierte das Gerät. Mehrere Lämpchen flammten auf, blinkten und pulsierten.

Oscar begutachtete in der Zwischenzeit das Objekt von unten, bevor er durchatmete. »Sieht spannend aus. Irgendwie ... fremd und bekannt zugleich.«

Levi nickte. »Das hat Carl auch gesagt. Vielleicht hat es wirklich eine Verbindung zum Magnetonomikom der *Black Horizon*.«

Oscar musterte ihn aus seinem Helm heraus. »Und wie, glaubst du, soll so eine Verbindung zustande gekommen sein?«

»Indem die Black Horizon durch den Ring in Sektor 47-C flog, dort verschwand und auf der anderen Seite in Kontakt mit dieser fremden Lebensform kam.«

»Du meinst eine Symbiose?«

Levi zuckte mit den Achseln. »Warum nicht? Es kann ja auch verschmolzen, assimiliert oder abgeschaut und nachgebildet worden sein. Keine Ahnung, alles ist möglich, aber du hast recht. Es ist fremd und bekannt zugleich.« Er zeigte auf ein Kreissymbol, das wie ein Button aussah, drückte jedoch nicht darauf.

Die Oberflächenanalyse war abgeschlossen, was das Gerät blinken ließ. Cassy sagte: »Spannend.«

Levi und Oscar drängten zu ihr und musterten das Display, aber für Levi standen da nur komische Symbole und Zahlenreihen. Er musste gestehen, dass er von Materialkunde keinerlei Ahnung hatte.

Oscar offenbar auch nicht. »Was heißt das jetzt?«, wollte er wissen.

»Dass wir es mit einem metallhaltigen Objekt zu tun haben. Die Schnellanalyse zeigt Eisen, Kobalt und Nickel in veränderlichen Anteilen.«

Plötzlich ertönte Carls Stimme im Funk. »Alles magnetisierbare Materialien!«

Cassy nickte und schob ein: »Ja«, hinterher. »Es befinden sich auch kleinere Mengen von Neodym und Bor in der Oberfläche.«

»Weitere Dauermagnetmaterialien!«

»Ja. Ich starte mal noch eine Detailanalyse zu magnetischen Stoffen.« Sie hantierte an der Messstation herum, die wieder zu blinken anfing.

»Irgendwelche magnetischen Wirkungen messbar?«

Cassy zuckte mit den Schultern. »Minimal, Carl. Es scheint sich wirklich um einen Dauermagneten zu handeln. Die Spitze ist anscheinend ein Pol, das Ende der andere. Aber die Wirkung ist ganz schwach. Das Magnetfeldmessgerät zeigt ein statisches Gleichfeld an.«

Levi räusperte sich. »Sind irgendwelche giftigen Stoffe vorhanden, die ein an Bord nehmen verhindern?«

»Bisher nicht«, sagte Cassy. »Daran lecken würde ich nicht, aber im Labor sollte nichts passieren. Warten wir mal die Detailscans ab. Wie sieht es bei dir aus, Oscar?«

Der Waffenmeister hatte ein eigenes Gerät dabei, mit dem er die Oberfläche und einige der Rillen entlang fuhr. »Bisher nichts Gefährliches feststellbar. Das Ionenmobilitäts-Spektrometer zeigt keinerlei Rückstände explosiver Materialien an. Nicht mal im Nanogramm-Bereich. Ich gebe also Entwarnung – zumindest im Rahmen meiner Messmöglichkeiten.«

»Was ist mit Radioaktivität?«, wollte Levi wissen.

»Nichts. Minimale Gammastrahlung, die ungefährlich ist. Liegt ein paar Millisievert höher als die Durchschnittsstrahlung im Koi-System. Für uns in der Menge unbedenklich.«

Levi wollte eine weitere Frage stellen, als der Detailscan fertig war. Cassy pfiff durch die Zähne. »Hohe Mengen an Samarium und Cobalt! Richtig hohe Mengen.«

Carl brummte in den Funk. »Noch per Magnetismus!«

»Nie gehört«, sagte Levi.

»Dann wirds Zeit, junger Mann! Samarium-Cobalt bezeichnet verschiedene Verbindungen von Cobalt mit der seltenen Erde Samarium. Die Kombination wird überwiegend für Permanentmagnete verwendet. Eigentlich alles, was Cassy bisher so aufgezählt hat.«

Levi musterte den Dorn neugieriger. »Wir haben hier also einen großen Magnet eingesammelt?«

»Offenbar. Die Optik passt auch wunderbar zu Samarium. Es ist ein silbrig glänzendes Element des Periodensystems.«

»Ordnungszahl 62 und Symbol Sm.« Cassy grinste. »Wie Sado-Maso.«

»Und unabhängig davon nicht ungefährlich. Samariumverbindungen sind als giftig anzusehen. Metallstaub davon ist feuer- und explosionsgefährlich.«

»Toll«, brummte Oscar. »Und mir zeigt mein Sprengstoffmessgerät an, dass alles fein ist.«

»Ist es vermutlich auch.« Cassy besah sich abermals die Oberfläche. »Wir haben es ja hier nicht rein vorliegen, sondern in einer abgefahrenen Legierung. So was hab ich noch nicht gesehen.«

»Könnt ihr draußen testen, wie es mit Luft reagiert?«

»Nicht direkt. Oder na ja, ich könnte es mit Sauerstoff aus den Druckreinigungsdüsen bedampfen.«

»Dann mach das.«

Cassy holte ihren Druckluftschlauch heraus und hielt ihn an den Dorn. Es zischte, ein paar Eiskristalle flogen davon, ansonsten passierte nichts.

»Und?«, wollte Carl wissen.

»Null Reaktion. Aber wir haben auch keine Temperaturen wie auf der Gettie.«

»Egal. Bringt das Ding endlich rein! Wir können es ja erst mal nur in die Ladeluke verfrachten und langsam über angepassten Druckausgleich an menschliche Bedingungen gewöhnen. Sollte irgendwas sein, brechen wir ab und werfen es wieder raus.«

Levi ließ sich Carls Vorschlag durch den Kopf gehen. »Cassy? Wie schätzt du das Gefahrenpotenzial ein?«

Sie musterte ihn ernst, bevor sie sagte: »Gering.«

Levi nickte und wandte sich Oscar zu. »Irgendwelche Einwände deinerseits?«

»Nein.« Oscar wedelte mit dem Sprengstoffmessgerät und schüttelte den Kopf.

»Okay.« Levi schnaufte durch, musterte noch einmal den Dorn und entschied: »Ladeluke öffnen, Wes.«

Keine zwei Sekunden später öffnete sich im pulsierenden Blinken einer Warnleuchte die Ladeluke.

Kapitel Neun

Dawn, Randbezirk um Regnath

DAS GRÜNE TAXI glitt geräuschlos durch die Randbezirke der Stadt. Ashae steuerte den Wagen zwischen den einzelnen, hochaufragenden Felsformationen hindurch, während ihr Blick in einem unglaublichen Tempo die Gegend abcheckte. Die schräg einfallenden Sonnenstrahlen der langen Tage erzeugten Inseln aus Schatten zwischen den Felsen.

Wäre die Situation eine andere gewesen, hätte Flavia die Formationen als hochansprechend empfunden. Der raue Fels, die zerklüfteten Gebilde, das Spiel aus goldenem Licht und fast blauem Schatten in Komplementärfarben. Allerdings erdete sie der Blick der Hand – und die Schmerzen in ihrem Arm.

Sie hatten nach der Flucht aus dem Sünthus die Schusswunde begutachtet. Das Projektil war seitlich des Arms am Trizeps eingedrungen und hatte offenbar nur Fleisch und Muskelgewebe verletzt. Die Hand hatte das Projektil mit einem Nano-Stilett entfernt und mit dem Verbandskasten des Taxis notdürftig verarztet. Bewegen konnte Flavia den Arm vollumfänglich, aber sie hielt ihn trotzdem in einer Schonhaltung. Schmerzmittel wären nett gewesen, die hatten dem Verbandskasten aber leider nicht beigelegen. Doch sie konnte mehr als dankbar sein, zumindest laut Aussage der Hand. Ein Treffer zwei

Zentimeter weiter hätte den Knochen treffen und ernsthafte Probleme bereiten können.

Die Hand. Sie war mehr Maschine als Mensch, wie Flavia erkennen musste. Sie wollte gar nicht wissen, wie viele Millionen an Credits in die Bodymodifikationen der schlanken Schönheit gewandert waren. Sicherlich noch einmal so viel in kognitive Fähigkeiten wie Medizinkunde und Chirurgie. Allein, wie sie die Schatten absuchte, war gruselig und erzeugte eine Gänsehaut auf Flavias Unterarmen.

»So weit kann sie doch zu Fuß gar nicht gekommen sein!«, hörte sie sich selbst sagen.

Die Hand zuckte die Achseln, ohne den Blick von den Schatten abzuwenden. »Wir sind nur vier Komma sechsunddreißig Kilometer vom Sünthus entfernt. Die könnte Ihre Tochter zeitlich locker gelaufen sein.«

»In der Dunkelheit?«

»Mit Terminal, wie Sie gesagt haben. Außerdem ist die Wahrscheinlichkeit viel höher, dass es einen Weg aus den Kellern bei den Felsen gibt. Wir müssen weiter raus.«

Flavia seufzte, nickte aber. »Vermutlich haben Sie recht. Aber wie kommen wir auf die Formationen?«

»Zu Fuß.«

Das hatte Flavia befürchtet. »Sie wollen nach oben klettern?«

»Ja. Sie können ja gern mit dem Taxi weitersuchen. Vielleicht finden Sie eine befahrbare Rampe.«

Flavia schnaubte. »Wie hoch ist die Wahrscheinlichkeit dafür?«

»Null Komma null null zwei Prozent.«

»Super. Und ich soll mit einer Schusswunde am Arm klettern? Wie hoch ist die Wahrscheinlichkeit, dass ich oben ankomme?«

»Höher.«

Flavia schnaubte, rieb sich vorsichtig den Arm und seufzte dann. »Also gut, klettern wir. Finden Sie nur eine Stelle, an der ich in meinem Zustand nach oben komme. Ich sollte dazusagen: Ich habe null Erfahrung im Klettern!«

Die Killerin erwiderte nichts, musterte stattdessen die Felsen unter anderen Parametern. »Dort!«, sagte sie schließlich und steuerte das Taxi in einen Spalt. An dessen Ende parkte sie und stieg aus, um sich die Wand vor ihr anzusehen.

Flavia wurde bei dem Anblick flau im Magen. Die Felsen ragten mindestens zehn Meter steil empor. Wie sollte sie daran hochklettern? Andererseits wusste sie, dass sie es versuchen würde. Es ging um ihre Tochter, und für Sophia würde sie alles tun. Alles. Auch sterben, wenn es nötig war.

Die Killerin stieg aus und betrachtete die Wand aus der Nähe. Dann zeigte sie auf einen Riss im Stein. »Dort können Sie greifen. Folgen Sie dem Riss bis zu diesem Vorsprung, da können Sie pausieren. Dann einen Fuß an der dunklen Stelle platzieren und gerade nach oben. Schwierigste Passage. Vier Griffe, danach wird es leichter. Sehen Sie den Querriss? Dort können Sie am Ende mit sicherem Tritt nach oben steigen. Versuchen Sie, so viel wie möglich mit den Beinen zu erledigen. Nehmen Sie Kraft aus den Armen. Lange Arme, nur halten, keine langen Beugungen. Das wird Ihr Arm nicht mitmachen – und Ihre anderen Muskeln vermutlich auch nicht.«

Flavia hatte sich alles angesehen und blies die Wangen auf. »Wie stehen die Chancen, dass ich das schaffe?«

»Bei überraschenden siebenunddreißig Prozent.«

»Immerhin. Und was machen Sie?«

»Ich klettere hinter Ihnen, damit ich Sie im Falle eines Sturzes retten kann. Zumindest versuchen.«

Flavia hob beide Augenbrauen, nickte aber. »Dann los, bevor ich es mir anders überlege.« Schon trat sie an die Wand, besah sich den ersten Riss, griff hinein, suchte Halt und stieg mit den Füßen auf eine Steinkante. Der Halt war besser als erwartet, nur der Tritt schmerzte direkt in ihren Zehen, die vom jahrelangen Tragen hochhackiger Schuhe lädiert waren.

»Jetzt weiter oben greifen«, kommandierte die Killerin.

Flavia grunzte. »Das ist mir schon klar. Lassen Sie mich klettern, okay?«

Die Killerin nickte nur, verschränkte die Arme vor der Brust und beobachtete Flavias Plackerei. Die kam zu ihrem eigenen Erstaunen doch relativ gut zurecht – zumindest, bis sie die schwierige Passage erreichte. Dort stand ihr längst Schweiß auf der Stirn, ihr Arm schien in Flammen zu stehen, ihre Füße schmerzten und auch ihre Finger brannten. Aber als sie den

Blick hinab wagte, wurde ihr bewusst, dass auch fünf Meter Höhe verdammt hoch waren und sie sich bei einem Sturz vermutlich jeden Knochen brechen würde. Sie musste weiter hinauf. Also machte Flavia es so wie immer in ihrem Leben: Sie richtete den Blick nach vorn, in diesem Fall nach oben, konzentrierte sich auf den nächsten Schritt und Griff und schob sich zentimeterweise weiter und weiter.

Einmal glitt ihr Fuß ab, aber sie konnte sich an den zerklüfteten Felsen gut festhalten. Sie wollte zwar nicht wissen, wie ihre Finger danach aussahen, aber sie musste auch nicht mehr in ein Gericht.

Der Gedanke beflügelte sie. Flavia Flores, die Justitia Custodia, gab es nicht länger. Sie war jetzt eine Abenteurerin, die versuchte, ihre Tochter zu retten. Und sich selbst.

Sie bekam den zweiten Riss zu fassen, zog sich ächzend hoch, kletterte weiter, bekam die Füße in den Spalt und atmete mehrmals tief durch.

Unter sich hörte sie die Killerin sagen: »Sie haben es fast geschafft. Noch zwei oder drei Moves.«

Flavia spuckte schaumigen Speichel aus, atmete tief ein und machte sich an die letzten Bewegungen. Und schon war sie oben, zog sich über die Kante und blieb schwer schnaufend auf dem Plateau liegen. Ihre Finger zitterten und sie hatte sich einen Nagel eingerissen, der noch höllischer brannte als die Schusswunde. Das alles spürte sie erst jetzt, aber sie war oben. *Oben!*

»Ja!«, stieß sie hervor. »Ich habs geschafft.« Sie rappelte sich auf, als die Killerin geschmeidig wie eine Bergziege über die Kante kletterte. Kein Tropfen Schweiß glänzte auf ihrem Gesicht.

»Ruhen Sie sich aus«, sagte die Killerin. »Ich sehe mich derweil nach Ihrer Tochter um.«

»Ich komm schon mit.« Flavia kam auf die Beine, nickte der Killerin zu, dann begannen sie gemeinsam mit der Suche.

Die gestaltete sich nicht leichter als auf der unteren Ebene. Das Plateau war von Rissen und Spalten durchzogen. Überall lagen Brocken herum, die von der noch höheren Ebene herabgestürzt waren. Sie befanden sich am Rand des Kraters und es ging noch viel weiter hinauf.

Der Anblick traf Flavia hart in die Magengrube, als sie sich vorstellte, dass ihre Tochter durch so einen Spalt nach oben kletterte, aber einfach kein Ende fand. Sie war schon viel zu lange in der kalten Tiefe. Konnte sie überhaupt noch −?

»Kann sie!«, mahnte sie sich selbst. »Natürlich kann sie das!«

»Was?«

»Nichts. Ich habe mit mir selbst gesprochen.«

Die Killerin musterte Flavia neugierig, dann ging sie weiter und spähte in jede Spalte.

Flavia hingegen rief laut: »Sophia? Hörst du mich?«

Niemand antwortete.

»*Sophia?*«

»Ich halte Rufen für keine gute Idee. Die Wächter könnten uns hören.«

Flavia winkte ab. »Es ist mir so was von scheißegal. Außerdem: Sehen Sie jemanden? Ich nicht. Also! *Sophia?!*«

Die Killerin betrachtete Flavias Tun noch ein paar Sekunden lang, dann fiel sie in ihre Rufe mit ein, und so suchten die beiden Frauen systematisch das Plateau ab.

Flavia hatte keine Ahnung, wie viel Zeit vergangen war, denn auf Dawn, besonders in der Region Regnath, waren die Tage wegen der Rotation des Planeten gefühlt ewig lang. Ihrem Durst nach zu urteilen, vermutete sie aber mindestens zwei Stunden, als sie erschöpft auf einen Felsen sank. »Ich brauche eine Pause«, stöhnte sie.

Die Killerin nickte nur und suchte allein weiter. »Sophia?«, tönte ihre harsche Stimme über das Plateau. »*Sophia?*« Rufend entfernte sich die schlanke Frau ein ganzes Stück, bis es Flavia zu weit wurde. Sie folgte der Killerin mit müden Beinen, brennenden Händen und heiserer Stimme. Am Fuße des weiter aufsteigenden Randes schloss sie auf, doch beim Anblick der endlosen Spalten verließ sie der Mut. Ob Sophie jemals einen Weg herausfand? Und wie, bitte, sollte sie in absoluter Dunkelheit klettern? Sie hatte zwar ein Terminal, aber mit einer Hand kletterte es sich genauso beschissen.

Ihre Gedanken mussten Flavia anzusehen sein, denn die Killerin sagte: »Wir finden sie.«

»Danke, aber wie? Sie kann überall sein!«

»Glaube ich nicht. Die Kaverne war sternförmig angelegt, die Gänge schnurgerade. Ich habe die Karten auf meine Pupille übergeblendet, und wir müssten uns direkt über dem Gang befinden.«

»Müssten?«

»Ja, müssten.« Die Killerin zeigte auf die Wand. »Lass uns hier noch suchen.«

»Okay.« Sie liefen bis zum Rand. Das Gelände war zerrissen, aufgefächert, fast wie aufgebrochen. An manchen Stellen schien der Stein jedoch geschmolzen zu sein. Es war ein bizarrer Anblick.

»Sophia?« Flavia sah sich um, spähte in die dunklen Spalten und bekam plötzlich heftiges Herzklopfen. Was, wenn ihre Tochter in einer der Spalten feststeckte? Der Gedanke machte sie fast wahnsinnig, und sie fand sich an der Seite der Killerin, griff nach ihrem Arm. »Haben Sie keine anderen Möglichkeiten? Suchdrohnen oder Satellitenaufnahmen?«

Der Blick der schlanken Frau schien zu summen. »Nicht, ohne dass wir auffliegen. Ich habe extra meine Ortungsmöglichkeiten deaktiviert.«

»Aber ... wir müssen ...«

Der Kopf der Killerin ruckte herum. Sie lauschte.

»Was ist?«, wisperte Flavia.

»Ruhig!« Die Frau verkniff angestrengt das Gesicht. »Dort!« Sie lief los, Flavia dicht auf ihren Fersen.

Dann hörte sie es auch: den Papierschnitt eines Schreis. »*Mutter?*«

Ihr Herz pochte heftiger. »Sophia? Hörst du mich?«

»Ja! Xen One! Jaaaa!«

»Wo bist du?«

»Ich hänge in einer Spalte fest.« Sophias Stimme brach. Wimmern. Weinen.

Die Killerin trabte los, spähte in Spalten und blieb vor einer stehen. Sophias Weinen schlug in einen Schrei um. »Nein! Nicht sie!«

Flavia schob sich neben die Killerin. »Keine Sorge, sie tut uns nichts. Vorerst nicht.« Dann sank sie auf die Knie und blickte in die Spalte, wo ihre Tochter zwischen den Felsen steckte, blass und mit blauen Lippen.

»Mama?« Wieder ein Wimmern.

»Wir holen dich raus! Keine Sorge. Bleib ganz ruhig.«

»Ich bin ruhig. Mir ist nur so kalt. So verdammt kalt.«

»Dann beweg die Beine und Hände«, riet die Killerin. »Viel bewegen. Ich klettere zu dir und hole dich raus.«

»Sie?«

»Willst du gerettet werden oder nicht?«

Sophia musterte die Killerin, dann ihre Mutter, und nickte schließlich, mit Tränen in den Augenwinkeln.

EINE HALBE STUNDE später hatten sie es geschafft; zu dritt saßen sie im Windschatten eines Felsens. Sophia trug Flavias Jacke. Ihre Wangen waren wieder etwas gerötet. Eine hässliche Quetschung zierte ihren Unterarm, ansonsten schien sie wohlauf zu sein. Ihr Blick allerdings sprühte vor Fragen. Doch nur eine einzige kam aus ihrem Mund: »Wieso helfen Sie uns?«

Die Killerin ging nicht darauf ein, sondern sagte zu Flavia: »Ich schlage vor, wir klettern runter, sobald sie sich ausgeruht genug fühlt.«

»Und dann?«

»Statten wir jemandem einen Besuch ab.«

Der Unterton in der Stimme der Killerin gefiel Flavia überhaupt nicht. »Wen wollen Sie besuchen?«

»Imani.«

»Die hohe Wächterin von Dawn?«

»Ganz genau. Sie weiß sicherlich alles über den Tempel. Sie muss es wissen. Sie ist die Oberste auf Dawn, seit Beatriz Silva nach Moriah gezogen ist.«

»Warum ist sie eigentlich weg?«

Die Killerin zuckte mit den Achseln. »Angelegenheiten der hohen Wächter. Ich bin nur eine Hand.«

»Eine Hand mit Gehirn.«

Die Worte ließen die Frau lächeln, aber nur ganz kurz. »Imani wird uns unsere Fragen beantworten.«

»Aber sicher nicht freiwillig.«

»Vermutlich, aber sie wird reden.«

»Und was sind das für Fragen?«, wollte Sophia wissen. »So nach der Art: Hey, wir haben euren Tempel unter dem Puff gefunden, was hat es damit auf sich?«

»Zum Beispiel.«

Sophia grunzte. »Das ist doch ... Wahnsinn!«

»Nein, nein«, ging Flavia dazwischen. »Das ist sogar die einzige Option.«

»Verstehe ich nicht.«

»Dann denk nach. Es ist logisch. Man wollte uns töten, weil wir vom Tempel erfahren haben. Daran wird sich nichts ändern. Wenn wir aber alles über den Tempel wissen, wird man uns zwar immer noch töten wollen, aber wir haben etwas, womit mir verhandeln können. Oder Deals mit anderen Parteien eingehen können. Sie hat recht: Wir müssen wissen, was es damit auf sich hat.«

»Ashae«, sagte die Killerin.

»Wie bitte?«

»Ashae. Ich heiße Ashae.«

Flavia lächelte matt. »Flavia.«

Ein Nicken. »Ich würde mich kurz zurückziehen. Wenn ihr soweit seid, gebt Bescheid und wir steigen ab.« Ohne eine Antwort abzuwarten, machte sich Ashae aus dem Staub und verschwand hinter einem Felsen.

Sophia konnte nur den Kopf schütteln. »Was geht hier vor?«

»Das frag ich mich auch.« Flavia blickte in die Ferne, wo sich Regnath wie ein Teppich glimmender Glutreste ausbreitete. »Ich weiß nur, dass es etwas Großes ist. Etwas sehr Großes.«

»So wie der Tempel.« Sophia erschauderte. »Er ist riesig, Mutter. Und so viel Eisen.«

Flavia wandte sich ihrer Tochter zu. »Eisen?«

»Ja ... keine Ahnung. Metall auf jeden Fall. Das sind Unmengen! Die Wände, die Decken, die Böden. Alles aus dem gleichen Material. So was habe ich noch nicht gesehen.«

»Die ganze Welt hat so was wohl noch nicht gesehen.« Ihr Blick glitt wieder in die Ferne. »Und vermutlich wissen nur ganz wenige davon.«

»Glaubst du, Oliver Stratton hatte recht? Dass der Tempel alles verändert?«

»Keine Ahnung. Ich weiß nur, dass es eine große Sache ist. Und dass Ashae recht hat. Je mehr wir wissen, desto besser stehen unsere Chancen, zu überleben.«

»Du willst ihr vertrauen?« Die Worte waren nur ein Wispern.

Flavia lächelte. »Niemand redet von vertrauen.«

»Aber ...«

»Kein Aber. Vorerst brauchen wir sie und sie uns. Alles andere entscheiden wir, wenn es so weit ist.«

»Klingt aber nicht nach der Flavia Flores, die früher alle Zügel in den Händen hielt.«

Das Lächeln wurde breiter. »Ich weiß. Die Dinge ändern sich – und manchmal schneller, als man denkt.«

Kapitel Zehn

Äußeres Riff, Orbit von Dawn, an Bord der Nighthawk

AUF DER UNSCHEINBAREN, schmalen Tür aus grauem Komposit stand in dunklerem Grau die Zahlenreihe 347359.

Anthony lächelte. Es war der Technikraum mit der Lüftungsschnittstelle. Er versuchte, die Tür zu öffnen, aber sie war abgesperrt. Als er die entwendete ID-Karte durch die Magnetisierung zog, blinkte allerdings ein grünes Licht und die Tür sprang auf.

Anthonys Lächeln wurde breiter, auch wenn es seine Augen nicht erreichte, und er verschwand im Inneren.

Zu seiner Überraschung fand er sich in einem schlauchartigen Raum wieder, der sich jedoch über mehrere Etagen erstreckte. Anthony kam sich wie in einer Schlucht vor, umgeben von Rohren und Gittern, aus denen hin und wieder ein kalter Luftstrom drang und ihm übers Gesicht strich. An einer Wand fand er eine elektrisch verstellbare Leiter. In Führungsschienen konnte sie innerhalb der Schlucht bewegt werden, damit Techniker an die höher gelegenen Gitter herankamen.

Er rief sich den Plan in Erinnerung und die Kennzeichnung der Zuleitung: XL37. Dann besah er sich die nächstgelegene Zuleitung und fand die Kennung AC11. Weiter hinten eine KU90. Noch eins weiter die DG77. Ein System war nicht zu erkennen. Einen Plan des Raums fand er auch nicht. Womöglich hätte er sich auf einer Workstation neben der Tür einloggen und danach suchen können, aber dann würde er noch mehr Spuren hinterlassen. Er suchte XL37 lieber manuell. Er hatte auch nicht das Gefühl, dass ihm die Zeit davonlief. Auf ein paar Minuten würde es nicht ankommen, und so riesig war der Raum auch wieder nicht.

Einige Sekunden lang studierte Anthony die Leiter und deren Bedienung. Er stieg auf die unterste Sprosse und aktivierte das horizontale Gleiten. Surrend setzte sich die Leiter mitsamt ihm in Bewegung und glitt an Gittern, Rohren und Zuleitungen entlang. Anthony ging systematisch vor, wie er es immer tat. Er fuhr den gesamten Raum ab, während er auf der untersten Stufe stand, und checkte die linke Wand. Dann stieg er zwei Sprossen höher und fuhr zurück, um die zweite Reihe mit Zuleitungen zu checken. Die Prozedur wiederholte er so lange, bis er fast ganz oben stehend auf halbem Weg ein XL auf einem Rohr entdeckte.

Er steuerte die Leiter näher ran, stieg noch zwei Sprossen hinauf und fand tatsächlich die gesuchte Zuleitung.

Er ballte eine Hand zur Faust und studierte die Rohre. Wie erwartet, gab es eine Atmosphärensteuerung, die auf der Zuleitung saß wie eine Beule. Über die Steuerung konnten Sauerstoff, Stickstoff oder andere Gase in veränderlichen Anteilen beigemischt werden. Die Atmosphärensteuerung besaß außerdem eine Isolationsfunktion, die über das System gesteuert wurde, aber auch manuell ausgelöst werden konnte. Er fand den Schalter auf der Unterseite der Beule und aktivierte ihn. Etwas klackte laut, mehr passierte nicht. Damit war die Zuleitung abgesperrt. Wenn der Extrakt noch im Rohr war, dann kam er bis hierher und nicht weiter.

Anthony atmete erstmals tief durch. Das war der erste Streich. Aber wie fand er heraus, ob sich der Extrakt im Rohr befand? Analysetools hatte er nicht, sie waren auch nicht vorgesehen. Es gab allerdings eine Revisionsklappe, die direkt neben der Atmosphärensteuerung integriert war. Wenn er die öffnete, konnte er zumindest einen Blick ins Rohr werfen. Das war besser als nichts.

Dafür brauchte er Werkzeug. Die beiden Schrauben sahen

nach dem üblichen Multitool Edens aus, und so ein Tool gab es in jedem Technikraum.

Anthony stieg die Leiter hinab und begab sich auf die Suche. Wenige Minuten später fand er eins neben der Workstation in einem Fach. Er testete es und ließ den Kopf sausen. Der integrierte Motor surrte.

Zufrieden stieg er wieder die Leiter empor und öffnete die beiden Schrauben der Revisionsklappe. Sie knirschten leise, waren vermutlich noch nie geöffnet worden. Dann vorsichtig, die Klappe festhalten und lotrecht abziehen. Sie saß fest. Er zog straffer, eine Dichtung seufzte, und er hatte die Klappe in der Hand. Aus dem Rohr drang ein Hauch von muffigem Gestank.

Anthony spähte hinein, sah aber nur Schwärze. Das Licht des Technikraums reichte in der Ecke einfach nicht aus. Hatte er sein Terminal dabei? Hatte er, aber deaktiviert, damit man ihn nicht orten konnte. Sollte er es wagen? Nein. Er stieg wieder die Leiter hinab, legte die Revisionsklappe und das Multitool beiseite und suchte in den Werkzeugfächern nach einer Lampe.

Auch die fand er. Zufrieden betrachtete er die Stirnlampe mit justierbarem Band, in das in schwarzen Lettern NIGHTHAWK eingewebt war. Captain Charles Carroll hatte sein Schiff wirklich im Griff, denn an solchen Details konnte man beurteilen, wie ein Raumschiff geführt wurde. Blitzte es nur auf der Brücke und fehlte es bei der Technik an allen Ecken und Enden, gehörte der Captain ausgetauscht. Auf der Nighthawk war das anders. Jeder Raum war bestens ausgestattet, mit altem Zeug, aber hervorragend gewartet.

Anthony vertrieb den Gedanken an Charles Carroll, zog sich die Stirnlampe über, schaltete das Licht ein und erklomm wieder die Leiter.

Mit jeder Sprosse erfasste ihn mehr und mehr ein kribbelndes Gefühl. Würde er den Extrakt finden, den er selbst befreit hatte? Und dann? Was wollte er eigentlich? Er hatte keine Ahnung, aber das Licht führte ihn, glitt über Gitter und Rohre und erreichte letztlich die Revisionsklappe.

Ein graues Innenrohr wurde erhellt. Kein Extrakt.

Anthony reckte und bewegte den Hals hin und her, aber der Lüftungsschacht war leer. Kein Extrakt, keine Ameisenstraße. Nichts.

»Scheiße!« Er schloss die Augen und bettete den Kopf mit der Stirn gegen die Leiter. »Und jetzt?« Konnte er irgendwie die weitere Leitung überprüfen? Schwierig, denn er hatte keine Ahnung, in welche Leitung der Extrakt gekrochen sein könnte. In die Sauerstoffaufbereitung, die Stickstoffleitung oder in ein anderes der beigemengten Gase?

»Scheiße!«, wiederholte er und öffnete die Augen.

Vor ihm kroch ein schwarzer Weberknecht aus dem Rohr und streckte seine langen, dünnen Beine.

Anthony wollte sich schon abwenden, als er begriff. Ein schwarzer Weberknecht! Ameisen! Der Extrakt konnte offenbar die Gestalt wandeln.

Ein heiseres Lachen entfuhr ihm, und er betrachtete die Spinne genauer. Sie war wunderhübsch. Schwarz wie Teer, glänzend glatt und einfach wunderschön. Sie sah auch gar nicht wie ein üblicher Weberknecht aus, erinnerte nur daran. Und wie sie die Beine bewegte. Wie sie am Rand der Revisionsöffnung herumkrabbelte. Und da! Eine zweite und eine dritte. Sie krochen aus dem Rohr, mussten sich bei der Atmosphärensteuerung gesammelt haben.

Anthony konnte sein Glück kaum fassen. Er streckte sogar die Hand nach einer der Spinnen aus. Sein Zeigefinger näherte sich ihr, und Anthony spürte einen Kältehauch.

Direkt vor der Spinne verharrte er. »Na«, sagte er. »Komm. Trau dich! Ich tue dir nichts. Ich nicht.«

Die Spinnenbeine zitterten. Bewegten sich in seine Richtung. Zuckten. Ein Zittern. Dann die Berührung.

Anthony erschauderte von der Kälte, aber dann folgte eine prickelnde Hitze, und wieder lachte er. »Ja! Weiter! Komm! Trau dich! *Trau dich!*«

Die Spinne traute sich. Mit erst noch zögerlichen Bewegungen erklomm sie seinen Finger, dann erkundete sie forscher seine Handfläche. Derweil reihten sich die anderen am Rand der Öffnung zusammen. Zwanzig oder dreißig waren es und wurden immer mehr.

Anthony konnte aber nur grinsen. »Erstkontakt!«, rief er laut. »Erstkontakt! Xen One! ERSTKONTAKT!«

Das nächste Lachen blieb ihm im Hals stecken, als die anderen Spinnen sich plötzlich vereinigten. Sie glitten einfach ineinander und wurden zu einem Klumpen, aus dem dickere Beine sprossen. Und dann sprang die Spinne von der Größe einer Tarantel auf seine Hand. Die Berührung der Beine brannte diesmal wie kaltes Feuer, und Anthony wäre beinahe zurückgewichen, erinnerte sich aber im letzten Moment an die Leiter und daran, wo er war.

Sei nicht so ein Esel, ermahnte er sich selbst und hielt still. Was sollte schon passieren? Erstkontakt! *Erstkontakt!*

Die Tarantel erreichte den Weberknecht und nahm ihn in sich auf. Und dann ging alles ganz schnell. Mit rasend schnellen Bewegungen kroch die Spinne seinen Arm empor. Die eiskalten Beine hinterließen glühende Nadelspitzen aus Schmerz auf seiner Haut. Dann am Hals, auf seiner Wange.

Anthonys Herz pochte heftiger.

Sei nicht so ein Esel, wiederholte er in Gedanken. *Was soll passieren? Der Organismus erkundet dich einfach. Nicht dich, den Menschen, einen Menschen!* Das war echte Pionierarbeit.

Schielend musterte er die schwarzen Beine, die sich in sein Blickfeld schoben. Dann saß die Spinne genau über seinem Gesicht, und Anthony sah nur noch ihren schwarzen Körper als verschwommene Kugel vor sich. Irgendwie bekam er in dem Moment Angst. Eine heiße, lodernde Angst, dass er gerade den zweiten Fehler beging.

»Bitte!«, hauchte er. »Tu mir nichts! Hörst du? Ich will dir nichts Bö-« Als er die Lippen zum Ö formte, ging ein Ruck durch die Masse und Anthony würgte hart, als sie ihm in den Mund schoss. Die Kälte raubte ihm den Atem, stach in allen seinen Zähnen. Der fremde Geschmack betäubte seine Sinne, und es kam, wie es kommen musste: Er griff nach seinen Lippen, ließ die Leiter los, glitt ab und stürzte rücklings hinab.

Es war nur ein dumpfes Poltern zu hören, als er auf dem Boden aufschlug. Anthony Walker rührte sich danach nicht mehr, aber sein Brustkorb hob und senkte sich weiter. Vom Worx-Extrakt war nichts mehr zu sehen. Doch ... eine letzte Spinne kroch aus dem Lüftungsschacht und machte sich auf den Weg nach unten. Sie krabbelte über Gitter und Rohre, über Komposit und Beschriftungen, bis sie den Forscher erreichte. Ihn erkundete sie genauer, tastete mal hier herum, mal da, um letztlich zu seinem offenstehenden Mund zu krabbeln. Ihre Beine tasteten über seine Lippen. Blut schimmerte darauf. Es schien dem Extrakt nichts auszumachen, im Gegenteil. Es kroch zwischen Anthonys Lippen und verschwand wie der Rest zuvor in seinem Rachen.

Ein Zittern ging durch Walker und sein Atem setzte aus. Sekunden später atmete er aber wieder, ganz ruhig ein und ganz ruhig aus, ganz ruhig ein und ganz ruhig aus, ganz ruhig …

WENIGER RUHIG ATMETE Alexandra Silvretta ein und aus. Die Wirkung der Fokus-Droge hörte langsam auf, woraufhin immer eine gewisse Unruhe von ihr Besitz ergriff. Sie kannte das, aber ein ums andere Mal trieb es sie schier in den Wahnsinn. Sie vermutete, dass es das Gefühl war, Dinge zu verpassen, nicht mitzukommen, die Details zu übersehen. Sie wusste schon, warum die Fokus-Droge so gefährlich war. Man wurde süchtig nach der Wirkung.

»Aber nicht ich!«, brummte sie, während sie mit zwei Soldaten durch die Technikebene eilte. Eine Sicherheitskamera hatte Anthony Walker registriert, woraufhin die Schiffs-KI alle Räumlichkeiten in der Nähe überprüft und eine Auffälligkeit gefunden hatte. In einem Raum der Lüftungssteuerung meldete sich die Ingenieurin Selena Singer nicht zurück; auch nicht nach mehrmaligem Anfunken. Alexandra hoffte, dass es der Ingenieurin gut ging, aber sie traute Walker alles zu. Da sich wirklich alle Forscher einig waren, dass Walker zu allem bereit war, befürchtete sie das Schlimmste.

Die zentrale Lüftungssteuerung. Was wollte Walker dort? Es gab nur eine Erklärung, und die gefiel Alexandra überhaupt nicht: Hatte der Extrakt durch die Lüftung der Isolationskammer verschwinden können? Wie hätte das gehen sollen? Sie hatte sich die Lüftung selbst angesehen; es handelte sich um ein dünnes Röhrchen. Wie sollte die schwarze Masse dadurch verschwinden?

Indem sie flüssig wird, zum Beispiel, gab sie sich selbst die Antwort. Intuitiv beschleunigte sie ihre Schritte. Sie wollte immer wieder vergessen, dass sie es mit einem extraterrestrischen Stoff zu tun hatten. Es konnte alles Mögliche sein, was sie sich gar nicht ausmalen mochte.

Der Flur beschrieb einen Bogen, wo die Hauptversorgungsadern der Nighthawk wie Hauptschlagadern lotrecht zu den Stockwerken verliefen. Dahinter gab es dicke Strom-, Luft-, Wasser- Kühl- und Datenleitungen, die sich quer durch das Schiff zogen. Ein ewiger Kreislauf, fast wie bei einem Lebewesen. Aber war nicht auch die Nighthawk ein Lebewesen? Manchmal glaubte Alexandra das. Sie hatte eine eigene Persönlichkeit, einen eigenen Charakter, eigene Gedanken und ein eigenes Volk. Es war wie eine Symbiose im Tierreich. Ohne Menschen funktionierte die Nighthawk nicht, und ohne das Schiff überlebte die Mannschaft nicht. Man brauchte sich gegenseitig, und deswegen passte man auf sich auf.

Alexandra merkte, wie ihre Gedanken abschweiften und wieder einmal seltsame Züge annahmen. Die Fokus-Droge ermöglichte zwar eine unglaubliche Wahrnehmung, aber auch die Denkstrukturen wurden beeinflusst.

Sie schüttelte den Gedanken ab, folgte dem Knick im Flur und erreichte kurz darauf die Lüftungssteuerung. Von Selena Singer war nichts zu sehen. Die Tür war verriegelt.

Alexandra nahm alle Details in sich auf, die Fingerabdrücke auf dem Metall des PIN-Pads, den Ziegenstallgeruch von Schweiß und Angst, einen herben Duft eines Mannes (Walker?) und die Stille, in der das gelegentliche Klopfen einer Lüftungssteuerung zu hören war, wenn sich Rohre verschlossen und öffneten.

Alexandra zog bereits ihre ID-Karte durch das Panel, woraufhin sich die Tür entsperrte. Ohne den Soldaten den Vortritt zu lassen, stieß sie die Tür auf und trat angriffsbereit ins Innere.

Selena Walker lag auf dem Boden, starrte aus leblosen Augen an die Decke.

»Scheiße! Wir brauchen einen Arzt! Umgehend!«

Ein Soldat salutierte und rief bereits nach Verstärkung. Alexandra und der andere traten ein. Während der Soldat sich sofort um die Ingenieurin kümmerte, sah sich Alex erst einmal um. Sie wollte den Fokus noch nutzen, vielleicht fand sie ein Detail, das Walker verriet.

Der andere Soldat stöhnte. »Tot.«

»Pssst!« Alexandra nahm jedes Detail in sich auf, roch den

Tod der Frau, die frisch ausgetauschte Luft des Raums, die blinkenden Steuerelemente, von denen sie keine Ahnung hatte, und zuletzt die aktivierte Zentralsteuerung. Sie trat davor, besah sich die komplexe Menüstruktur, fand aber sofort die Logfiles und rief die letzten Einträge auf.

Selena Singer hatte zuerst ein Apartment aufgerufen, das Anthony Walker zugeordnet worden war, danach Sektor 9. Darin lag die Forschungsstation. »Also doch!«, wisperte Alexandra und las weiter. Diverse Befehle waren eingegeben worden, bis eine spezielle Lüftungsleitung ausgewählt worden war. Sie führte von der Isolationskammer in einen Technikraum mit der ID 347359.

Das reichte Alexandra, und schon rannte sie aus dem Raum. »Kümmern Sie sich um die Ingenieurin!«, rief sie dabei noch. »Vielleicht können die Sanis sie noch retten!« Dann war sie draußen und hastete den Flur entlang.

Sie wusste, dass der Technikraum 347359 nicht weit weg lag. Als XO kannte sie ihr Schiff wie ihre Westentasche.

Als sie dort ankam, zitterte Alexandra heftig vor Anspannung. Es war das Ende der Fokuswirkung. Wenn es so wäre wie bei den letzten Malen, würde sie gleich in eine starke Müdigkeit fallen, weil ihr Gehirn überlastet war von den ungefilterten Sinnesreizen. Aber sie ignorierte das Zittern und betrachtete die Tür. Sie sah keine Einbruchsspuren. Vermutlich hatte Walker Selenas ID-Karte benutzt, um sich Zutritt zu verschaffen. War er noch da? Mit ihrer eigenen Karte authentifizierte sie sich und trat ein.

Zu ihrer Überraschung lag Anthony Walker zu Füßen einer Leiter rücklings auf dem Boden. Er atmete, aber ansonsten rührte er sich nicht. War er abgestürzt? Es schien fast so. Die mobile Leiter stand nicht in der Normalposition, und neben der Tür lag eine Revisionskappe auf einem Fach. Vermutlich hatte er die Zuleitung von der Isolationskammer gefunden und geöffnet.

Aber warum war er abgestürzt? Wegen des Extrakts? Aus Dummheit? Einfach abgerutscht?

Alexandra überlegte, den Raum sofort zu verlassen, zu versiegeln und auf die Forscher zu warten, aber welchen Sinn ergab es, wenn Hunderte Lüftungsleitungen aus der Kammer hinausführten? Der Extrakt, sollte er über die Möglichkeit verfügen, sich zu verflüssigen, konnte längst überall sein.

Vorsichtig näherte sie sich dem ohnmächtigen Forscher. Blut schimmerte unter seinem Kopf auf der rechten Seite, aber keine riesige Lache. Eventuell nur eine Platzwunde. Oder doch ein Schädelbruch? Wenn er aus drei Metern mit dem Kopf aufgeschlagen war ...

Alexandra erreichte ihn und stieß ihn mit dem Fuß an.

Keine Reaktion.

Sie holte ihr Terminal hervor und leuchtete ihm ins Gesicht.

Keine Reaktion.

Zuletzt sank sie neben ihm in die Hocke und fühlte seinen Puls. Stetig und kräftig. Er schien also stabil zu sein. Als sie sich über ihn beugte, um nach seiner Kopfwunde zu sehen, schlug Anthony Walker die Augen auf. Die Augäpfel waren schwarz wie die Nacht.

Den Eindruck nahm Alexandra noch mit einem Rest der Fokus-Droge wahr, was ihr den Schreck darüber in Form eines Adrenalinschubs in den Körper hämmerte. Ihr Herz pochte heftig. Sie schrie und wich zurück, was sie aus dem Gleichgewicht brachte und zu Boden stürzen ließ.

Walker setzte sich auf. Sein schwarzer Blick folgte ihr erbarmungslos. Er schien sie aufzusaugen, kalt und erbarmungslos wie ein Wurmloch.

Ihre Beine glitten über den Boden, als sie panisch rückwärts davonrobbte. Ihr Hals war wie zugeschnürt. Es war einer der ganz wenigen Momente in Alexandras Leben, in denen sie die Kontrolle über sich verlor.

Aber der Anblick seiner schwarzen, ausgefüllten Augen war so furchtbar, dass sie nicht anders konnte.

Sie schrie hysterisch, wich weiter zurück, bekam die Leiter zu fassen und zog sich in einem Fluchtreflex daran hoch.

Walker kam selbst auf die Beine, lautlos und mit einer seltsamen Bewegung. Er sah nicht nach Walker aus, überhaupt nicht nach einem Menschen ...

Alexandra angelte mit dem Fuß nach der untersten Sprosse und kletterte hinauf, einfach weg, weg von Walker und was auch immer mit ihm passiert war. Hatte das Extrakt ihn befallen? Alexandra hatte keine Ahnung, ihr Gehirn war überlastet, setzte für einen Moment aus, und im nächsten fand sie sich oben auf der Leiter und in einer Sackgasse wieder.

Walker blickte zu ihr hoch und erklomm ebenfalls die Leiter. »Nein!«, schrie sie. »Nein! Bleib, wo du bist! BLEIB WEG!« Walker hörte nicht. Wie eine Maschine kletterte er zu ihr, das Gesicht ausdruckslos. An seinem Hinterkopf schimmerte mehr Blut, als sie zuvor gesehen hatte. Auch etwas Bleiches blitzte auf. Knochen?

Alexandra lachte vor Entsetzen und trat nach ihm. »Hau ab! Verschwinde! *Weg!* WEG!«

Walker griff nach ihrem Knöchel und bekam ihn zu fassen. Alexandra wurde heiß und kalt zugleich. Sie rammte ihm die Stiefelspitze ins Gesicht. Ein reißendes Geräusch. Etwas Weiches gab nach. Feuchtigkeit. Dann ein Zerren, und Alexandra verlor den Halt und glitt von der Sprosse. Sie versuchte noch, sich an die Leiter zu klammern, doch ihre Finger waren schweißfeucht, und so stürzte sie hinab – genauso wie Walker, der ihretwegen nun ebenfalls das Gleichgewicht verlor.

Er schlug als Erster auf und bremste ihren Sturz. Trotzdem bohrte sich etwas Hartes in ihre Seite, und Alexandra wurde speiübel. Schwärze blitzte vor ihren Augen auf, dann war da nichts mehr, als sie das Bewusstsein verlor.

IM TECHNIKRAUM 347359 herrschte absolute Stille. Nur die leisen Atemzüge von Alexandra Silvretta waren zu hören. Anthony Walker war verstummt, der Hinterkopf endgültig zerschmettert vom zweiten Aufprall. Blut tropfte aus dem Schädel, dunkelrot und zäh, fast schwarz im matten Licht.

Es sammelte sich in einer Lache, aus der sich winzige, milbenähnliche Tierchen lösten, kaum wahrzunehmen, so klein waren sie. Sie sammelten sich, verschmolzen ineinander, wurden größer und größer, dann krochen sie über das blasse Gesicht des toten Forschers, krabbelten über seine Wange und weiter auf Alexandra. Die spürte nichts davon, auch nicht, als die Spinnen sich tastend und forschend ihren Weg durch ihren offenstehenden Mund und die Nasenlöcher bahnten.

Als keine zwei Minuten später die Soldaten in den Technikraum gestürzt kamen, war von der schwarzen Masse nichts mehr zu sehen. Nur Walkers Blut zierte den Boden, etwas verschmiert, aber für Soldaten in einer Stresssituation nicht auffallend. Sie prüften stattdessen Silvrettas Puls, wie sie es gelernt hatten, und zerrten sie schließlich von dem Toten herab, um Erste Hilfe leisten zu können. Eine Ärztin kam herbeigeeilt und nahm sich der bewusstlosen XO an.

Sie hob ihre Augenlider an und leuchtete in die grünen Pupillen, woraufhin sie sagte: »Reflexe vorhanden! Sie muss sofort in die Krankenstation!«

Und dorthin brachten die Soldaten sie umgehend.

ZEITGLEICH STÜTZTE sich Charles Carroll schwer auf die Reling der Brücke. Ihm lief der Schweiß aus den Haaren und den Nacken hinab. Der Kragen der Uniform war dunkel verfärbt.

»Plasmaschild bei null Komma drei Prozent!«, rief ein Waffenmeister. »Null Komma zwei! Null Komma eins.« Ein hartes Schlucken. »Ausfall! Plasmaschild energielos!«

Im nächsten Augenblick ging eine erste Erschütterung durch die Nighthawk, als ein Treffer das Raumschiff erreichte. Überall flammten noch mehr Warnlichter und Statusmeldungen auf, doch Charles hatte keine Kraft mehr. Er war zu lange auf den Beinen, hatte zu viele Probleme gelöst, zu viel organisiert, zu viel geleistet. Er war keine dreißig mehr.

»Feuert mit allem, was wir haben!«, wiederholte er nochmals, mehr zum Boden gerichtet als zu seiner Crew.

»Aye, Sir. Aber das tun wir schon!«

Wieder ging eine Erschütterung durch das Schiff, und jemand schrie: »Treffer am Hangar! Druckverlust!«

Auch Kitzler rief irgendetwas in die Übertragung, aber alles vermischte sich für Charles zu undeutlichen Schlieren. Er wusste, dass er kurz vor einem Zusammenbruch stand – und die Nighthawk vor dem Ende.

Nein, sagte er sich. *So schnell geht ein Titan nicht unter.* Aber jeder Treffer riss eine Wunde, und selbst der stärkste Titan starb an zu vielen Wunden. Charles richtete sich wieder auf, wischte sich Schweiß aus dem Nacken und verrieb ihn an der Hose. »Feuer fokussieren! Wir ziehen uns zurück!«

Blicke rasten zu ihm, fragende, entsetzte, hilflose. Eine Navigatorin behielt die Fassung und fragte: »Wohin?«

»Zu Edens Flotte.« Charles nickte entschieden. »Zu Edens Flotte!«, rief er lauter. »Wenn Eden sich nicht in den Krieg einmischen will, dann zwingen wir sie dazu!« Ja, das hätte er schon viel früher tun sollen. »Kurs nehmen auf Larange-Punkt!«

Die Navigatorin nickte, die Wangen gerötet. »Kurs bestätigt!«

Wieder ging eine Erschütterung durch die Nighthawk. Das Licht flackerte. Irgendwo brüllte eine Sirene, doch Charles war plötzlich ganz ruhig. Er wandte sich Kitzler zu und sagte: »Wir zwingen Eden, in den Krieg einzugreifen.«

Der Wächter verstand und rief: »Wir halten Ihnen den Rücken frei!«

Charles lächelte dankbar. Den Rücken freihalten hieß bei dem Stand der Schlacht, dass sich die Gleiter mehr oder weniger opferten. Das trieb Charles Tränen in die Augen. Die größten Feinde Edens waren bereit, sich für die Menschheit zu opfern, Eden selbst aber nicht. Es war nicht zu fassen, nicht zu fassen, nicht zu fassen ...

Charles taumelte, griff an der Reling vorbei und glitt zu Boden. Das Letzte, was er sah, war Bonnie Aldrins besorgtes Gesicht. »Was ist mit Ihnen, Admiral?!«

Er wischte sich Schweiß von der Stirn und krächzte nur: »Übernehmen Sie!« Dann wurde ihm schwarz vor Augen.

Rothaus wischte sich ebenfalls Schweiß von der Stirn, auch wenn er Millionen Kilometer entfernt in einem warmen Büro auf Eden saß und keinerlei realer Gefahr ausgesetzt war, wenn man von Brenson absah, der den Schlachtverlauf schweigend musterte.

»Wir müssen eingreifen!«, hauchte Rothaus. »Schauen Sie sich die Reste der Worx und die Reste der Flotten an! Wenn wir jetzt unterstützen, können wir die Schlacht gewinnen!«

»Wir können sie aber auch verlieren.«

Weil Sie zu zögerlich sind! Rothaus sprach die Worte nicht aus, sondern: »Welche Rolle spielt es schon? Wenn die Nighthawk uns hineinzieht, müssen wir so oder so eingreifen.«

Brenson wandte den Blick nicht vom Holo ab, auf dem sich

die Nighthawk der auf Dawn stationierten Flotte Edens näherte.
»Glauben Sie, er wird es tun?«

»Er wird!«, war sich Rothaus sicher. »Charles Carroll will den
Planeten retten. Er wird, Brenson!«

In dem Moment kam eine Instantan-Nachricht des Flotten-
kommandeurs herein. »Die Nighthawk ist jeden Augenblick in
Schussreichweite! Sie laden Ihre Railguns auf und richten sie auf
uns! Ihre Befehle, Sir?«

Brensons Zunge fuhr aus seinem Mund und benetzte seine
Lippen. »Abwarten!«

Rothaus stöhnte. »Was denn, bitte? Wollen Sie Carroll
endgültig zum Helden machen?«

Brensons Blick zuckte vom Holo zum Flottenadmiral. »Zum
Helden?«

»Natürlich! Sehen Sie es denn nicht? Die Geschichte wiederholt sich! Damals hat er Tausende Freie gerettet, weil er sich den
Befehlen Edens widersetzt hat! Heute rettet er womöglich Millionen, weil er sich gegen Eden *wendet*! Was glauben Sie, was
passiert, wenn das geschieht? Er vereint gerade Wächter und
Freie, ohne es zu wissen!« Rothaus senkte die Stimme. »Charles
Carroll ist gerade dabei, Eden in echte Schwierigkeiten zu bringen!« *Nicht Charles*, korrigierte sich Rothaus im Stillen, *sondern Sie,
Brenson. Sie haben es verbockt. Sie haben nicht erwartet, dass Carroll mit
Wächtern paktiert. Sie haben nicht erwartet, dass er über seinen Schatten
springt und sich gegen Eden wendet und mit uns bricht. Sie haben ihn falsch
eingeschätzt!*

Das ging dem Außenminister offenbar selbst auf. Er schluckte
hart, wobei Wut und Ärger über sein Gesicht krochen, aber
gegen Furcht verloren. »Dann greifen Sie an!«, wisperte er.
»Angriff! Im Dienste Edens!«

AUF DER NIGHTHAWK wusste Bonnie Aldrin gar nicht mehr, was
sie tun sollte. Neben ihr auf dem Boden lag der Admiral, über
den sich eine Ärztin beugte. Auf den Displays und Holos blinkte
alles in roten Warnlichtern, dass es wirkte, als stünde die Brücke
in Flammen. Es klang auch wie eine Szenerie aus einem Horror-
film. Erschütterung, Verlustmeldungen, Schreie.

Und dann die klare Stimme der Navigatorin: »Eden greift an! Sie greifen an!«

Bonnie wollte es erst nicht begreifen. »Uns? Sie greifen uns an?«

»Nein! Sie greifen die Worx an! Sie greifen die Worx an!«

Bonnies Blick jagte zum Holo. Sie brauchte einen Moment, um zu begreifen, was die neue Information bedeutete. Und dann schrie sie: »Kurs ändern! Eden folgen! Wir greifen ebenfalls wieder an!«

»Verstanden! Angriff! *Angriff!*«

Irgendwie wurde das Wort aufgegriffen, und plötzlich brüllten alle Anwesenden im Chor: »Angriff! Angriff!«

Jemand fügte hinzu: »Für Charles Carroll!«

Und die Masse antwortete: »Für Charles Carroll! Für Charles Carroll!«

Bonnie liefen Tränen über die Wangen. Sie beugte sich zu Charles und der Ärztin hinab. Die hatte ihm eine Spritze gesetzt, deren Wirkstoff ihm wohl wieder zu Bewusstsein verholfen hatte. Mit blassem Gesicht blickte er Bonnie an, hörte die Leute seinen Namen brüllen und lächelte.

Auch Bonnie lächelte. Und dann übernahm sie wieder das Kommando und gab alles, um die Schlacht doch noch zu gewinnen. Mit Edens Hilfe sah es plötzlich machbar aus.

Das Blatt hatte sich gewendet.

AUCH FÜR DIE GLENGETTIE, aber das wusste noch niemand.

»Ladeluke geschlossen!«, gab Wes per Funk durch. »Und es gibt Neuigkeiten von der Schlacht.«

Levi zog sich als Letzter in die Luftschleuse. »Welcher Art?«

Wes lachte. »Es sieht gut aus! Eden hat nun doch eingegriffen! Gemeinsam drängen sie die Worx zurück.«

»Zurück?«

»Ja, die Formation hat sich aufgelöst. Einzelne Schiffe treten den Rückzug an, und andere folgen dem Beispiel.«

Levi wollte es nicht glauben. Er grinste wie ein Kind und klopfte Oscar und Cassy auf die Schultern. »Das sind ja mal grandiose Nachrichten!«

»Aber hallo!« Auch Oscar grinste breit. »Ich hätte es nicht erwartet. Es sah recht kritisch aus.«

»Absolut. Bis Eden eingegriffen hat. Aber wenn ihr mich fragt, hat Carroll sie gezwungen. Er hat die Flotte am Larange-Punkt angeflogen und die Waffensysteme ausgerichtet.«

»Unglaublich!« Levi konnte nur den Kopf schütteln. Charles Carroll, was für ein gewiefter Stratege. Hätte Levi sich das getraut? Vermutlich nicht. Aber sie würden sicher alles im Detail hören, sobald sie wieder zurück auf der Nighthawk waren.

Er sagte: »Wir sind in der Schleuse und kommen an Bord.«

»Alles klar.« Wes beendete die Übertragung, während Levi die Luftschleuse aktivierte und den Druck ausgleichen ließ. Kurz darauf öffneten sich die inneren Türen, sie nahmen ihre Helme ab, lachten alle zusammen und betraten den Flur. An dessen Ende befand sich der Zugang zum Frachtraum. Vor der Sicherheitsschleuse schwebte Carl und betrachtete den Dorn durch die dicke Panzerglasscheibe.

Levi schwebte zu ihm. »Unglaublich, oder?«

Nur ein Nicken. »Können wir einen 3D-Scan des Obelisken durchführen?«

Levi blies die Wangen auf und rief nach Cassy. Die bejahte die Frage, wollte aber wissen: »Wozu?«

»Weil ich eine Simulation durchführen möchte.«

»Was für eine Simulation?«

»Eine Magnetfeld-Simulation.«

Cassy blickte selbst durch die Scheibe, dann wieder zum älteren Ingenieur. »Was hast du für eine Idee?«

»Eher eine Vermutung. Und zwar möchte ich gern unter verschiedenen Magnetstärkennannahmen und elektronischen Spannungseinflüssen das entsprechende Feld berechnen lassen. Aber nicht nur auf Basis von Masse und Größe des Obelisken, sondern ich möchte die Form integrieren.«

»Du meinst, diese ganzen Verzierungen und Vertiefungen?«

Carl nickte vielsagend. »Ganz genau. Ich glaube nicht, dass es reiner Zierrat ist. Dazu sieht es ... ich weiß nicht, irgendwie zu funktionsmäßig aus. Ich glaube, dass die Vertiefungen, Rillen und Windungen das Potenzial haben, ein Magnetfeld entsprechend zu beeinflussen, und ich möchte wissen, wie.«

»Ja, das wäre sicher interessant. Ich kann den 3D-Scan von

der Forschungsstation aus starten. Wir haben dafür eine Robotersonde. Wird aber einige Zeit dauern, die schnellste ist die Sonde nicht mehr.«

»Egal. Hauptsache, die Daten sind so detailliert wie möglich.«

»Werden sie sein, keine Sorge. Aber weißt du zufällig, ob das Magnetonomikom auch Verzierungen getragen hat?«

Carl zuckte mit den Schultern. »Ich weiß es nicht. Die Daten im Datenspeicher haben keine Verzierungen, das habe ich geprüft, aber das war auch eine Konzeptstudie. Zwischen Konzept und finalem Produkt können Welten liegen, aber wem sage ich das.« Er wandte sich wieder dem Fenster zu und musterte den Obelisken, der von den Halteklammern im Lagerraum waagerecht gehalten wurde.

Cassy nickte und betrachtete selbst den Obelisken. »Wir werden es herausfinden, Carl. Wir werden dem Ding schon seine Geheimnisse entlocken.« Sie wollte lächeln, als ein sanftes Rucken durchs Schiff ging. Das Licht flackerte auch kurz, dann war wieder alles normal.

Levi schob wie immer Panik und rief Wes an. »Was ist passiert?«

»Keine Ahnung. Kurze Schwankung in der Energieversorgung.«

»Irgendeine Meldung, was die Schwankung verursacht hat?«, wollte Cassy wissen.

»Nein, zumindest meldet die KI ... Moment. Hier ploppt was auf. Energieabfall im Reaktorkern für wenige Millisekunden mit gleichzeitigem Anstieg der Gammastrahlung. Aber nicht dramatisch. War nur ganz kurz. Also keine Gefahr für uns! Jetzt ist wieder alles konstant.«

Levi, Cassy, Carl und Oscar tauschten vielsagende Blicke, dann wandten sie sich alle dem Obelisken zu. Leise fragte Levi: »Kann es was mit ihm zu tun haben?«

Carl hob die Schultern. »Ich habe keine Ahnung, Levi. Möglich ist alles.«

Cassy wandte sich schon ab, um sich zum Forschungslabor aufzumachen. »Ich mach mich an die Scans und prüfe den Reaktor. Carl? Kannst du einen umfangreichen Check der Gettie vornehmen? Du hast doch Erfahrung in solchen Dingen. Ich will alle Details zweifach überprüft haben!«

»Klar.« Er folgte Cassy. Zurück blieben Levi und Oscar. Beide musterten sich und seufzten synchron. »Ob das die richtige Entscheidung war, das Teil an Bord zu nehmen?«

Oscar lächelte mild. »Spielt das noch eine Rolle? Die Entscheidung ist gefallen, jetzt müssen wir mit den Konsequenzen leben.«

»Ja ... ich würde nur gern wissen, welche das sind.«

Oscar hob die Hände. »Wir werden es sehen. Es ist wie immer im Leben: Viel ändern können wir sowieso nicht.«

»Wir könnten es rauswerfen und verschwinden.«

Der Vorschlag ließ Oscar lachen. »Ernsthaft? Du hast so lange mit dir gerungen, das Teil an Bord zu nehmen. Du schmeißt es doch jetzt nicht wieder raus.«

»Stimmt. Jetzt nicht mehr.« Levi klopfte dem Hünen nochmals auf die Schulter und machte sich auf den Weg zu Wes.

Der saß angespannt auf seinem Pilotensitz und starrte auf sein Holo. »Noch mehr Probleme?«, wollte Levi wissen.

»Ich weiß nicht. Die Navigationssoftware meldet eine Abweichung vom Kurs, aber nur minimal. Ich frage mich, ob wir eventuell vorhin von Weltraumschrott getroffen wurden. Das würde den Ruck und die Korrektur erklären.«

»Aber es wurde keine Kollision erkannt?«

»Nein, aber ... Ich kriege auch komische Daten rein.«

Levi runzelte die Stirn, während er sich neben Wes über das Holo beugte. »Komische Daten? Was meinst du damit?«

»Das hier.« Wes blendete ein Fenster ein, in dem Zahlenkolonnen über den Bildschirm huschten. »Ich habe Interferenzen. Minimale, aber sie sind da. Könnte von Weltraumstrahlung herrühren.«

»Hast du welche gemessen?«

Wes schüttelte den Kopf. »Keine auffallende, nur Werte im üblichen Bereich. Das meine ich aber. Alles scheint okay zu sein, aber irgendwie ... auch nicht.«

Carl kam in dem Moment auf die Brücke. »Also, die Gammastrahlung war kurzzeitig heftiger als erwartet. Die Sensoren am und im Reaktor hatten einen heftigen Ausschlag.«

Levi wurde heiß und kalt. »Ein Leck im Reaktor?«

»Nein. Unmöglich. Dann hätten wir keinen kurzen Impuls. Ich kann das gar nicht richtig beschreiben, aber es war, als hätte etwas ganz kurz ausgesendet.«

»Irgendeine Erklärung?«

Carls Augen glänzten im Licht der Beleuchtung wie aus Glas.

»Der Obelisk.«

Levi schluckte. »Bist du dir sicher?«

»Woher soll sonst der Impuls gekommen sein?«

»Vielleicht von der Schlacht. Ein explodierter Millet-Antrieb?«

»Nein, nein, dann hätten wir eine heftige Welle gesehen, nicht diesen winzigen Impuls. Deswegen haben die Schiffssensoren den vermutlich nicht mal richtig registriert.«

Wes blähte die Wangen auf. »Alles schön und recht, aber kann das was mit unserer Kurskorrektur zu tun haben?«

»Welche Kurskorrektur?«

Wes erklärte es Carl, der aufmerksam zuhörte, dann nickte er. »Ich spiel dir die Daten gleich rüber.«

Keine Minute später errechnete Wes mit Hilfe der KI, ob die Gammastrahlung für die Kurskorrektur verantwortlich war. Er schüttelte den Kopf. »Also die Gammastrahlung war nicht für die Korrektur zuständig. Aber irgendwas schiebt uns weg.«

»Wohin?«

»Keine Ahnung. Ich kann das –«

Wieder ging ein Ruck durch die Gettie und die Lichter flackerten – heftiger diesmal. Als sie erneut konstant leuchteten, blinkte ein Warnlicht auf Wes' Holo auf.

»Fuck!«, stieß er hervor. »Unser Kurs wurde wieder korrigiert. Stärker diesmal. Wir driften deutlich ab!«

»Wieder ein Gammastrahlenimpuls?«

»Nein.«

»Kannst du gegensteuern?«, fragte Levi.

»Klar, ich –«

»Nein, nein, nein!«, ging Carl hastig dazwischen. »Versteht ihr nicht, was hier passiert? Der Dorn steuert uns!«

»Super! Und wohin?«

»Lass es uns rausfinden!«

Levi seufzte. »Da bin ich total geil drauf.«

»Also ich schon.« Carl wandte sich an Wes. »Kannst du das nicht ausrechnen?«

»Ich kann jeden Kurs ausrechnen, aber was mache ich mit dem ursprünglichen Flugvektor der Gettie? Einbeziehen? Rausrechnen? Ich könnte –«

Levi hob die Hände. »Moment mal. Bevor wir irgendetwas unternehmen, informieren wir erst mal die Nighthawk!«

»Das wirst du vergessen können.« Cassys Stimme.

Alle wandten sich zu ihr herum. Levi hatte die Stirn in Falten gelegt. »Was meinst du damit?«

Sie hielt eine Platine in der Hand. Teile fehlten einfach, waren herausgebrochen oder eher gebröselt. »Wir haben wieder das Kommunikationsmodul verloren. Diesmal richtig. Es ist fast zu Staub zerfallen.«

Schweigen breitete sich auf der Brücke aus. Blicke wurden getauscht. Sorgenvolle Blicke. Ängstliche Blicke. Fragende Blicke. Schließlich sagte Wes: »Ich korrigiere den Kurs und fliege zurück.«

Niemand widersprach und alle warteten ab, während Wes die Gettie umsteuerte. Es passierte nur nichts.

Panik huschte über das Gesicht des Piloten. »Ich kriege keinen Zugriff auf die Steuerdüsen!«

»Und auf den Millet-Antrieb?«

»Nichts. Kein Zugriff vorhanden.« Wes drehte sich zu ihnen um, das Gesicht blass. In dem Moment flackerte ein drittes Mal das Licht, und sie spürten alle, wie der Kurs sich erneut korrigierte.

Kapitel Elf

Dawn, Regnath

DIE NACHRICHTENSPRECHERIN SCHRIE sich die Seele aus dem Leib. »Sie drehen ab! *Die Worx drehen ab!* SIE DREHEN AB!« Von irgendwoher drangen gedämpfte Jubelrufe. Beides zusammen weckte Ada. Sie blinzelte ins schummrige Licht, wusste im ersten Moment nicht, wo sie war, bis sie das sündhaft weiche Polster unter ihren Fingern spürte und Visenias entdeckte.

Er kam gerade zu ihr, das Gesicht blass, aber vor Erleichterung mit einem breiten Grinsen versehen. »Wach auf, meine Liebe! Wir haben die Worx zurückgeschlagen.«

Ada schüttelte sich, um die diffusen Traumweben ihres Schlafs endgültig abzustreifen, und fragte: »Hab ich die gesamte Schlacht verpennt?«

»Oh ja. Du hast geschlafen wie ein Baby.«

Ada schüttelte sich abermals; noch immer waren ihre Augen bleischwer. »War es der Titan?«

»Auch. Aber ohne uns Custodes wäre der Planet verloren. Wir haben gewonnen! Custodes, Custodes, Custodes!« Warum er die Worte laut rief, war ihr nicht klar, aber Visenias wusste immer, was er tat, also stellte sie ihn nicht infrage. Stattdessen streckte sie sich, gähnte ungeniert und fragte: »Und wie lange müssen wir hier noch warten?«

»Hoffentlich nicht mehr lange. Wenn die Worx zurückgeschlagen wurden, wird sicher bald jemand vom Hohen Rat Zeit für mich haben.«

»Bist du dir sicher? Ich würde an ihrer Stelle feiern.«

Visenias strich ihr durchs vom Schlaf zerzauste Haar. »Wir werden auch feiern, meine Liebe. Aber Kunde von Darkness wird man nicht lange verschmähen.«

Damit sollte Visenias recht behalten. Sie hatten etwas getrunken und eine Kleinigkeit vom Roboter gegessen, als die Tür aufging und eine verhüllte Wächterin hereinkam. Sie musterte Visenias und Ada hinter ihrer Maske hervor, bevor sie meinte: »Sie haben um eine Audienz bei einem Ratsmitglied gebeten?«

Visenias wischte sich einen Tomatenrest seines Bruschettas aus dem Mundwinkel. »Sehr wohl. Wir haben den Angriff auf Darkness miterlebt und konnten gerade noch fliehen.«

Die Frau nickte. »Das hat man mir mitgeteilt, und ich darf Ihnen mitteilen, dass der Rat an einer Befragung interessiert ist.«

»Befragung? Das klingt so ... offiziell.«

»Selbstverständlich, Mister Visenias. Ihr Ruf eilt Ihnen von Darkness voraus, der Rat hat also beschlossen, Sie zu laden. Beide.«

Ada bemerkte, wie ihr Herz schneller schlug, doch Visenias rührte keine Miene, sondern beugte das Haupt. »Das ehrt uns sehr. Wir wissen die Zeit des Rats sehr zu schätzen.«

Die Frau hob in einer anerkennenden Geste die Hand. »Dann bitte ich Sie, sich bereitzuhalten. Eine Hand wird Sie innerhalb der nächsten Minuten abholen.«

»Wunderbar. Gäbe es vorher noch die Möglichkeit, dass wir uns irgendwo frisch machen? Eine Dusche nehmen? Wir hatten eine lange Reise und haben nun die Schlacht über gewartet. Wir möchten ungern so vor den Rat treten.«

Die Wächterin schwieg einige Sekunden, bevor sie nickte. »Sie haben fünfzehn Minuten.« Sie wandte sich an den Roboter und sagte etwas in den kehligen Lauten der Wächter, woraufhin der Roboter blinkte und meinte: »Bitte folgen Sie mir.« Schon rollte er zu einem Wandpanel, das zur Seite glitt. Dahinter erhellte sich ein nicht minder luxuriöser Flur aus Fliesen in Holzoptik.

Visenias hatte es plötzlich eilig und zog Ada mit sich. Die Wächterin blieb zurück und blickte ihnen hinterher, bis sich die Wandverkleidung von selbst wieder schloss.

Ada kam kaum mit, so eilig hatte er es. »Hey! Fünfzehn Minuten reichen doch locker!«

»Ja, aber ich möchte den Hohen Rat keinesfalls warten lassen.« Seine Augen sagten noch mehr, aber Ada verstand die unausgesprochenen Worte nicht. Sie stolperte einfach nur hinterher, bis sie eine Art Suite erreichten. Wieder blendete sie der Luxus. Blütenweiße Betten, die Kissen kunstvoll drapiert und von versteckten Lampen illuminiert. Eine Wand wurde von einem blassgrün schimmernden Aquarium eingenommen, in dem exotische Pflanzen und Tiere schwebten. Es gab Ledersessel in Rot und Braun und Beige, und hinter einer Milchglastür einen Badebereich, der in Gold und Marmor funkelte.

Der Roboter zeigte mit einem Laserpunkt auf ein Regal voller Handtücher und sagte mit seiner androgynen Stimme: »Fühlen Sie sich wie zuhause. Sie haben noch dreizehn Minuten und zwölf Sekunden.« Anstalten, den Raum zu verlassen, machte er nicht.

Visenias schien das nicht zu stören. Er zog sich bereits aus und warf seine Klamotten achtlos auf den Boden. Sein Blick, der Ada traf, ließ sie erzittern. »Komm, meine Liebe!«, drängte er. »Wir haben keine Zeit, nacheinander zu duschen.«

Sie nickte und zog sich ebenfalls aus. Als sie fertig war, hatte er schon die Dusche aktiviert. In angenehmer Temperatur prasselte das Wasser regengleich aus der Decke. Die Glaswände beschlugen augenblicklich. Der Roboter dahinter war nur noch schemenhaft zu erkennen.

Visenias zog sie zu sich unter das Wasser. Sie spürte seine Muskeln und sein schlaffes Glied, das ihr Becken berührte. »Hör genau zu!«, wisperte er drängend. »Eine Befragung beim Rat war nicht geplant! Die werden uns auf den Zahn fühlen! Verstehst du? Du wirst auch reden müssen. Sie werden darauf bestehen, Ada. Ein falsches Wort, und wir sind geliefert. Verstehst du das?«

Sie verstand und erzitterte. »Ich ... ich könnte ausrutschen.«

»Ja, und dir den Kopf aufschlagen. Die Wächter werden es sofort als Flucht auslegen. Vergiss es! Also: Du bist meine Frau. Seit einigen Monaten. Du hast früher gelinkt. Ich habe dich daraus befreit. Wir bleiben bei der Wahrheit.«

»A-a-aber warum hättest du das tun sollen?«

»Weil ich dich verkaufen wollte, mich dann in dich verliebt und es mir anders überlegt habe. Verstanden?«

»O-o-okay. Ist das für dich standesgemäß?«

»Nein, aber die Wächter akzeptieren das Prinzip Liebe. Wo sie eben hinfällt. Also: du bist noch nicht lange bei mir, hast im Haus in den Bergen gelebt, während ich viel unterwegs war. Ab und an warst du dabei, bei den netten Leuten beispielsweise, bei Edgar und seiner Frau. Lass ein paar Details fallen, wie toll der Pool war. Das reicht.«

Ada schluckte.

»Dann kam es zum Angriff und wir sind geflohen. Fertig. Du weißt nur, dass ich Händler bin, spezialisiert auf Gehirne.«

»Und dass du gut ficken kannst.«

Er schnaubte. »Mach dich nicht zum Dummchen. Du bist verdammt intelligent, verhalte dich auch so. Aber du weißt sonst einfach zu wenig. Eigentlich gar nichts. Es war eben Liebe auf den ersten Blick. Du hättest dich beinahe verloren, als ich dich befreit habe. Ich war das erste Gesicht, das du gesehen hast. Leuchte dabei einfach etwas. Sei dankbar.«

»Okay. Und das werden sie glauben?«

»Bete, dass sie es tun! Oder du wirst den nächsten Morgen nicht erleben.« Er griff zum Seifenspender und drückte einen Strahl heraus. Es roch nach Blüten, Pollen und warmen Wolken.

Der Schemen des Roboters war immer noch da, und erst jetzt begriff Ada, warum Visenias so gedrängt hatte, unter die Dusche zu kommen. Sie wurden hundertprozentig überwacht.

Die Erkenntnis machte sie wütend, und sie griff ihm plötzlich in den Schritt. Er zuckte zusammen, sah sie irritiert an, doch sie stöhnte nur, drückte sich mit dem Rücken gegen die Glaswand und rieb sich etwas lasziv daran, bevor sie in die Knie sank. Sollten die Wächter nur zusehen. Ada würde die nächsten Tage erleben. Sie war nicht mehr bereit, zu sterben. Nicht jetzt, wo sie das wahre Leben gekostet hatte.

SIE HATTEN es pünktlich geschafft und saßen in einem geräumigen Wagen, von dem sie durch die Stadt kutschiert wurden. Ada hätte gern etwas von Regnath gesehen, doch sowohl die Scheiben als auch die Barriere zur Fahrerkabine waren auf intransparent geschaltet worden. Eine Lichtinstallation an der Wagendecke sorgte für einen künstlichen Himmel, aber von künstlichen Realitäten hatte Ada die Schnauze voll. Im DeepSleep hatte sie zu viele gesehen, die vom System ins Gehirn eingespielt wurden. Man lief beispielsweise durch einen ruhigen Wald, sah Sonnenspeere zwischen den Stämmen, einen Vogel da, ein Eichhörnchen dort, roch Moose und Flechten und konnte verweilen, dem Bach lauschen oder auch auf Bäume klettern. Die Simulation sollte den Geist beruhigen und beschäftigen, während der Großteil der Gehirnaktivität abgegriffen und für Rechenleistungen benutzt wurde. Visenias hatte ihr erzählt, dass das System so alle hochkomplexen Vorgänge im Koi-System steuerte. Nahrungsüberwachung und -distribution. Sauerstoffgenerierung. Künstliche Photosynthese. Öffentlicher Transport, planetar und interplanetar. Baumanagement. Steuerung diverser Fabriken. Forschung. Besonders die Gesundheitssysteme- Erhaltung und Krankenhausorganisation erforderte einen Großteil der Ressourcen. Allein in den letzten zweihundert Jahren war die Lebenserwartung durch das DeepSleep-System um neunzehn Komma drei Jahre gestiegen – für Menschen, die nicht zu viel linkten. Für die war die Lebenserwartung gesunken – um vierundzwanzig Komma acht Jahre.

Als Visenias ihr das erzählt hatte, hatte er nur den Kopf geschüttelt und gesagt: »Es ist schon komisch. Im Mittelalter war die Lebenserwartung zwischen Arm und Reich etwa identisch, wegen fehlender Heilmethoden. Später wurden die Reichen etwas älter, aber der Fokus lag auf dem Vermögen. Etwa ein Prozent besaß knapp sechsundvierzig Prozent des Vermögens. Heute geht es nicht mehr ums Geld, sondern um Lebenszeit. Die Reichen werden älter und älter, die Armen sterben immer früher. Man schlachtet sie aus wie Vieh, um an ihre Organe zu kommen, obwohl man die mittlerweile auch züchtet oder künstlich nachbildet. Aber echte, menschliche Organe sind einfach en vogue.«

Ada sagte Visenias, dass es schon ziemlich zynisch klinge, wenn sich ein Gehirnhändler über Organhandel beschwerte, aber er hatte nur abgewunken und gesagt: »Meine Motive sind völlig andere.« Welche es waren, hatte er ihr nicht verraten.

Visenias, ihr Freund und Retter. Geheimnisträger und Vormund. Sie wurde aus dem Kerl einfach nicht schlau. Und noch weniger aus ihren Gefühlen zu ihm.

Sie musterte ihn, wie er mit geschlossenen Augen im Wagen saß und was auch immer in Gedanken durchging. Ada dachte wieder an den DeepSleep und kratzte sich am Hinterkopf. Ihre Linkbuchse war nicht mehr entzündet, juckte aber hin und wieder trotzdem. Ob sie sich die Buchse vielleicht sogar heraus-operieren lassen konnte? Es gab Geschichten von einigen weni-gen, die das getan hatten. Es war ein gefährlicher Eingriff, viel gefährlicher als die Initiation, also das Einsetzen der Buchse. Die Anschlüsse bestanden aus Biomasse und verwuchsen offenbar im Laufe der Zeit mit Nervenzellen. Um das rückgängig zu machen, mussten diese Verbindungen gekappt werden, jede einzelne. Angeblich konnten sich diese gekappten Enden auf die Denkleis-tung auswirken. Manche konnten nicht mehr sprechen, andere vergaßen einen Teil ihrer Erinnerungen und, und, und. Trotzdem ... Der Gedanke reizte Ada. Sie wollte nie wieder zurück, und Visenias hatte ja auch gesagt, sie sollte sich wegen seiner Software nie mehr einlinken.

Visenias, Geheimnisträger und Architekt.

Ada hielt in Gedanken inne. Wie kam sie auf den Begriff Architekt? Sie hatte keine Ahnung, aber irgendwie passte das Wort zu Visenias. Er plante alles minutiös vorab, wie ein Archi-tekt. Ja, das gefiel ihm.

Visenias, ihr Freund, Retter und Architekt.

In dem Moment schlug er die Augen auf und lächelte sie an. »Alles gut?«

»Ja, und bei dir?«

»Die Dusche hat gut getan.« Es blitzte hinter seinen Augen.

Auch Ada lächelte. »Fand ich auch.« Sie blickte auf die dunklen Scheiben und seufzte. »Was glaubst du, wo die Befra-gung stattfindet?«

»Irgendwo in Regnath, vermutlich.«

»Hmmm ...«

»Was?«

»Es ist total schade, dass die Scheiben geschwärzt sind. Ich hätte gern mehr von der Stadt gesehen.«

»Wirst du ... hinterher.« Sein Blick warnte sie, es nicht zu übertreiben. Würde sie aber auch nicht.

Leise fragte sie: »Wollen wir vorerst hierbleiben oder weiterziehen?«

Er zuckte mit den Achseln. »Das wird sich zeigen. Hängt viel davon ab, was die Worx tun.«

»Du glaubst, sie kommen zurück?«

»Keine Ahnung, meine Liebe. Möglich ist alles. Aber wenn ich mir die Fakten ansehe, müssen wir davon ausgehen. Sie haben Darkness angegriffen und ausgelöscht. Und es dann bei Dawn versucht. Jetzt haben sie sich zurückgezogen. Um nie wieder zurückzukommen? Ich glaub es nicht.«

»Du glaubst also, sie kommen mit Verstärkung zurück?«

»Ja, das würde Sinn ergeben. Sie halten immer noch Darkness, können sich dort also sammeln und zusammenrotten. Ich bin gespannt, was wir tun werden. Und Eden. Und die Nighthawk.«

»Der Titan?«

»Ja. Politisch war das hochspannend.«

»Weil?«

»Interessiert es dich wirklich?«

»Hätte ich sonst gefragt, mein Lieber?«

Visenias grinste, wurde aber sofort wieder ernst. »Also, die Nighthawk wird seit über zwei Jahrzehnten von Charles Carroll befehligt, die vermutlich spannendste Figur des Konföderationskriegs. Er sollte damals die Zentren der Freien zerstören, aber er verweigerte den Befehl, weil dort Tausende Frauen und Kinder untergebracht waren. Das führte zum Kriegsende und dazu, dass Carroll und seine Nighthawk vom Dienst freigestellt wurden. Wobei ... sie wurden eher aufs Abstellgleis gestellt. Sie waren noch im Dienste Edens, wurden aber nur zu unwichtigen Aufgaben entsendet. Eden konnte es sich nicht erlauben, einen Helden wie Carroll, der Tausende Menschenleben gerettet hatte, zu sehr zu verbannen. Es hätte damals zu einer Revolte geführt.

Also fristete Carroll samt seiner Crew ein Dasein im Schatten, in einer Zwischenwelt.

Heute aber hat er wieder zugeschlagen. Offenbar hat er sich mit uns Custodes zusammengetan, um die Worx abzuwehren. Eden hat *nicht* eingegriffen. Erst als Charles Carroll sie dazu zwang.«

»Wie hat er das gemacht?«

»Er ist vor den Worx zurückgewichen und hat sie Richtung Edenflotte geführt. Außerdem hat er die Kanonen hochgefahren. Eine klare Drohung. Entweder machen die Worx euch kalt, oder ich. Eden griff daraufhin doch noch ein und brachte die Wende. Aber jedem ist klar, dass Carroll das ausgelöst hat. Ohne wäre Dawn gerade dabei, unterzugehen.«

»Scheint ein guter Mann zu sein.«

»Das hängt von der Perspektive ab. Ich bin gespannt, wie es weitergeht. Er hat sich damit klar gegen Eden positioniert. Eine Zusammenarbeit mit den Wächtern ... Da wird sich noch einiges tun, das sage ich dir.«

»Glaubst du, er wird überlaufen?«

»Keine Ahnung. Er war nicht als Sympathisant bekannt. Ich glaube eher, die Umstände haben ihn zu dieser Kooperation gezwungen. Er soll ein Pragmatiker durch und durch sein. Und jetzt, wo die Zusammenarbeit erfolgreich war, wird es umso spannender, wie er sich weiterhin verhält. In jedem Fall bleibt es spannend. Mit der Nighthawk, mit den Worx und mit uns.«

Als hätte er es geahnt, wurde der Wagen langsamer und hielt kurz darauf an. Die Türen gingen auf, woraufhin goldenes Sonnenlicht hereinfiel. Mehrere Wächter in Weiß standen engelsgleich vor dem Wagen und baten sie heraus.

Ada stieg als Erste ins Freie und sah sich einem unscheinbaren Gebäude gegenüber. Das verblüffte sie, denn sie hatte etwas ganz anderes erwartet: Noch mehr Prunk und Protz, vielleicht einen Palast oder ein Schloss mit ausladenden Türmchen und Erkern. Oder einen modernen Turm, der sich schwindelerregend in den goldenen Himmel schraubte, von dessen Höhen man den Planeten überblicken konnte. Aber nein, das Gebäude war einfach langweilig, schien ein normales Wohnhaus zu sein, vier Stockwerke mit einem Laden im Erdgeschoss. Es handelte sich um ein Lokal, wie Ada auf den zweiten Blick erkannte.

Hinter den Scheiben hantierten zwei Kerle an einem Ofen herum und schoben flache Gegenstände hinein. In Blumenkästen wuchsen Kräuter, ansonsten war der Laden leer. Die Stühle ruhten sogar noch verkehrt herum auf den Tischen, während Putzdrohnen den Boden wischten.

Visenias stieg ebenfalls aus und musterte genauso erstaunt die Örtlichkeit, verkniff sich aber einen Kommentar. Stattdessen neigte er gegenüber den Wächtern das Haupt. Sie erwiderten den Gruß und führten sie anschließend zur Ladentür.

Im Inneren wallte ihnen ein angenehmer Geruch nach Backwaren und Feuerholz entgegen. Ada reckte den Hals und erhaschte einen Blick auf die flachen Fladen, die die Männer backten. Es handelte sich um einen fast weißen Teig, den sie mit den Händen flachdrückten, mit Gewürzen und Öl bestrichen und anschließend mit einem flachen Schaber ins Feuer schoben. Tatsächlich brannte ein echtes Feuer im Ofen. Ada sah glühende Kohlen und prasselndes Holz. So einfach der Laden aussah, es musste sich um etwas Teures handeln, denn Bäume hatte sie auf Dawn noch nicht entdeckt. Wenn sie wirklich mit echtem Holz befeuerten, musste das womöglich interstellar importiert werden. So unscheinbar schien der Laden doch nicht zu sein.

Der Laden war aber nicht ihr Ziel. Sie wurden durch eine weitere Tür in einen Flur geführt. Etliche Türen zweigten ab, und eine davon nahmen sie, um sich in einem erstaunlich großen, fensterlosen Raum wiederzufinden, dessen Wände in reinem Weiß gestrichen waren.

Davor saßen in einem Halbrund sieben Gestalten in weißen Roben. Sie sahen fast gleich aus, wenn man von Körpergröße und Statur absah, doch selbst die waren wegen der weiten, fließenden Gewänder schwer abzuschätzen.

Plötzlich begann Adas Herz schneller zu schlagen, als sie die zwei weißen Hocker vor dem Halbrund erspähte. Die Befragung würde also jeden Augenblick beginnen. Damit hatte sie gerechnet, aber irgendwas an dem Anblick der sieben Gestalten vor weißem Grund beunruhigte sie zutiefst. Es waren nicht Visenias Worte, dass sie sterben könnten, sondern die Stimmung. Ada konnte sie nicht greifen, aber der Raum war so clean, dass jedes Wort umso schwerer lasten würde. Jedes Wort.

Eine der Wächterinnen führte sie zu den Hockern, auf

denen sie Platz nahmen. Dann verschwanden die Gestalten, bis auf die sieben. Niemand sprach. Es war totenstill, nicht mal eine Lüftung rauschte. Kein Gewand knisterte.

Visenias räusperte sich schließlich. »Hoher Rat, es ist uns eine Ehre, vor Ihnen sprechen zu dürfen.«

Keine Reaktion.

»Äh ... wir haben um eine Audienz gebeten, um über die Vorgänge auf Darkness zu berichten. Wir konnten im letzten Moment fliehen, sahen aber das Unheil der Worx hereinbrechen.«

Eine Computerstimme erscholl plötzlich von irgendwoher und sagte: »Eure Frau möge berichten. Wie haben sich die letzten Stunden zugetragen?«

Ada schluckte, ein Kloß saß plötzlich in ihrem Hals. »Mein Mann und ich ... wir waren bei Freunden von ihm eingeladen. Bei Edgar und seiner Frau. Wir ... wir saßen im Garten, badeten im Pool und genossen den Tag, während die Männer über ihre Dinge sprachen.«

»Dinge?«

Ada zuckte mit den Achseln. »Geschäfte. Ich interessiere mich nicht dafür.«

»Das ist eine Lüge.«

Ada zuckte zusammen. Ein Seitenblick zu Visenias, doch er blickte starr zu den sieben. »Ich ... ja ... Ich bin neugierig, interessiere mich für seine Geschäfte, aber er verrät sie mir nicht. Zumindest nur bruchstückhaft. Ich weiß, dass er mit Gehirnen handelt. So hat er mich auch gefunden. Ich soll ein ganz besonderes haben. Mit einem ausgeprägten Hirnbalken und vielen Gliazellen.«

Die Computerstimme fragte: »Und was geschah dann?«

»Na ja, wir ... saßen im Garten, irgendwann wurde es Abend, und dann sahen wir es: Leuchtfeuer und Blitze hinter den Kuppeln. Wir dachten erst, es wäre eine Simulation, aber dann kam etwas Riesiges, Dunkles auf Rashad zu, traf die Kuppel, und danach weiß ich nichts mehr. Visenias hat mich gepackt und davongezerrt. Ich ... ich fiel in den Pool, dann waren wir im Auto und sind durch die Stadt gerast.« Adas Stimme zitterte. »Ich erinnere mich an die Feuer, an die Sirenen und an die schwarze Masse, die sich aus dem Raumschiff in die Stadt ergossen hat. Es war furchtbar. Wie heißes Öl, nur kalt. Es wurde kalt, ja, verdammt kalt.

Und dann waren wir an unserem Haus. Visenias brachte mich in die Fanatic, und schon haben wir den Planeten verlassen.« Ada nickte sich selbst zu. »So war das.«

»Die Kurzfassung«, fügte Visenias unterwürfig hinzu.

Stille.

Ada suchte Visenias' Blick, der ihren diesmal erwiderte und lächelte. Es standen keine Worte in seinen Augen.

Die Computerstimme unterbrach den Moment: »Sie haben also nur eine schwarze Masse gesehen, die sich aus den Worx-Schiffen in die Stadt ergossen hat?«

»Und Feuer«, wisperte Ada. »Die Stadt stand in Flammen. Rauch erfüllte die Kuppeln, wurde verwirbelt von hereinströmenden Gasen. Und dann diese Masse. Es ist schwer, die Masse zu beschreiben. Es war, als bewegten sich Formen durch sie hindurch.«

»Zeigen Sie es uns.«

»Zeigen? Wie denn?«

»Sie haben einen Link.«

Ada erstarrte. Auch Visenias neben ihr zuckte zusammen. »Ich ... ich möchte eigentlich ...«

»Es uns nicht zeigen? Sie kommen und bitten um eine Audienz, und dann wollen Sie uns nicht teilhaben lassen?«

»Ich ... ich habe noch nie ... jemanden an meinen Gedanken teilhaben lassen. Ich weiß gar nicht, wie das geht.«

»Das ist kein Problem«, sagte die Stimme. »Wir werden Sie leiten.«

Visenias hob den Arm, mit eindeutiger Sorge auf dem Gesicht. »Muss das denn sein, Hoher Rat? Ich ... ich habe meine liebe Frau aus dem DeepSleep befreit. Eigentlich zwar, weil sie ein außergewöhnliches Gehirn besitzt, aber auch, weil sie kurz davor stand, sich zu verlieren. Ich möchte kein Risiko eingehen.«

Lastende Stille.

»Es gibt kein Risiko«, sagte die Computerstimme und klang fast sanft. »Ihre Frau wird nicht an den DeepSleep angeschlossen. Wir verbinden Sie nur mit einer von uns, die sie anleiten wird. Ihre Erinnerungen werden dann hier, und nur hier in diesem Raum, visualisiert. Keine Aufzeichnung, keine Wiederholung, keine Datenanbindung.«

Visenias wollte widersprechen, doch Ada nickte. »Okay.« Ihre Stimme klang überraschend passabel. »Dann machen wir das. Natürlich möchten wir unsere Erlebnisse mit Ihnen teilen.«

»Äußerst aufmerksam von Ihnen.« Eine Wächterin erhob sich und trat zu Ada. Die stand ebenfalls auf, ignorierte ihre zitternden Beine und blickte in das verhüllte Gesicht.

Etwas surrte neben ihnen. Ein Roboter war von irgendwoher gekommen und brachte ein Linkkabel, dessen Enden von jeweils einem Dorn geziert wurden. Beim Anblick des steril glänzenden Metalls wurde Ada schlecht und ihre Buchse am Hinterkopf fing höllisch zu jucken an, aber sie beherrschte sich.

»Ada.« Visenias leise Stimme. »Alles okay?«

Sie nickte nur und griff nach einem Link. Die Wächterin nach dem anderen. Und dann geschah etwas, das Ada nicht erwartet hatte. Die Wächterin nahm ihre Maske ab, unter der ein hübsches Frauengesicht zum Vorschein kam. Aristokratische Gesichtszüge, markante Wangenknochen, dunkles Haar, zerzaust von der Maske. Ihre Blicke trafen Ada, Blicke aus dunklen, intelligenten Augen, dann schob sie sich den Link in den Hinterkopf. Etwas rastete hörbar ein. Die Augen schlossen sich, und ein Seufzen entfuhr der Schönheit.

Ada atmete tief durch, spannte die Finger um den Dorn und schob ihn sich selbst in den Hinterkopf. Die Kühle war unangenehm, das Einrasten wie ein lauter Donner. Es flutete aber nicht das gewohnte DeepSleep-Gefühl über sie hinweg, sondern da steckte einfach ein Dorn in ihrem Kopf. Mehr nicht.

Die Wächterin vollführte eine Geste, woraufhin der Raum hell illuminiert wurde. Es schien sich um ein gewaltiges Hologramm zu handeln, in dem sie standen.

»Schließ die Augen!«, sagte die Wächterin. »Und bleib locker. Ich werde mich sanft bei dir melden.«

Ada nickte und gehorchte. Sie versuchte, ganz entspannt zu sein und an nichts Spezielles zu denken, dann war die Wächterin plötzlich in ihrem Kopf. Das Gefühl war nicht zu beschreiben, es war wie eine Präsenz, die einfach bei ihr war. In ihr. In ihren Gedanken. Wie eine Göttin, die alles durchdringen konnte, wenn sie nur wollte.

Ada verkrampfte, doch sie erfuhr Gedanken der anderen. *Ruhig, Ada. Entspann dich. Ich werde dir nichts tun. Zeig mir einfach nur, was du auf Darkness gesehen hast. Konzentrier dich darauf. Hol es aus deinen Erinnerungen hervor. Mehr musst du nicht tun.* Ada sagte: »Okay.« *Okay. Hören Sie das? Ja. Und nun versuch es.*

Ada fuhr sich mit der Hand über das Gesicht, verdrängte den Gedanken daran, wo sie war und was sie gerade tat, und konzentrierte sich auf den Abend. Direkt sprangen sie Bilder an. Die Frau von Edgar nackt im Pool. Ihr wundervoller Körper mit den glitzernden Wassertropfen auf den Brüsten. Schöne Brüste. Harte Nippel. Dann Visenias. Lächelnd und einnehmend. Plötzlich ein Roboter und der Leistungscheck ihres Gehirns. Den hatte sie verdrängt, aber jetzt war das leicht benommene Gefühl wieder da. »Achtundneunzig?«, fragte Edgars Frau. »Das ist ja der reine Wahnsinn.«

Visenias lächelte. »Habe ich es nicht gesagt? Die inneren Werte zählen.«

Edgar schürzte anerkennend die Lippen. »Dann hätten wir die Richtige gefunden, oder was meinst du, meine Liebe?«

Die Nackte nickte, wobei Wassertropfen aus ihren Haaren perlten. »Dann soll es so sein. Wann kann die Transplantation vollzogen werden?«

»In drei Tagen«, antwortete Visenias.

In drei Tagen ... »Transplantation?«, fragte Ada lallend. »Welche Transplantation?«

Die Frau musterte sie wie ein Stück Vieh. »Die deines Gehirns natürlich, du Dummerchen.«

In dem Moment begriff Ada, was sie da dachte und wollte sich zurückziehen, doch etwas Hartes glitt wie eine eiserne Hand durch ihren Verstand und hielt den Gedanken fest. Angst. Transplantation! Ein Schrei. Sie rannte.

Visenias seufzte irgendwo und fragte: »War das denn nötig?« Dunkelheit.

Ada wollte die Augen aufschlagen, doch die eiserne Hand verbot es. Wieder Gedanken, diesmal als Flut. Ein Roboter. Wortfetzen: »Frau Dvořáková ist wohlauf. Die Betäubung hatte keine Auswirkungen auf ihr Gehirn. Es wurden alle nötigen Vitalchecks gefahren, die Doktor Martin angefordert hat. Sie ist körperlich an einigen Grenzwerten, aber das beeinflusst nicht die bevorstehende Operation.«

Plötzlich Klarheit. Ihr Freund und Retter, der nicht ihr Freund und Retter war, durchsuchte die Farmen nach potenziellen Gehirnspendern für die Reichen. Vermutlich war er ein Händler und gab sich dann noch als Retter aus, dieses Arschloch. Und dann fickte er sie auch noch, um seinen eigenen Spaß zu haben. Es kam ja nur auf die inneren Werte an ...

Visenias war plötzlich über ihr, nackt und schwitzend, und nahm sie heftig durch. Schmerzen im Becken. Ziehen im Rücken. Eine wunde Wirbelsäule. Egal. Alles war egal.

Wieder Bilder, ein Huschen und Schlieren. Wasser. Dunkles Wasser. Reflexe einer Beleuchtung darin. Der Pool. Ada sprang hinein, Kälte und Wärme auf der Haut. Sie schrie: »Dann erschieß mich doch, du Drecksack!«

Visenias am Beckenrand. »Ada ... hör zu!«

»Einem Lügner, oder was? Vergiss es! Du willst mein Gehirn verkaufen!« Ihre Stimme überschlug sich.

Visenias seufzte. »Komm jetzt endlich da raus! Wir müssen weg von hier!«

»Nein!«, schrie sie und tauchte unter.

Schlieren. Lichtreflexe. Schwärze.

Rashad stand plötzlich in Flammen. Überall schrillten Sirenen, Löschdrohnen und Reparatur-Units schwirrten durch die Luft, um die Schäden einzudämmen. Das größte Problem stellte die zerstörte Kuppel da, durch die der brennende Himmel gestürzt war. Die giftige Atmosphäre drängte ungehindert in die Stadtbereiche und vermischte sich mit der Asche und dem Rauch der Flammen.

Ada wurde von nackter Panik erfüllt. Sie schrie und konnte nur in den Himmel deuten. Dort schälte sich aus dem Rauch, der durch die zerstörte Kuppel abzog, ein Ding. Es war riesig, dornig und schwarz wie die Nacht. Und aus dem Ding ergossen sich Gestalten in die brennende Stadt, grausige Gestalten mit Beinen und Armen und Klauen und Dornen. Es war wie in einem Alptraum. Eine schwarze Masse ineinandergleitender Wesen.

Ada brüllte vor Angst. Ihr Herz hämmerte. Die Bilder in

dieser Klarheit nochmals zu erleben, brachte sie zurück zum Wahnsinn jener Nacht.

Doch die Flut an Erinnerungen ging weiter. Plötzlich stand Visenias vor ihr, mit silbernen Sprenkeln in seinen Pupillen. Er sagte: »Weil der Funk auf Darkness ausgefallen ist. Sie stören ihn offenbar, aber nicht den DeepSleep. Die Sendestation ist noch aktiv. Also!« Er zerrte einen Dorn aus der Halterung und deutete auf die Liege.

Ada bekam eine Gänsehaut am ganzen Körper. »W-W-woher weiß ich, dass du die Wahrheit sagst?«

»Gar nicht. Du wirst mir vertrauen müssen. Wenn nicht, wirst du aussteigen und hier auf Darkness bleiben. Du hast fünf Sekunden, dich zu entscheiden.«

Ada dachte in dem Moment an die geheime Software und daran, dass niemand davon erfahren durfte, und sperrte sich gegen den Zugriff der Wächterin. Sofort war die eiserne Hand da und wollte ihre Barriere brechen, doch Ada schrie vor Zorn und brachte im echten Leben die Hände an die Buchse. Mit einem Ruck zog sie den Dorn heraus.

Der Schmerz war phänomenal und zwang sie in die Knie. Als sie die Augen aufschlug, meinte sie, noch in den Gedanken zu sein, denn der Raum war erfüllt mit Visenias übergroßem Gesicht und seinen gesprenkelten Augen, aber es war nur die Wiedergabe auf dem Holo, eingefroren zu einem Standbild.

Der echte Visenias stürzte zu ihr, während die Wächterin zornig ihren Dorn aus dem Kopf zog. Mit funkelnden Augen zeigte sie auf Ada und Visenias und sagte: »Wusste ich es doch! Lügner! Verräter!« Und noch lauter schrie sie: »Nehmt die beiden fest!«

Visenias brüllte etwas, doch von irgendwoher kamen Wächterinnen und Wächter angestürmt und umringten sie. Ada versuchte erst gar nicht, sich zu wehren. Es war sinnlos. Sie hatte es verkackt. Sie.

Scheiße.

Kapitel Zwölf

Dawn, Regnath

LAUT ASHAE WAREN die dunkelsten Stunden des Tages angebrochen, doch noch immer schimmerte der Himmel in goldorangefarbenen Tönen. Nur die Schatten zwischen den Häusern waren bläulich schwarz.

In einem solchen Schatten stand ihr grünes Taxi mit ausgeschalteten Lichtern. Die Hand zeigte auf ein Gebäude auf der anderen Straßenseite, das rund zweihundert Meter entfernt lag. »Das ist Imanis Haus.«

Flavia musterte das unscheinbare Gebäude neugierig. »Sieht ziemlich unspektakulär aus für eine hohe Wächterin. Da habe ich luxuriöser gelebt.«

Die Hand lächelte matt. »Hier auf Dawn sind die Hohen bescheidener als auf Moriah. Luxus ist den Gästen vorbehalten, aber ab den höheren Gefilden werden die Wächter bescheidener.«

»Woher kommt das?«, wollte Sophia wissen. Sie trank aus einer Wasserflasche, die sie auf dem Weg hierher besorgt hatten. Das Wasser war mit Elektrolyten und Nanoreparatureinheiten angereichert, um sie alle drei nach den Strapazen schnellstmöglich wiederherzustellen.

»Die Bescheidenheit?« Die Killerin zuckte mit den Achseln.

»Hier auf Dawn herrschte nie viel Protz. Die Staubstürme machen es auch im Außen überflüssig. Man konzentriert sich auf die inneren Werte.«

»Und jetzt?« Flavia spähte immer noch neugierig hinüber. »Ich kann keine Wachen sehen.«

»Das täuscht. Das Sicherheitssystem ist erstklassig. Niemand kommt ungesehen hinein – abgesehen von einer Hand.«

»Du willst also allein hinein?«

»Natürlich. Ihr beide habt keine Chance. Ich hingegen kenne die Systeme. Ich bin bei Beatriz Silva ein- und ausgegangen.«

»Das war auf Moriah.«

»Zuvor auch hier. Und auch Imani kenne ich persönlich.«

»Warum wollen Sie eigentlich direkt zu ihr? Was ist an ihr so besonders?«

»Bei ihr laufen die Fäden Dawns zusammen.«

»Und dann ist sie so schlecht gesichert, dass eine Killerin des eigenen Hauses bei ihr einbrechen kann? Das will ich nicht glauben«, sagte Sophia.

Ashaes Gesicht verschloss sich noch stärker als sonst.

Auch Sophia war das nicht entgangen. »Was? Was soll dieser Gesichtsausdruck bedeuten?«

»Es ist noch nie vorgekommen, dass sich eine Hand gegen das Gehirn aufgelehnt hat«, brachte sie schließlich hervor.

Sophia runzelte die Stirn. »Noch nie? Das kann doch nicht sein.«

»Doch.«

Auch Flavia nickte nachdenklich. »Ich hab auch noch nie von so einem Fall gehört.« Sie wandte sich an die Killerin. »Warum willst du es dann tun?«

Ein langer Blick hinaus auf das Haus der hohen Wächterin. »Ich ... ich möchte einfach nicht sterben.«

»Und die anderen Hände würden das tun?«

»Alle. Sie würden mit Freuden in den Tod gehen, wenn die Hohen es befehlen.«

»Und warum du nicht?«

»Das müssen wir jetzt nicht erörtern. Es ist, wie es ist.« Ashae wollte aussteigen, doch Flavia hielt sie zurück.

»Doch, das wird jetzt erörtert! Was ist bei dir anders?«

Die Killerin musterte Flavia aus ihren stechenden Augen,

bevor sie sich wieder in den Sitz sinken ließ. »Nichts ist anders. Ich wurde augmentiert wie alle anderen.«

»Aber?«

»Aber ...« Ein Seufzen. »Mein Vater ist daran schuld.«

»Dein *Vater?*«

»Ja. Er war für die Custodes als Chirurg tätig.«

Flavia runzelte die Stirn. »Also für die Hohen, wenn sie medizinische Hilfe brauchten?«

»Anfangs ja. Später fragte man ihn, ob er nicht die Augmentierungen der Hände durchführen könnte. Es war ein großer Schritt für ihn, denn er stieg damit in eine leitende Tätigkeit auf. Er war für das gesamte Ressort zuständig.«

Sophia verzog das Gesicht, als hätte sie bittere Medizin im Mund. »Also hat dein eigener Vater aus dir eine Kampfmaschine gemacht?«

Ashae nickte. »Es war der Wunsch meiner Mutter, Wächterin durch und durch. Sie wollte, dass ich mein Leben ganz in den Dienst der Custodes stelle, so wie sie selbst es immer gewollt, aber wegen einer Krankheit nicht gekonnt hat. Also musste ich ihren Platz einnehmen.«

»Und dein Vater fand das nicht so geil?«

»Nicht wirklich. Hände werden nicht alt.« Ein kaltes Lächeln. »Hände über vierzig sind eine Seltenheit. Fünfzigjährige kenne ich gar keine. Dieses Schicksal wollte mir mein Vater ersparen, konnte die Augmentierung aber nicht verhindern. Meine Mutter war viel zu fanatisch. Er zog es also durch, überließ mir aber ... Möglichkeiten, die sonst keine Hand besitzt. Mein Zerebralcomputer funktioniert anders als die der anderen Hände. Ich hab es erst erfahren, als er es mir auf dem Sterbebett erzählte. Ich war dreiundzwanzig, als er bei einer Razzia schwer verletzt wurde. Ich konnte ihn retten, aber es war zu spät, er war zu schwer verletzt. Er offenbarte mir noch, wie ich meinen Zerebralcomputer modifizieren kann. Und wie ich damit bestimmte ... Möglichkeiten besitze, die anderen Händen verwehrt blieben.«

»Ein schlauer Mann?«

»Nein«, sagte Ashae. »Ein guter Vater.« Sie blickte wieder hinaus zum Haus der hohen Wächterin. »Zu Beginn wusste ich gar nicht, was er da getan hat. Ich stand immer im Dienst der Custodes und wäre liebend gern in den Tod gegangen, wenn man es mir befohlen hätte. Nachdem ich aber den Zerebralcomputer modifiziert hatte – rein aus Neugierde –, war alles anders. Plötzlich habe ich begriffen, dass das Leben aus mehr besteht als Dienen und Töten.«

Flavia schluckte. »Und warum bist du dann nicht gegangen?«

»Eine Hand geht nicht.«

»Weil man dich verfolgen würde?«

»Natürlich! Was glauben Sie? Noch nie ist eine Hand gegangen, außer in den Tod. Und auch das wird mein Weg sein. Ich werde dabei nur nicht sterben.«

»Also willst du die Chance nutzen, mit uns unterzutauchen?«

»Das wird sich zeigen. Sicher ist, dass sie mich jetzt suchen. Meine Zeit als Hand ist vorbei. Ich hatte zwar immer gedacht, dass ich den Zeitpunkt bestimmen würde, aber nun habt ihr ihn bestimmt. Und nun werde ich Imani einen Besuch abstatten.«

»Ist sie hier? Das Haus sieht so verlassen aus.«

»Das wird sich zeigen. Im schlimmsten Fall finde ich heraus, wo sie ist. Aber sie ist in der Stadt, ganz sicher.« Mit den Worten stieg die Hand aus und verschmolz mit den Schatten.

Sophia seufzte. »Nimmst du ihr die Story ab? Sie klingt wie eine vom wilden Pferd ... Warum sollten denn ausgerechnet wir an eine Hand geraten, die seit Jahren einen Weg sucht, die Wächter zu verlassen?«

»Weil wir Glück haben.«

»Glück? Ernsthaft? Was, bitte, ist los mit dir, Mutter?«

Flavia zuckte die Achseln. »Keine Ahnung, Sophia. Ich kann es nicht sagen, aber bisher dachte ich immer, ich hätte alles in der Hand. Mein Leben wäre das Produkt meiner freien Entscheidungen. Aber seit Oliver Stratton aufgetaucht ist, habe ich überhaupt keine Entscheidungsgewalt mehr. Es passiert einfach. Es ist ganz komisch. Wie gesagt, ich kann es dir nicht erklären. Vorher dachte ich immer, ich hätte durch meine Planung und Vorbereitung höchstmögliche Sicherheit. Aber was ist Sicherheit? Gibt es die überhaupt? Mittlerweile glaube ich, nicht. Das ist nur ein Trugschluss.«

»Okay, aber warum sollten dann ausgerechnet wir an Ashae geraten sein?«

»Weil es vielleicht so sein soll?«

»Du meinst Schicksal? Gottgewollt? Was ist mit dir passiert, Mutter? Ich erkenne dich kaum wieder.«

Flavia seufzte. »Ich mich auch nicht. Aber du sagst selbst, das alles kann kein Zufall sein. Vielleicht soll das alles so sein. Vielleicht mussten wir genau sie treffen, um überleben zu können. Nein ... nicht, um zu überleben. Wir ... wir haben einen Zweck, Sophia. Wir sind aus einem bestimmten Grund hier.«

»Auf den bin ich gespannt.«

»Ich auch.« Flavia lächelte matt. »Ich auch, das kannst du mir glauben.«

WÄHREND DIE FLORES über ihr Leben sinnierten, huschte Ashae durch den Schatten zwischen den Häusern, folgte geduckt einer Hauswand und erreichte einen Schuppen am Ende. Sie sprang ans Dach, zog sich hoch und kroch hinters Haus. Dort gab es einen schmalen Pfad zwischen den Häusern. Der Spalt am Ende flammte wie ein greller, senkrechter Lichtstreifen vor ihr auf.

Ashae näherte sich dem Licht, doch auf halbem Weg blieb sie stehen. Sie hatte keine Ahnung, was gerade in sie gefahren war. Warum hatte sie den beiden von ihrem Vater erzählt? Und von ihrem Geheimnis?

Weil sie vertrauenswürdig sind, ging es ihr durch den Kopf. Und es stimmte. Flavia Flores war nicht nur auf Moriah als Ehrenfrau bekannt, sondern auch auf Darkness und Dawn. Sie hatte sich so sehr für die Wächter eingesetzt, und das ohne Zwang, dass viel über sie geflüstert wurde. Schon Ashaes Vater hatte ihr begeistert von der Justitia Custodia erzählt. Vielleicht lag es daran, dass Ashae sie nicht ermordet hatte. Eine Aura der Macht umgab die Frau, aber nicht die Macht der hohen Wächter oder irgendwelcher Politiker von Eden, sondern die Macht des Selbstvertrauens. Flavia Flores tat genau das, was sie wollte. Sie stand für ihre Visionen und Werte ein. Wie viele Menschen taten das heute noch?

Sie war eine faszinierende Frau und hatte Ashae mit ihrer Art berührt. Noch im Tempel wusste sie, dass sie sie nicht töten würde. Sie war ihre Fahrkarte in die Freiheit.

Die Gedanken ließen die Hand erzittern und an die Nachricht ihres Vaters denken. Als sie damals seine Gedankenkapsel aktiviert hatte, war ihr Zerebralcomputer modifiziert worden. Während des Updates hatte er per Videoaufzeichnung zu ihr gesprochen. Noch zu gut erinnerte sie sich an seine Worte. »Irgendwann wird der Tag kommen, an dem *du* weißt, was zu tun ist. Nur du. Und dann wirst du entweder handeln und das Geschenk des Lebens und der Freiheit annehmen, oder du wirst weitermachen wie bisher und sterben wie alle anderen Hände. Die Entscheidung liegt bei dir, Ashae-Marie. Handle weise.«

Ashae rieb sich die Nase. *Handle weise.* War wirklich der Moment gekommen, zu handeln? Oder sollte sie zu Imani gehen, die beiden Frauen anschwärzen und festnehmen? Konnte sie sich so wieder in die Gunst der Wächter manövrieren?

»Sei keine Idiotin«, schimpfte sie sich selbst. »Man hat ein Cleaner-Team geschickt, um dich zu ermorden. Es ist längst zu spät.«

Handle weise.

Das war nur nicht so einfach, wie Ashae sich eingestehen musste. Flavia hatte recht: Sie brauchten so viele Infos wie möglich über den Tempel, um ihre Position zu stärken. Fand sie diese in Imanis Wohnung? Vermutlich nicht. So brisantes Wissen würde in keiner Akte stehen, auch nicht analog. Sie würde das nicht in einer Wohnung finden, sondern nur in Imanis Kopf.

Ashae musste also herausfinden, wo sich die Hohe Wächterin aufhielt. Und sie war sicherlich nicht zu Hause, denn dann wäre hier wirklich mehr Aufgebot an Schutzpersonal. Ashae hatte nur einen entdeckt: Diego. Diego war schon seit Jahren für Imani tätig. Er wohnte als Nachbar in einer Wohnung gegenüber und war rund um die Uhr vor Ort. Ein dauerhafter Wächter einer Wächterin sozusagen. Solche Jobs bekamen viele verdiente Wächter im Alter, die nicht in die hohen Kreise aufgestiegen waren. Sie mussten nichts tun, außer ein gutes Leben zu leben, da zu sein und ein Auge auf die Wohnung zu werfen.

Ashae würde Diego also einen Besuch abstatten. Wenn sie Glück hatte, wusste er noch nichts von der Fahndung nach ihr.

Sie lief weiter auf den flammenden Spalt zu, erreichte aber vorher eine Schutzleiter. Über die kletterte sie eine Etage weiter nach oben. Dort führte eine schmale Feuerschutztür ins Innere. Von früher wusste sie, dass Diego im zweiten Stock wohnte, um

Imanis Haus bestens im Blick zu haben. Sie huschte also das Treppenhaus hinauf, spähte um die Ecke und trabte den Flur entlang. Vor seiner Wohnungstür blieb sie stehen.

Handle weise.

Ashae ließ es drauf ankommen und klingelte. Nichts geschah. Sie wollte gerade ein zweites Mal klingeln, als sie Schritte hinter der Tür hörte. Etwas fiepte, dann sprang die Tür auf.

Diego musterte sie mit gefurchter Stirn durch den Spalt. Der Argwohn in seinen Augen verflog aber, als er sie erkannte.

»Ashae! Was für eine Überraschung! Komm rein!«

Auch Ashae lächelte und folgte seiner Einladung. Sie war jederzeit bereit, ihn anzugreifen. Ihre Pistole steckte locker im Gürtel. »Danke, Diego.«

Er grinste, nachdem er sie in die Küche bugsiert hatte. Durch das Fenster konnte man Imanis Haus bestens erkennen. Auf dem Tisch stand ein Teller mit einer Frucht, zur Hälfte aufgeschnitten. Das scharfe Tourniermesser lag daneben, die kurze Klinge schimmerte feucht vom Saft der exotischen Frucht. »Was verschafft mir die Ehre, dass Beatriz' Hand hier aufkreuzt? Ist sie auf Dawn?«

»Nein, nur ich. Ich bin auf der Suche nach Flüchtigen. Sie haben sich nach Dawn gerettet.«

»Aha, und was willst du dann bei mir?«

Ashaes Blick glitt durch das Fenster, und Diego lachte. »Ach, du wolltest zu Imani.«

»Wenn jemand weiß, wo Flüchtige ein Versteck gefunden haben, dann sie.«

»Das ist wahr, Imani weiß alles, was auf Dawn geschieht. Ich glaube, ich kann dir nicht helfen, Kind. Sie ist nicht hier, aber das hast du sicher selbst gesehen.«

»Das habe ich. Ich war aber nun schon mal hier und wollte trotzdem fragen. Weißt du zufällig, wo sie ist?«

»Natürlich weiß ich das, aber ich werde es dir nicht sagen.« Seufzend sank er auf den Stuhl, griff nach Frucht und Messer und machte sich daran, das süße Fruchtfleisch von der harten Schale zu befreien.

Ashae setzte sich ihm gegenüber. »Und warum nicht?«

»Du weißt, dass ich dazu nicht berechtigt bin. Auch keiner Hand gegenüber. Nur Imanis Hand, und die bist du nicht. Es tut mir leid, du wirst eine offizielle Anfrage stellen müssen.« Er lächelte, nur um ihr im nächsten Augenblick die Frucht entgegenzuschleudern, sodass ihr der süße Saft ins Gesicht spritzte. Ashae sah noch, wie er gleichzeitig mit dem Messer ausholte, um es ihr in den Hals zu rammen.

Sie spürte Bedauern, wich nach hinten aus, griff nach seinem Handgelenk, fing es ab und rammte das Messer in die Tischplatte. Es klirrte hell, als die Klinge abbrach und davonsprang. Diego schrie derweil und wollte nach dem Teller greifen, doch Ashae war schneller, schlug seine Hand weg, packte einen Fruchtschnitz und schob ihn diesen in den schreienden Mund.

Diego keuchte, spuckte aus, doch Ashae drückte ihm die faserige, feuchte Frucht wieder in den Mund. Eine schnelle Handbewegung auf den Kehlkopf, und er schluckte automatisch. Seine Augen wurden groß, als er nach Luft rang.

Da stand Ashae schon hinter ihm. »Du hast zwei Chancen, Diego. Entweder, du erstickst, oder du wirst leben und mir verraten, wo Imani ist.«

»Hmmmnie...als«, stieß er hervor.

»Ach, Diego. Ich mochte dich immer.« Sie schlug ihm ein zweites Mal gegen den Hals, was ihn den großen Brocken schlucken ließ. Seine Muskeln am Hals traten hervor, und er würgte.

Ashae verspürte wirklich Bedauern um den alten Wächter. Er hatte einen solchen Tod nicht verdient, seine Entscheidung jedoch selbst getroffen. Wie sie auch. Spätestens jetzt konnte niemand mehr von einer Kurzschlussreaktion reden. Sie hatte bewusst und vorsätzlich einen Wächter getötet.

Handle weise.

Ashae hätte beinahe geschnaubt, packte aber stattdessen Diego und presste ihn auf den Tisch. Er schlug nach ihr, doch er war alt und schwach und sie war jung und stark. Er hatte keine Chance. Auch nicht, als sie aus ihrer Hosentasche ein Multitool zog und einen schlanken Nanogreifer einstellte. Über hundert drahtige Finger in der Größe von Stecknadeln glitten aus dem Tool und warteten auf ihre Befehle.

Diego schrie, als er die winzigen Nadeln bemerkte, aber die Frucht in seinem Hals ließ ihn nur unverständlich würgen.

Ashae fragte ein letztes Mal: »Wo ist Imani?«

Diego verriet seine Hohe Wächterin nicht. Auch nicht, als

Ashae ihm die feinen Greifer ums linke Auge herum zwischen Augapfel und Augenhöhle einführte. Sie glitten, zart und flexibel, wie sie plötzlich waren, wunderbar in die Spalte. Tränen schimmerten an den Ansätzen und Angst stand in Diegos Augen, doch dann zog Ashae ihm bereits mit einem Schmatzen das Auge aus der Höhle.

Diego schrie, das Gesicht rot und vor Schmerz verzerrt.

Ashae gab ihm in diesem Moment einen weiteren Schlag gegen den Hals, was ihn endgültig verstummen ließ. Dann endlich besah sie sich den entfernten Augapfel. Er hing noch am Sehnerv, aber viel spannender war das Augment. Eine virtuelle Datennetzhaut. Sie projizierte ihm alles Wichtige, was er wissen musste, auf die Netzhaut. Darunter befand sich auch Imanis Standort und die Schätzung, wann sie zurückkam.

Ashae las die Daten mit ihrem Kameraaugment aus, bevor sie den alten Herren endlich von seinen Qualen erlöste. Dadurch erlosch auch die winzige Schrift auf seiner Netzhaut, einzig betrieben durch die Energie seines Gehirns.

»Da kommt sie wieder.« Sophia war ganz aufgeregt, als die Hand aus dem Schatten trat und in den Wagen stieg. Sie brachte einen komischen Geruch nach Frucht mit sich. Er war ekelhaft süß.

»Und?«, wollte Flavia sofort wissen. »Ist Imani hier?«

»Nein.« Die Hand saugte etwas Feuchtes zwischen den Fingern heraus. Es roch wieder nach Frucht. »Ich weiß aber, wo sie ist.«

»Und wo?«

»In der Stadt. Es findet gerade eine Befragung des Hohen Rates statt.«

»Vermutlich wegen der Schlacht mit den Worx«, mutmaßte Flavia düster.

»Davon ist auszugehen.«

Sophia winkte den beiden zu. »Und weiter? Ihr wollt sicher nicht bei einer Sitzung des Rates aufschlagen. Dann können wir uns gleich stellen.«

»Niemand spricht davon, die Sitzung zu stören, aber die

Gelegenheit ist gut, um an Imani ranzukommen. Zumindest auf dem Weg danach, wohin auch immer sie fahren mag.«

»Eine Entführung also.« Sophia stöhnte. »So langsam wirds echt irre. Ein Agent, ein Geheimnis, ein außerirdischer Tempel unter einem Bordell, eine Killerin als Verbündete, eine Kletterpartie. Und jetzt eine Entführung. Xen One, ich bin in den Dienst Edens getreten, um genau solche Sachen zu verhindern!«

Flavia grinste. »Da siehst du mal, wie das Leben mit einem spielen kann.«

»Ja«, sagte Ashae düster. »Beeindruckend.« Noch einmal saugte sie sich einen Rest Frucht von den Fingern, während sie das Taxi startete.

Kapitel Dreizehn

Dawn, Regnath

MAN HATTE Ada und Visenias in eine fensterlose Kammer gebracht. Die Wände waren glatt, fugenlos und weiß, genauso wie der Boden und die Decke. Nur in diese war ein Lichtquadrat eingelassen, aber das war es auch. Die Tür verschwand vollständig. Es gab keine Stühle, keine Pritsche, keine Sitzmöglichkeiten. Nichts außer den weißen Flächen.

Visenias saß in einer Ecke und hatte den Kopf an die Wand gebettet. Seine Augen waren geschlossen, aber er schlief nicht. Sein Atem ging zu schnell dafür. Reden wollte er aber offenbar auch nicht. Vermutlich dachte er über ihre Situation nach, ihr Freund, Retter und Architekt.

Ada verfluchte sich immer noch für ihr Unvermögen. Wie hatte sie nur mental so schwach sein können, um die Wächterin in ihren Erinnerungen so fuhrwerken zu lassen? Der Gedanke an die eiserne Hand ließ sie erschaudern. Hatte sie überhaupt eine Chance gehabt? Die Frau war offenbar verdammt geübt darin, in Gedanken anderer zu wühlen und den Dreck an die Oberfläche zu bringen. Ada hatte nicht gewusst, dass so etwas überhaupt möglich war. Aber dann stimmten die Gerüchte über den Deep-Sleep, dass man manchmal in Gedanken anderer gleiten konnte, in deren Träume und tiefsten Wünsche. Die Wächterin hatte es gestern getan und sie in wenigen Minuten so bloßgestellt, dass Ada wieder die Tränen kamen. Sie wischte sie von den Wangen und schniefte.

»Es war nicht deine Schuld«, sagte Visenias leise. Er hatte die Augen aufgeschlagen und musterte sie. Dabei sah er verdammt müde aus. »Sie hätten es vermutlich so oder so herausgefunden.«

»Aber ich hätte mich besser im Griff haben können.«

Er schüttelte den Kopf. »Hättest du nicht. Sie war eine Gedankenleserin, eine verdammt gute. Du hattest nicht den Hauch einer Chance, und der Hohe Rat wusste das.«

Vermutlich hatte er recht. »Und jetzt?«

Er zuckte mit den Achseln. »Können wir nichts mehr tun. Nur warten und hoffen.«

»Dass sie uns gehen lassen?«

»Womöglich. Vielleicht zeigen Sie sich dankbar, dass wir sie warnen wollten. Dass wir unsere Erfahrungen geteilt haben. Wir leben in seltsamen Zeiten, Ada. Vielleicht geschehen Wunder.«

»Klingt nicht sehr optimistisch.«

»Ich habe auch noch nie gehört, dass die Wächter jemanden wie uns haben gehen lassen. Dich vielleicht noch, aber mich ...« Wieder ein Kopfschütteln. »Ich weiß zu viel. Viel zu viel. Machen wir uns nichts vor, für mich endet die Geschichte hier, hier in dieser weißen Kammer.« Er lehnte den Kopf wieder an die Wand und schloss die Augen.

Wie er so dasaß, brach Ada das Herz. Sie kroch auf allen vieren zu ihm und nahm ihn in den Arm. »Wir kommen hier raus«, wisperte sie. »Das schwöre ich.« Sein Haar duftete nach dem Shampoo aus der Lounge.

Die Worte ließen ihn lächeln. »Optimistin.«

»Immer.«

»Das ist gut. Bewahr dir das, ich bleibe lieber Realist.«

»Und du schätzt die Chancen so schlecht ein?«

»Ja. Sie werden tiefer bohren, sie werden meine Identität auseinandernehmen, und irgendeinen Fehler habe ich gemacht. Oh, nicht nur einen. Viele, von denen ich womöglich selbst gar nichts weiß. Allein die Software, die ich dir eingespielt habe.« Er schnaubte. »Sie werden darauf stoßen, eins und eins zusammenzählen und alles herausfinden. Oder sie werden das subkutane Datenimplantat knacken und dann ...«

»Was, und dann?«

»Dann waren Jahrzehnte der Arbeit umsonst.« Er blies die Wangen auf und ließ die Luft langsam entweichen. »Alles umsonst.«

Sie musterte ihn und strich mit den Fingerspitzen über seine kratzige Wange. »Wer bist du wirklich, Visenias?«

Er lächelte, ein verlorenes, aber warmherziges Lächeln. Ein Lächeln voller Erinnerungen an gute Zeiten. »Willst du es wirklich wissen, meine Liebe?«

Sie nickte nur, was ihn seufzen ließ.

»Nein, ich bringe dich nur in Gefahr, wenn ich es dir verrate. Vermutlich hören sie auch jetzt gerade mit.«

»Spielt es eine Rolle? Deiner Denkweise nach doch nicht. Ist eh schon egal.«

»Das stimmt.« Er schloss für einige Sekunden die Augen, bevor er sie wieder aufschlug und sagte: »Ich ... ich bin Agent im Dienste Edens.«

Ada bekam große Augen. »Ein Agent?«

»Ja. Seit fast zwanzig Jahren versuche ich, einen Platz im Hohen Rat zu ergattern. Ich habe mich hochgearbeitet, sympathisiert, Freundschaften geschlossen, eine Wächterin geliebt und alles aufgegeben, bis ich selbst glaubte, ein Wächter zu sein. Aber wenn man nicht als Wächter geboren wird, kommt man kaum hinein, schon gar nicht in die hohen Kreise. Ich begann zwar irgendwann, die Bedürfnisse der höheren Wächter zu erfüllen, aber es war trotzdem ein langer, steiniger Weg.«

»Mit Organhandel?«

»Auch damit. Es war nur eine Option, die sich bot. So wurde ich zur Hoffnung von vielen, zum Heilsbringer. Man vertraute mir, vor allem auf Darkness, insbesondere Edgar. Ich hoffte auf eine Empfehlung von ihm, wenn die Sache mit seiner Frau erfolgreich ablaufen oder ich mit den Daten ihres Gehirns auch anders Zugang finden würde.«

»Und dann kam ich dazwischen?«

»Und die Worx.« Visenias seufzte. »Vielleicht war das Schicksal.«

»Für mich klingt es eher, als hätte sich das eine verrückte Autorin oder ein Autor ausgedacht.«

»So ist das Leben. Ein Drama in drei Akten.«

»Und die Software? Was hat es damit auf sich?«

Visenias winkte ab. »Eine Agentensoftware zur Kommunikation untereinander über den DeepSleep. Ich wurde vor Jahren autorisiert, Agenten auszubilden, um mich selbst zu unterstützen. Entsprechend habe ich Zugriff auf die Software.«

»Heißt, ich bin jetzt eine Agentin?«

Er lachte. »Nein, Ada. Aber du kannst mit anderen Agenten im Sleep kommunizieren, wenn du willst. Man wird dich dadurch jedoch aufspüren und identifizieren können. Und da du keine offizielle Agentin bist, wird man dich nicht lange leben lassen. Eden ist erbarmungslos, wenn es um solche Dinge geht.«

»Dann mach mich zu einer!«

»Unmöglich. Ich kann es von hier aus nicht, dazu müssten wir dich im DeepSleep authentifizieren.« Er schüttelte den Kopf und schloss wieder die Augen. »Aber es ist sowieso egal. Unsere Zeit ist abgelaufen.«

»Ist sie nicht!« Ada pochte ihm mit dem Zeigefinger auf die Brust. »Du wirst dich jetzt auch nicht aufgeben! Kommt nicht infrage. Wir finden einen Weg hier raus.«

Er seufzte. »Ja, den finden wir.«

»Visenias!«

»Ja ... Ich lass es auf mich zukommen. Okay? Ich bin gerade nicht ganz so optimistisch wie du. Gestehst du mir das auch einmal zu?«

»Ja.« Ada bettete ihren Kopf an seine Brust. Sie spürte seinen Herzschlag durch den Stoff, kräftig und stetig, wie ein Fels in der Brandung. Visenias, ihr Freund und Retter, Fels und Architekt. Es musste doch einen Weg geben, um aus diesem Gefängnis zu entkommen. Es gab immer einen Weg. Ada wollte aber auch keiner einfallen, und schließlich döste sie ein, bis ein Knacken sie wieder weckte.

Die Wächterin mit der eisernen, mentalen Hand stand in der Tür, die im geschlossenen Zustand nicht einmal sichtbar gewesen war, und musterte sie beide. »Ada Dvořáková und der große Unbekannte.« Sie kam herein, wobei sich die Tür hinter ihr automatisch schloss. Ihr Blick hing nur an Visenias.

Der musterte sie ebenfalls, sagte aber kein Wort.

»Wer seid Ihr?«, fragte sie nach endlos langen Sekunden.

Er atmete tief durch. »Ändert das etwas an meiner Situation?«

»Womöglich.«

Seine rechte Augenbraue wanderte nach oben. »Und das soll ich Euch glauben?«

»Tut, was Ihr für richtig haltet. Und jetzt beantwortet meine Fragen.«

»Und wenn nicht?«

Der Blick der Wächterin legte sich auf Ada. »Dann wird sie vor euren Augen sterben.«

Adas Herz pochte heftig, aber sie bewahrte Stärke und weinte nicht. Auch Visenias rührte sich nicht, sondern focht ein Duell mit Blicken aus. Wer gewann, vermochte Ada nicht zu sagen, doch schließlich sagte er: »Ich werde reden, aber nur, wenn sie gehen darf.«

Die Wächterin schenkte Ada nur einen abfälligen Blick. »Warum gebt Ihr Euch mit ihr ab? Sie mag ein herausragendes Gehirn besitzen, aber sonst ist sie ein Niemand. Eine fast verlorene Seele mit einem Link.«

»Und einem Herzen am rechten Fleck.«

Die Wächterin schnaubte. »Wie viele Menschen habt Ihr dem Untergang geweiht, ohne mit der Wimper zu zucken? Wir wissen, wie umtriebig Ihr auf Darkness wart. Umtriebig in unserem Sinne, aber Ihr wart nie ein Wächter.«

»Ich wollte aber schon immer einer sein.«

»Oh ja, das bezweifeln wir nicht. Die entscheidende Frage ist: warum?«

»Gegenfrage: Warum sollte ich keiner sein wollen? Die Custodes herrschen auf Dawn und Darkness, auf Moriah womöglich bald. Warum sollte ich mich nicht den Stärkeren anschließen? Nur gemeinsam ist man stark.«

»Wahre Worte, wenn da nicht Eure nebulöse Historie wäre.«

Wieder hob Visenias eine Augenbraue. »Nebulös? Ich wurde auf Moriah geboren, kam mit meinen Eltern in jungen Jahren nach Darkness. War – man muss wohl von leider reden – hochintelligent, konnte mich daher nicht unterordnen, fiel auf, begehrte auf und kam lange nicht mit Hierarchien zurecht. Meine Eltern steckten mich daraufhin ins Internat und ich musste meinen Weg selbst gehen. Also wurde ich Händler. Kam viel herum, aber mich zog es immer wieder zu den Wächtern. Ist auch verständlich, denn die Wächter sind wie eine Familie, die ich nicht hatte.«

»Oh ja, das ist verdammt verständlich.« Sie fügte nicht hinzu: *Zu verständlich*, aber Ada hörte es trotzdem. »Außerdem«, fuhr die Wächterin fort, »ist nichts davon belegt. Oh, es gibt Bilder, erstklassige Bilder von Euch als Kind auf Darkness und im Internat, später jede Menge von Eurer Arbeit, aber in *unseren* Aufzeichnungen findet sich nicht viel über Eure Zeit davor, und nur unsere eigenen Aufzeichnungen sind für uns entscheidend. Wer seid Ihr, Visenias? Für wen arbeitet Ihr?«

»Für mich und sonst niemanden.«

Er sagte es mit solcher Überzeugung, dass Ada es ihm abgenommen hätte. Die Wächterin schien die Lüge nicht so schnell zu schlucken, denn sie musterte ihn, dann zog sie aus ihren fließenden, weißen Gewändern eine Pistole und richtete sie auf Adas Kopf.

»Eure letzte Chance.«

Visenias hatte sich unglaublich im Griff, er schluckte nicht einmal. Leise sagte er: »Ich habe vorhin schon gesagt, ich rede nur, wenn sie überlebt.«

»Also habt Ihr etwas zu erzählen. Schön. Fangt an!«

Visenias schüttelte den Kopf. »Ihr wisst, wie das läuft. Nur gegen Verbindlichkeiten.«

Der Pistolenlauf küsste Adas Stirn. »Das ist meine Verbindlichkeit.«

Ada pochte das Herz bis zum Hals. Ohne es zu wollen, wisperte sie: »Visenias ...«

Er musterte sie, dann die Wächterin. »Euer Ehrenwort.«

»Für ihr Leben? Was bringt ihr das, wenn sie nichts mehr hat?«

»Nehmt sie in Eure Reihen auf. Sie ist verdammt intelligent. Ihr könntet eine erstklassige Gedankenleserin aus ihr machen.«

»Ja, vielleicht. Aber warum sollten wir?«

»Weil ... weil sie nie eine Chance im Leben hatte. Ich möchte, dass sie jetzt eine bekommt. Nur eine.«

Die Wächterin überlegte, ohne das Gesicht zu verziehen. »Ihr beeindruckt mich auf verquere Art und Weise. Ihr flieht von Darkness bis nach Dawn, um uns zu warnen. Ihr habt die Eier, Euch dem Hohen Rat zu stellen, obwohl Ihr wissen musstet, dass wir Euch prüfen würden. Also seid Ihr entweder ein vollkommener Idiot oder so vermessen, dass Ihr Euch für besser und schlauer haltet als wir. Oder ihr seid das Risiko bewusst eingegangen.«

»Glaubt, was Ihr für richtig haltet.«

Zum ersten Mal lächelte die Wächterin. »Steht auf!«, verlangte sie von ihm.

Visenias gehorchte, hielt respektvollen Abstand und blickte sie nur an. Er zuckte auch nicht, als sie ein letztes Mal fragte: »Wer seid Ihr?«

Ada hielt den Atem an. Was würde er antworten? Sie spürte, dass die Wächterin am Ende ihrer Geduld angekommen war. Eine falsche Antwort, und Ada würden die Lichter ausgehen.

Ihre Beine begannen zu zittern. Erst jetzt wurde ihr bewusst, wo sie sich eigentlich befand: auf Messers Schneide.

Und dann bewegten sich Visenias Lippen.

Er sagte: »Mein richtiger Name lautet ... Marcel. Marcel Stratton. Ich stehe im Dienste Edens.«

ICH STEHE IM DIENSTE EDENS. Die Worte hallten in Marcels Kopf nach, als die Wächterin ihn zurück in den Befragungsraum brachte. Ada hatten sie in der weißen Kammer zurückgelassen.

Ada. Marcel dachte an ihr Gesicht und ihren Blick, als sie die Pistole gegen ihre Stirn gedrückt hatte. Und dann dachte er an die Worte seines Ausbilders auf Eden, der ihnen eingebläut hatte, dass sie nur zwei entscheidende Fehler vermeiden mussten, um als Agenten erfolgreich zu sein: sich für zu schlau zu halten – und sich zu verlieben.

Letzteres würde ihm wohl das Genick brechen – oder die Rettung bringen. Das musste sich noch zeigen.

Die anderen Wächterinnen und Wächter waren noch (oder wieder) da und musterten ihn, während er vor ihnen Platz nahm. Die Gedankenleserin erhob das Wort. »Visenias, mit echtem Namen Marcel Stratton, Agent im Dienste Edens, möchte sich uns mitteilen.«

Die Computerstimme antwortete: »Dann soll er reden.«

Marcel spürte alle Augenpaare auf sich, obwohl er sie hinter ihren Masken nicht sah. »Viel gibt es da nicht zu sagen. Ich wurde vor einundzwanzig Jahren auf Eden ausgebildet, um die Custodes zu infiltrieren. Es war ein Sonderprogramm in Einzelausbildung. Keine Kontakte, keine Freundschaften, keine Beziehungen. Zuvor wuchs ich zusammen mit meinem Bruder auf, bis ich in den Dienst Edens trat. Er ist mein einziger Verwandter und hat keine Ahnung, was ich tue. Vermutlich glaubt er, ich wäre vor zwanzig Jahren verstorben, als man mich auf Moriah rekrutiert und nach Eden gebracht hat. Na ja, auf jeden Fall bestand das Ziel, den Hohen Rat zu infiltrieren, und daran arbeite ich seit damals.«

Die Wächterin schnaubte. »Das war es?«

»Das war es. Ich wurde mit Befugnissen ausgestattet, selbst zu entscheiden. Keine Zwangsmeldungen an Eden, keine Verbindungen, keine Kontaktpersonen.« Visenias lachte. »Ich hatte in zwanzig Jahren ein einziges Mal Kontakt mit einem Regierungsmitarbeiter, als man mir mitteilen ließ, dass ich nach zehn Jahren den Status eines Ausbilders erlangt hätte.«

»Und haben Sie ausgebildet?«

»Keinen einzigen. Wozu auch? Um Gefahr zu laufen, aufzufliegen? Meine Chancen standen gut, in den Rat zu gelangen. Das glaubte ich immer.« Er hörte die plötzliche Bitterkeit in seiner Stimme. »Ich meine, ich verkehrte zuletzt in den höchsten Kreisen auf Darkness und war nah dran, die Frau eines hohen Wächters zu retten.«

»Sie spekulierten also darauf, so in den Rat zu kommen?«

»Genau. Erst in den Kreis der Wächter und nach vielleicht weiteren zehn Jahren in den Rat. Und dann kamen die Worx.«

»Eher Ada Dvořáková.«

Marcel musterte die Wächterin. »Sie ist wirklich ein unbescholtenes Blatt. Sie war nur Mittel zum Zweck, bis ich mich dummerweise in die Dame verliebt habe.«

»Und das erzählen Sie uns alles so bereitwillig?«

»Selbstverständlich. Ich möchte ganz offen sein: Mein letzter Kontakt ist elf Jahre her. Elf Jahre! Es war mein einziger Kontakt, seit ich Eden verlassen habe.«

»Und was möchten Sie damit andeuten?«

»Dass ich von Eden überhaupt keine Ahnung mehr habe. Und auch keinen Bezug dazu. Ich habe mein Leben im Dienste der Wächter verbracht, nicht im Dienste Edens. Verstehen Sie? Ich war länger für Sie tätig als für meinen eigentlichen Arbeitgeber.«

»Sie wollen überlaufen?«

Marcel nickte zu seiner eigenen Überraschung. »Genau das möchte ich. Wegen Ada. Ich ... ich habe mich einfach verliebt, was soll ich machen? Ich habe immer versucht, das zu vermeiden, aber ... ich ... ich habe in ihre Augen geblickt, als ich sie aus dem DeepSleep geholt habe, und es war vorbei. Und eines ist mir klar: Als Agent ist eine solche Liebe unmöglich. Als Wächter hingegen nicht.«

Stille. Einzig ein Wächter beugte sich zu einem anderen und wisperte etwas Unverständliches in der kehligen Sprache der Custodes. Dann ein Nicken. Blicke. Weiteres Nicken.

Marcel hatte keine Ahnung, was das zu bedeuten hatte. Er wusste nur, dass er es ernst meinte. Jedes Wort. Als die Wächterin Ada die Pistole an die Stirn gehalten hatte, war es ihm klar geworden. Er arbeitete für ein Konstrukt namens Hegemonie Edens, aber wofür stand das Konstrukt noch? Für Menschlichkeit? Für Moral? Für Gleichberechtigung? Alles hohle Phrasen. Warum hatten sie nicht in die Schlacht gegen die Worx eingegriffen? Nein, ein ehemaliger Admiral musste Eden dazu zwingen, um Menschenleben zu retten.

Es war so verquer. Was war aus Eden geworden? Aus den Idealen der Auswanderer, die damals die Erde verlassen hatten und eine bessere Welt wollten? Einen Neuanfang in einem entlegenen Teil der Milchstraße. Das hatten sie zwar geschafft, aber sonst hatte sich nichts geändert. Die Menschen waren immer noch genauso barbarisch und machtbesessen wie damals. Er hatte es sogar vorhin zu Ada gesagt: Eden würde sie aufspüren und töten. Darin waren sie erbarmungslos. Erbarmungsloser als die Wächter? Offenbar.

Marcel Stratton gab es nicht länger, der hatte sich selbst längst verloren. Er war Visenias und niemand anderes. Einzig um seinen Bruder Oliver tat es ihm leid. Er hoffte, dass es Oliver gut ging und dass er in Sicherheit war, denn das war die einzige Lüge gewesen, die er aufgetischt hatte. Zu Oliver hatte er Kontakt gehabt, sporadisch und seit Jahren nicht mehr, aber Oliver wusste, dass Marcel Agent war. Wie es ihm wohl ging?

Ein leises Surren riss ihn aus seinen Gedanken. Ein Roboter raste auf ihn zu. Im nächsten Moment biss ihn etwas in den Hals. Marcel entwich ein Stöhnen. Seine Beine gaben nach, doch der Roboter fing ihn auf.

Als Letztes sah er die Hohen Wächter, die ihn musterten, allen voran die Gedankenleserin, die als Einzige ihre Maske nicht mehr aufgesetzt hatte. Ihr Gesichtsausdruck war nicht zu deuten, aber Abscheu sah er nicht darin.

Hieß das, er hatte sie überzeugt? Warum sonst ein ... ein ... Rob...o...ter.

Während der Roboter den Agenten aus dem Raum fuhr, seufzte Imani innerlich und wandte sich den anderen zu. »Steht sonst noch etwas auf der Agenda? Ich müsste mit Admiral Carroll reden und ihm für sein umsichtiges Handeln danken.«

Ein Wächter zog sich die Maske vom Kopf, unter der graues Haar und ein hageres Gesicht zum Vorschein kamen. Er sagte erleichtert: »Wir sollten fertig sein.«

»Ich glaube, nicht.« Eine Wächterin entblößte ebenfalls ihr Haupt mit lockigen, blonden Haaren. »Ich habe eben Meldung vom Sünthus bekommen. Das Cleaner-Team wurde gefunden. Alle tot und ohne die Flores und die Hand.«

Stille, in die hinein Imani laut seufzte. »Wie konnte das passieren?«

»Eine Hand, Imani ...«

»Von der Ihr wusstet! Xen One, ist es denn wirklich so schwer, zwei Frauen und eine Hand einzufangen? Die können mittlerweile über alle Berge sein.«

»Können sie nicht. Wegen der Schlacht mit den Worx sind alle Raumhäfen dicht und im möglichen Evakuierungsmodus. Wir können ohne Weiteres eine Sperre für Abflüge verhängen. Space Debris oder erhöhte Strahlungswerte von der Schlacht oder sonst irgendetwas. Niemand wird dagegen protestieren. Die drei werden Dawn nicht verlassen.«

»Müssen sie auch nicht! Sie können auch auf Dawn genug Schaden anrichten, wenn sie plaudern. Wir müssen sie finden.«

»Jawohl, Imani. Ich schreibe die drei zur Fahndung aus.«

Der Grauhaarige fragte: »Wer informiert Beatriz Silva?«

»Ich.« Imani zuckte mit den Schultern. »Sie wird es ungern hören, dass ihre Hand nicht länger existiert.«

»Aber Beatriz wird sich sicherlich sofort um Ersatz kümmern.«

»Worauf du Gift nehmen kannst.«

Die Tür ging auf und ein weiterer Roboter fuhr herein, um direkt vor Imani zu stoppen. »Eine persönliche Nachricht für Sie.«

Imani unterdrückte wieder ein Seufzen und schaltete im Geiste den persönlichen Kanal ihres Zerebralcomputers frei. Sie hatte ihn bei Sitzungen des Rates grundsätzlich blockiert.

Als sie ihn aufmachte, wurde sie von einer Welle an Informationen geflutet. Sie brauchte einige Momente, um die Aussagen zu begreifen.

»Alles in Ordnung?«, wollte der Grauhaarige wissen. Sorge schwang in seiner Stimme mit.

»Nein«, presste Imani hervor. »Mein Hauswächter wurde ermordet.«

»Ermordet?«

»Ja ... Jemand hat ihm das Netzhautaugment entfernt.«

Die Blicke der drei Wächter trafen sich, während die anderen sich nicht an dem Gespräch beteiligten. Die Lockige fragte leise: »Beatriz' Hand?«

Imani nickte vielsagend. »Wer sonst?«

Das ließ die Hagere schlucken. »Nicht gut.«

»Nein«, stimmte der Grauhaarige zu. »Nicht gut. Gar nicht gut.«

Kapitel Vierzehn

Dawn, Regnath

ASHAE SCHLIEF im Sitzen mit einem geöffneten Auge, während ihr Kameraaugment auf höchster Zoomfunktion das Gebäude in knapp einem Kilometer Entfernung im Blick behielt. Die Software war so eingestellt, dass sie umgehend geweckt wurde, sollte sich etwas rühren, und als sich die Türen des Lokals öffneten, schoss ihr ein elektrischer Impuls ihres Zerebralcomputers durchs Hirn und sie schlug auch das andere Auge auf.

»Es tut sich was.«

Flavia und Sophia gähnten, weil sie sich auch eine Pause gegönnt hatten, und blickten Richtung Gebäude. »Da kommen Leute raus, oder?«, sagte Sophia, die noch bessere Augen hatte als ihre Mutter.

»Jede Menge. Die Sitzung ist offenbar zu Ende.« Ashae konzentrierte sich auf die Videoübertragung in ihrem Auge, um Details zu erkennen, aber dafür waren sie zu weit weg. »Wir müssen näher ran.«

»Und dann?« Flavia hatte angestrengt hinausgespäht, aber nichts erkannt. »Wie wissen wir, in welchem Wagen Imani sitzt? Und ob sie überhaupt abreist? Ich meine, sie könnte doch in solchen Zeiten in der Zentrale bleiben.«

»Es ist keine Zentrale.« Ashae startete den Wagen und verließ die Parkposition. Die Scheiben wurden für einen Moment schwarz, bevor die Umgebung virtuell innen darauf abgebildet wurde.

»Sondern?«

»Eine von vielen Besprechungsmöglichkeiten. Der Hohe Rat tagt immer woanders, niemals zweimal hintereinander am selben Ort, rotiert die Örtlichkeiten nach zufälligen Tagesprotokollen.«

Sophia schnaubte. »Deswegen tun wir uns auf Moriah so schwer, gegen die Custodes Ergebnisse zu erzielen.«

»Nein, das liegt an anderen Dingen«, war sich Flavia sicher. »Am meisten an der Unfähigkeit Edens. Marco hatte beispielsweise keine wechselnden Locations.«

Ashae lachte. »Marco Bertram war auch ein Idiot.«

»Weshalb? Er hat die Geschicke auf Moriah lange Zeit geleitet. Und meiner Meinung nach nicht schlecht.«

»Ja, und er hat sich sehr viel in seine Tasche gesteckt. Was glaubt ihr, warum Beatriz Silva nach Moriah geschickt wurde? Sie sollte mal mit dem unfähigen Haufen aufräumen. Die Wächter könnten Moriah seit langem in ihrer Gewalt haben, wenn Bertram nicht so ein selbstgefälliger Dummkopf gewesen wäre. Aber das sind die Männer ja oft. Nicht umsonst haben wir deutlich mehr Frauen im Hohen Rat als Männer.«

Sophia hob die Augenbrauen. »Ernsthaft? Das ist ja spannend. Eden wird fast nur von Männern regiert.«

»Und dann wunderst du dich über Unfähigkeiten? Versteh das nicht falsch, Männer können sehr wohl führen – wenn sie allein sind. Aber sobald mehrere auf einen Haufen kommen, gehen die Alpha-Männchen-Spielereien los. Wer hat mehr zu sagen, wer hat mehr Untergebene, wer hat das größere Budget? Am Ende läuft es immer auf eine Frage hinaus: Wer hat den größten Schwanz?«

Flavia schnaubte voller Verachtung. »Als ob das in heutigen Zeiten, wo es Augmente gibt, noch irgendetwas bedeuten würde.«

Ashae wollte antworten, doch sie erreichten eine Kreuzung. Zwei gepanzerte Fahrzeuge mit Magnetantrieb glitten an ihnen vorbei. Man hörte dabei das leise Wummern der Kühler, die die supraleitenden Magnetspulen kühlten. Ashae fuhr mit starrer Miene einfach weiter.

Flavia schien die Luft angehalten zu haben, denn sie entwich ihr zischend. »Und? War Imani dabei?«

»Nein. Sie hat einen anderen Wagen.« Ashae hielt auf das Besprechungsgebäude zu, in dem im Erdgeschoss ein Restaurant betrieben wurde. Dahinter bog sie rechts ab und folgte einer Querstraße. Sie zeigte auf einen Wagen und meinte: »Imani ist noch hier.«

Sophia begutachtete beim Vorfahren den Zentrauri und meinte: »Sieht aber nicht nach einem Panzerwagen aus.«

»Ist es aber – nur ohne den Protz, den manche brauchen.«

»Diese Imani scheint eine bescheidene Frau zu sein.«

»Ja. Eine sehr umsichtige Frau – im Gegensatz zu Beatriz.« Ashae bog in einen Hof und wendete das Taxi.

Flavia musterte die Killerin neugierig. »Obwohl sie Beatriz' Hand waren, halten Sie nicht viel von ihr. Warum?«

»Weil Beatriz ein Manko hat: Ihr gefällt es, Macht zu haben.«

Flavia nickte grimmig. »Das stimmt. Den Eindruck hatte ich auch. Sie ... spielt gern mit Menschen.«

»Als wären sie Gegenstände.« Ashae fuhr vier Wagen hinter Imani an den Straßenrand und aktivierte die Wartelichter, die Passanten anzeigten, dass das Taxi gebucht war und nur auf Fahrgäste wartete. »Und es sind in ihren Augen Gegenstände.« Die Worte klangen selbst in Ashaes Ohren bitter, was auch Flavia nicht entging.

»Man hat dich ebenfalls wie ein Objekt behandelt, nicht wahr?«

»Natürlich. Ich bin eine Hand. Das sagt alles, oder? Und nun seid still. Ich muss mich konzentrieren.«

»Worauf? Was ist der Plan?«

Ashae antwortete nicht mehr, sondern blickte hinaus – in die Displays, um genauer zu sein. Für die anderen beiden nicht sichtbar war die Arbeit ihres Zerebralcomputers. Sie loggte sich über einen gehackten Account ins Netz der Wächter ein. Der Hack war eines der Tools ihres Vaters, die er ihr hinterlassen hatte. Über eine Backdoor kam sie ungesehen ins System, wobei die Gefahr mittlerweile groß war, entdeckt zu werden. Der Hack hatte nicht umsonst einige Jahre auf dem Buckel, aber glücklicherweise war die technische Entwicklung des DeepSleeps in den letzten zwanzig Jahren nicht mehr sonderlich vorangeschritten. Über den Hack loggte sie sich auch nicht direkt in den Sleep ein, was ohne Link nicht möglich war, sondern nur ins Wartungssystem. Darüber lief auch ein Großteil der Wächterkommunikation, zwar keine konkreten Details, aber da sie wusste, wo sich Imani befand, konnte sie gezielt die Aktivitäten in der Region einsehen. Die Abfrage hatte sie auf dem Beobachtungsposten bereits einmal durchgeführt. Von den registrierten zweiundvierzig Wächterinnen und Wächtern niedriger Priorität waren noch neunzehn in unmittelbarer Nähe. Da Eskorten meist aus Fünfer-Teams bestanden, waren vermutlich noch drei hohe Wächter vor Ort, dazu vier stationäre im Gebäude. Das war eine ganze Menge an Personal, mit dem sie es nicht aufnehmen konnte. Lange hier zu stehen und zu warten, ging aber auch nicht, das würde auffallen.

Ashae rief in Gedanken die Sicherheitskameras aus der Region auf und stellte einige Kamerawinkelberechnungen an. Schließlich sagte sie: »Sophia! Steig bitte aus.«

»Wie bitte?«

»Steig aus und lauf exakt lotrecht zur grauen Haustür. Halt den Kopf gesenkt.«

»Und dann?«

»Tu so, als ob du irgendwo klingeln würdest, und warte dreißig Sekunden. Dann kommst du zurück, wobei du den Kopf über die linke Schulter drehst, um zurück zum Haus zu blicken.«

Flavia hob die Hand. »Und was soll das bringen?«

»Es verschafft uns Glaubwürdigkeit und Zeit. Wir sind direkt an einem Besprechungshaus. Wenn wir länger hier stehen, wird eine Routine uns ins Visier nehmen. Wenn Sophia aussteigt, wird das die Routinen unterbrechen. Und wenn sie sich an meine Anweisungen hält, wird sie auf keiner Kamera erkennbar sein.«

Flavia sah trotz der Erläuterung unglücklich aus. »Wie viel Zeit verschafft uns das?«

»Vielleicht fünf Minuten.«

»Und wenn Imani bis dahin nicht erscheint?«

»Müssen wir uns eine andere Location suchen und warten.«

»Das klingt ja nach einem unglaublichen Plan! Du kennst doch die Routinen des Rats. Können wir –««

»Nein. Es gibt keine Routinen. Sie wechseln die Locations,

sie wechseln die Fahrrouten, sie wechseln die Unterstützerteams. Alles über Zufallsprinzipien am Tag des Meetings.«

»Zufallsprinzipien?« Sophia horchte auf. »Dann muss es einen Random Seed geben.«

»Einen was?«, wollte Flavia wissen.

»Einen Random Seed. Das kommt aus der Programmierung und ist für genau solche Zufallsgeneratoren nötig. Es ist an sich ganz einfach zu verstehen. Es handelt sich um einen Algorithmus. Vereinfacht macht er Folgendes: Man gibt eine Zahl ein und erhält eine zufällige Zahl zurück. Heißt: Man entscheidet, dass heute die Sicherheitsroutine fünf an der Reihe ist. Alle erhalten die Zahl fünf als Code. Den geben sie in ihren Random Seed ein und erhalten alle zufällig die gleiche Zahl zurück, zum Beispiel die vierundzwanzig. Und dann wird nach der Routine vierundzwanzig gefahren, kontrolliert et cetera.«

Flavia sah skeptisch drein. »Und das funktioniert?«

»Ja. Beim nächsten Mal, wenn nämlich die Fünf eingegeben wird, gibt der Algorithmus keine vierundzwanzig aus, sondern allen eine achtzehn oder wie auch immer. Das ist reine Mathematik im Hintergrund, aber es funktioniert. Es müssen nur alle Seeds gleichzeitig starten.«

»Aha«, sagte Flavia. »Woher weißt du so was?«

»Wir haben ein ähnliches System! Ich hatte dazu mehrere Schulungen.«

Ashae nickte. »Sophia hat recht. Die Seeds sind streng geheim und im System tief verwurzelt.«

»Und hast du darauf Zugriff?«

»Keine Ahnung. Ich bin eine Hand, keine Informatikerin. Auch wir wissen nicht alles.«

»Aber du hast Zugriff auf das Sicherheitssystem?«

»Ja und nein. Ich bin nicht für die Mission freigeschaltet, daher komme ich nicht rein. Ich komme also vielleicht an den heutigen Code, aber nicht an die Ausgabe. Außer ¬« Ashae wurde still. »Moment.« Sie musste etwas testen. Dazu loggte sie sich in Gedanken wieder ins System ein und durchforstete die Tools ihres Vaters. Er hatte ihr alle möglichen Werkzeuge in Form von Softwareapplikationen hinterlassen, von denen sie zwar alle ausprobiert hatte in den letzten Jahren, aber bei vielen nicht zu Ergebnissen gekommen war. Manche Tools waren einfach zu veraltet. Trotzdem ging sie alle durch, auch wenn sie wusste, dass ihnen die Zeit knapp wurde. Schließlich schüttelte sie den Kopf. »Keine Ahnung. Ich weiß es nicht.«

»Kann ich die Tools sehen?«

Ashae musterte Sophia, dann schüttelte sie den Kopf. »Hast du zufällig einen Zerebralcomputer in deinem Kopf?«

»Nein, aber du könntest dich mit den Taxidisplays verbinden.«

Ashae wollte schnauben, doch die Idee könnte wirklich funktionieren. »Aber nicht hier! Wir müssen langsam ...«

»Verbinde dich derweil!«, stieß Sophia hervor, während sie die Tür aufstieß. »Und du hockst dich ans Steuer, Mutter! Los!« Schon war sie draußen und lief mit gesenktem Haupt auf das Gebäude zu.

Exakt in dem Moment hatte die Sicherheitsroutine des Versammlungsgebäudes eine Meldung an das Wachpersonal ausgeben wollen, doch die Bewegung am wartenden Taxi führte zu einem Zurücksetzen der Warnmeldung in letzter Millisekunde. Ein neuer Counter wurde initiiert. In exakt sechs Minuten würde das System erneut prüfen. Stünde das Taxi dann immer noch an Ort und Stelle, würde es zur Überprüfung durch Mensch oder Roboter ausgegeben werden.

Die Sicherheitsroutinen fokussierten sich derweil auf die Frau, die das Fahrzeug verlassen hatte und zum Wohnhaus lief. Die Gesichtserkennung versuchte, genügend Anhaltspunkte ihres Gesichts zu erfassen, um einen Abgleich mit den Datenbanken zu initiieren, aber die Blonde blickte nicht auf. Das System blieb indes wachsam. Eine Kamera war direkt auf die Blonde ausgerichtet und wartete.

Sophia erreichte die Tür und tat so, als ob sie im dritten Stock klingeln würde. Ihr Herz pochte dabei heftig. *Ganz ruhig!*, mahnte sie sich selbst. *Bleib ganz ruhig.* Sie rief sich Ashaes Worte in Erinnerung: Beim Zurückgehen mit gesenktem Kopf über die linke

Schulter erneut zum Haus blicken. Es war ganz einfach – in der Theorie.

Sophia benetzte ihre Lippen mit der Zunge und kratzte sich am Kinn. In Gedanken zählte sie bis dreißig, dann klingelte sie erneut, ohne den Knopf zu drücken. Ein zweites Mal zählte sie bis dreißig, atmete tief durch und machte auf dem Absatz kehrt. Mit gesenktem Haupt lief sie los, ihre blonden Haare fielen ihr dabei tief ins Gesicht. Auf halber Strecke umdrehen, zurückblicken, weitergehen, Blick senken und die Taxitür öffnen.

Ein Geräusch vom Versammlungsgebäude ließ sie beinahe aufblicken, aber es war nur eine Lüftungsanlage, die angesprungen war.

Erleichtert stieg Sophia ins Taxi und zog die Tür hinter sich zu. »Alles gut gegangen«, sagte sie erleichtert. »Und bei euch?«

Ashae war auf den Beifahrersitz geklettert und hatte die Augen geschlossen. »Ich habs gleich. Ich brauche noch ... *uhhhh*.« Mit dem Seufzer wechselte die Hälfte der Innenfensterdisplays auf ein wolkiges Grau ohne jeglichen Farbstich. Darauf zu sehen waren weiße Programmcodezeilen in gestochen scharfer Schrift. Aber es gab noch mehr. Verschwommene Bilder warteten in einer Ecke, während unscharfe Textpassagen in einer anderen zu erkennen waren. Auf den zweiten Blick wirkte es sogar noch wirrer. Überall war irgendwas in dem grauen, wolkigen Raum, doch der Fokus lag auf diesem einen Text.

Sophias Herz schlug schneller. »Ist das deine geistige Wahrnehmung?«

Ashae schlug die Augen auf. Auf den Displays erschienen wie in einem Spiegel erneut die Displays. »Ja«, sagte sie und blendete die visuellen Reize aus. »Und jetzt konzentrier dich, denn uns läuft die Zeit davon.« Wie von Zauberhand erschien ein Timer mittig über dem Text und zählte fünf Minuten herunter.

AUCH IM GEBÄUDE zählte die Sicherheitsroutine einen Counter herunter, der bei vier Minuten und siebenundfünfzig Sekunden stand.

Mit höherer Priorität bewertete die KI allerdings die Gesichtserkennung der Frau. Sie hatte für einen Moment den

Blick gehoben, bevor sie eingestiegen war, und der Bruchteil einer Sekunde hatte gereicht, einige Bilder von ihrem Gesicht aufzunehmen, die zusammengesetzt genügend Anhaltspunkte für die biometrische Gesichtserkennung gaben.

Die KI hatte die Merkmale bereits in die Suche eingegeben und der Abgleich lief. Bei über siebzehn Milliarden Bewohnern im Koi-System dauerte die Analyse jedoch einige Sekunden.

Als auf dem Counter noch vier Minuten und zweiundzwanzig Sekunden standen, gab die Gesichtserkennung einen Namen aus: Sophia Flores. Im Versammlungshaus ging daraufhin ein stiller Alarm an.

Kapitel Fünfzehn

Äußeres Riff, an Bord der Glengettie

LEVI LIEF UNABLÄSSIG der Schweiß den Nacken hinab, was ihn zum wiederholten Male mit dem Ärmel seines Overalls darüber wischen ließ. Der glänzte schon ganz dunkel. »Irgendwelche neuen Ergebnisse?« Seine Stimme klang genauso angespannt, wie er sich fühlte.

Cassy schüttelte den Kopf. Auch ihr glänzten Schweißperlen auf der Stirn. Zwischen ihren Brüsten zeigte sich sogar ein dunkler Fleck. »Keine Chance. Ich bekomme die Steuerdüsen nicht stärker eingestellt.«

Carl winkte ab, während er hinter seiner Holosimulation saß. »Das hab ich dir vorher schon prophezeit. Du kriegst nicht mehr Druck auf die Düsen. Das System gleicht aus. Das ist nicht wie ein Gartenschlauch, aus dem eine fixe Wassermenge kommt, deren Stärke du beeinflussen kannst, indem du den Querschnitt verengst.«

Cassy knirschte mit den Zähnen. »Einen Versuch war es trotzdem wert. Was macht deine Simulation?«

Der ältere Ingenieur seufzte. »Die KI rechnet und rechnet. Was gäbe ich für eine DeepSleep-Anbindung.«

»Kannst du einschätzen, wie weit die KI ist?«, wollte Levi wissen.

»Keine Ahnung. Sie hat die Scans zusammengesetzt. Ist ein tolles Modell geworden.« Er hantierte mit den Fingern und zeigte den Obelisken in einer detailgetreuen virtuellen Nachbildung. »Jetzt rechnet sie an den Magnetfeldern herum, aber das scheint komplexer zu sein als erwartet.«

Ein Klacken ließ sie alle aufblicken. Wes stand mit blassem Gesicht in der Schleuse zum Forschungslabor. Er wirkte wie ein Zombie, aber für einen Piloten musste es auch das Schlimmste sein, die Kontrolle über das eigene Schiff zu verlieren. »Irgendwas Neues?«

Alle schüttelten die Köpfe, was den Piloten laut seufzen ließ. »Scheiße.«

»Ach, komm!«, brummte Carl. »So schlimm ist es nicht.«

»Nein, nein, wir werden nur von diesem Teil ferngesteuert.«

»Und? Wir verlieren keinerlei Ressourcen dadurch. Wir können also jederzeit den Obelisken rauswerfen und zurückfliegen. Oder warten, wohin er uns bringt, und dann zurückfliegen. Uns mangelt es an nichts.«

»Na ja, die Lebensmittel werden irgendwann knapp.«

»In ein paar Wochen.«

Wes schürzte nur die Lippen und nickte zustimmend.

Da entwich Carl ein lautes: »Hussa!«

Alle waren sofort bei ihm. »Ist die Berechnung abgeschlossen?«

»Ja. Zwar nur eine Vorabkalkulation mit einem Abstraktionsgrad von achtzig Prozent, aber die KI rechnet schon an der nächsten, genaueren Stufe.« Auf seinem Holo waren nun eingedellte Ringe zu sehen, die den Obelisken umgaben. Sie drangen aus der Spitze und verschwanden im Sockel. Es sah wie eine verrückte Spule aus.

Cassy bekam große Augen. »Du hattest recht! Das Teil wirkt wie ein Magnet.«

»Und was für einer! Mich würde interessieren, woher die Energie dafür kommt.«

»Habt ihr nicht vermutet, es wäre ein Dauermagnet?«

»Ja, aber auch Dauermagnete verlieren mit der Zeit an Leistung. Ich bin überzeugt, dass sich dieses Ding irgendwie magnetisch auf- und entladen kann.«

»Was macht es gerade?«

»Keine Ahnung. Wir haben nur eine Momentaufnahme der Magnetfeldstärke gemacht.«

»Dann fertigt eine zweite an.«

»Wenn die Berechnung abgeschlossen ist.«

Wes war zu ihnen getreten und musterte die Simulation. In seinem Gesicht arbeitete es.

Levi kannte diesen Blick und fragte: »Irgendein schlauer Gedanke, Wes?«

»Ich weiß nicht ... Schon mal daran gedacht, dass sich der Obelisk mit Hilfe von kosmischen Magnetfeldern bewegen könnte? Er generiert ein eigenes Magnetfeld, das mit den kosmischen interagiert, also sich abstößt oder anzieht. So bewegt er sich durch den Raum und braucht keine Ausstoßmasse wie der Millet-Antrieb.«

»Viel zu unflexibel«, war sich Carl sofort sicher. »Die Worx-Schiffe waren wendig und verdammt schnell unterwegs.«

»Wir reden aber gerade auch nur von diesem verdammten Obelisken, der uns immer weiter abtreibt.«

»Jaja, wir werden es schon noch herausfinden.«

Carl und Wes beäugten sich feindselig, was Levi überhaupt nicht gefiel. Er schob sich dazwischen und fragte: »Wie läuft die Analyse bei Oscar?«

»Keine Ahnung. Ich habe nichts von ihm gehört. War mit meinen Berechnungen beschäftigt genug.«

»Und? Was hast du herausgefunden?«

»Dass es uns abtreibt – Richtung Sektor 47-C.«

Stille, bis Cassy knurrte: »Das kann doch alles kein Zufall sein!«

»Ist es auch nicht«, sagte Levi. »Alles hat mit diesem Sektor zu tun.«

»Und mit der Black Horizon.«

Alle musterten Carl. »Du bist dir ganz sicher, dass die Worx etwas mit dem Magnetonomikom des Forschungsraumschiffs zu tun haben?«

»Hundertprozentig. Da ging es auch um kosmische Magnetfelder. Die gleiche Thematik. Das passt zu sehr zusammen.«

»Aber wie soll die Verbindung aussehen? Die Black Horizon verschwindet also damals in Sektor 47-C. Trifft auf die Worx.

Und dann? Wird von denen analysiert und adaptiert? Assimiliert?«

»Warum nicht? Wir wissen nicht, wie die Worx funktionieren. Wir wissen nicht mal, was sie sind. Oder es.«

»Es könnte aber auch ganz anders sein«, warf Cassy ein. »Die Black Horizon könnte Untersuchungen durchgeführt haben, die die Worx verändert haben. Wer weiß das schon? Vielleicht ist das Problem sogar hausgemacht.« Sie blies die Wangen auf. »Stellt euch nur mal vor, die Worx sind gar nicht fremdartig, sondern ein Produkt einer menschlichen Forschungsarbeit ...«

»Das wäre eine harte Nummer«, musste Levi zugeben. Es wäre sogar verheerend ... Wer hätte dann den schwarzen Peter?

»Glaub ich nicht«, sagte Carl. »Ich bin überzeugt, dass es eine fremde Lebensform ist, die irgendwie mit dem Magnetonomikom interagiert hat.«

Wes pfiff abfällig durch die Zähne. »Alles Spekulation. Am Ende ist mir das Warum auch ziemlich egal. Ich hab keine Lust, selbst in dem Sektor zu verschwinden.«

»Wie lange haben wir noch?«

»Genügend Zeit«, antwortete Carl an Wes' Stelle. »Wir finden eine Lösung, um den Antrieb vorher zu stoppen.«

»Könnten wir nicht die Magnetfelder des Millet-Antriebs so abändern, dass sie als Gegenpart zum Obelisken wirken?«, überlegte Cassy laut, doch Carl schüttelte sofort den Kopf.

»Keine Chance. Ist zwar eine nette Idee, aber das kriegen wir nie auf die Schnelle umgebaut. Dafür bräuchten wir Tage oder Wochen, und ich bezweifle, dass wir im Anschluss den Antrieb wieder rückbauen könnten. Wir wären also danach antriebslos – und ziemlich verloren.«

Schweigen. Wieder das Klacken von Handschuhen an den Haltegriffen. Oscar erschien in der Schleuse. »Ich habe alle Analysen durch, die ihr mir aufgetragen habt.«

»Und?«

»Keine Auffälligkeiten. Wenn ihr wollt, können wir den Obelisken aus direkter Nähe begutachten.«

Vielsagende Blicke, dann waren alle auf dem Weg zum Frachtraum, wo der Obelisk immer noch von den Halteklammern gehalten wurde. Der Anblick war noch genauso irritierend. Dieser dunkelgraue Stab mit den seltsamen Mustern strahlte einfach eine merkwürdige Energie aus. Levi konnte es nicht benennen, es war ... faszinierend und gruselig zugleich. *Vertraut und fremd* ...

»Also, dann«, sagte Oscar und wollte die Schleuse öffnen, als Wes dazwischenging.

»Dumme Frage.« Er baute sich vor den anderen auf. »Wenn das Teil wirklich mit Magnetfeldern arbeitet, dann hat es doch einen Süd- und einen Nordpol?«

Carl nickte. »Jeder Magnet hat einen Nord- und Südpol. Laut Simulation ist die Spitze der Nordpol, der Sockel der Südpol.«

»Gut. Dann drehen wir jetzt den Obelisken einfach um hundertachtzig Grad herum. Die Halteklammern können das.«

Cassy grinste. »Du bist ja echt nicht mal so dumm, wie du sonst tust.«

Wes zeigte keinerlei Regung, sondern suchte Carls Blick. »Was meinst du, Schlauberger?«

Ein Schulterzucken. »Ich habe keine Ahnung, was dann passiert. Vielleicht werden wir brutal abgebremst. Vielleicht passiert gar nichts. Oder es kommt erneut zu einer Kurs-korrektur.«

»Okay, mit allen Varianten kann ich leben. Mein Vorschlag: Lasst es uns testen.«

Oscar schien der Ansatz zu gefallen. »Warum nicht? Ich kann das Teil drehen, das ist kein Problem.«

Levi wischte sich wieder Schweiß vom Nacken. »Irgend-welche Einwände?«

Cassy schüttelte den Kopf, und Carl zuckte mit den Achseln.

»Okay. Dann probieren wir's.«

Oscar war sofort dabei und aktivierte die Halteklammern über einem Bedienpanel. Lichter flammten hinter der Schleuse im Frachtraum auf. »Bin soweit.«

»Dann dreh mal. Fünf Grad für den Anfang.«

Der Waffenspezialist nickte und gab entsprechende Befehle. Die Halteklammern summten – etwas knirschte, aber es passierte nichts. »Hmm ... komisch ... Ich kriege das Objekt nicht gedreht.«

»Okay. Kannst du es verschieben? Parallel zur Flugbahn.«

Oscar testete es, und die Klammern fuhren das Objekt einige

Zentimeter nach links und rechts. »Das geht. Hä? Warum geht dann drehen nicht?«

»Probier es noch mal!«, verlangte Wes, einen dunklen Glanz in den Augen.

»Okay. Aktiviere Halteklammern mit Rotation linksseitig.«

Wieder flammten Lichter auf, aber die Klammern bockten. Es brummte und zischte.

»Stopp! Stopp!«, rief Cassy. »Du machst die Motoren kaputt. Die laufen heiß!«

»Ich seh es. Kann aber nicht sein! So stark kann der Magnet gar nicht wirken. Und das hat er anfangs auch nicht! Anders hätten wir das Objekt ja nicht durch die Luke gebracht.«

»Da war auch kein Magnetfeld aktiv«, stieß Wes hervor, die Hände zu Fäusten geballt. »Ich wusste es: Das Teil macht uns nur Ärger! Jetzt kriegen wir es nicht einmal mehr aus dem Schiff.«

Das entsprach der Wahrheit. Sie hatten das Objekt gedreht, um es einzuladen. Aber wenn drehen nicht mehr funktionierte ...

»Scheiße«, entfuhr es Cassy. »Das ist nicht gut. Gar nicht gut.«

»Ja«, stimmte Wes zu. »Das meine ich auch.« Sein grimmiger Blick traf dabei Carl, der mit geschürzten Lippen auf den Obelisken starrte.

»Fuck!«, schob Wes hinterher, machte auf dem Absatz kehrt und lief zum Schott.

»Wo willst du hin?«, fragte Levi. Ihm rann noch mehr Schweiß den Nacken hinab.

»Eine Berechnung durchführen.«

»Und welche?«

»Was eine Sprengung des Frachtraums bewirkt.«

»Eine *Sprengung?*«

»Ja! Wir könnten ein Loch in die Außenhaut knallen, um den Obelisken parallel zu unserer Flugbahn hinauszumanövrieren.«

»Das schweiß ich dir aber lieber auf, als dass du es sprengst«, knurrte Cassy.

Wes zuckte mit den Achseln. »Ist mir scheißegal, ob wir schweißen oder sprengen oder sonst was tun. Versteht das nicht falsch, ich will euer Projekt nicht anzweifeln. Ich will nur eine Option haben, das Teil loszuwerden, falls es nötig werden sollte.«

Er suchte Levis Blick. »Oder hast du irgendwelche Einwände, *Chef?*«

Levi schüttelte den Kopf.

»Gut. Dann geh ich mal und rechne.«

»Ich arbeite weiter an der Simulation«, sagte Carl.

»Und ich spiele mal den Gedanken durch, wirklich ein Fenster in den Frachtraum zu schweißen.« Cassy.

Levi und Oscar blieben zurück und sahen den drei anderen hinterher, bis Oscar meinte: »Kann eigentlich außer Wes noch jemand die Fregatte fliegen?«

Levi schüttelte den Kopf. »Manuell nicht. Nur per KI. Warum fragst du?«

»Ach, einfach so.«

Oscar wollte gehen, doch Levi hielt ihn am Arm zurück. »Warum hast du gefragt?«

Der Waffenmeister seufzte leise. »Weil mir Wes nicht gefällt. Ich kenne ihn zwar noch nicht lange, aber er wirkt deutlich gestresst.«

»Das sind wir alle.«

»Ja, nein. Er wirkt eher, als stünde er am Rande der Panik. Sein Blick vorhin, als sich der Obelisk nicht drehen ließ. Das war nackte Angst.«

»Verständlicherweise.«

»Nein, Chef. In der Angelegenheit hat Carl recht. Solange keine lebenswichtigen Systeme ausfallen, passiert uns gar nichts momentan. Wir werden nur abgetrieben. Klar, das gefällt keinem, aber wirklich bedrohlich ist die Situation auch nicht.«

»Kann sie aber werden. Wir haben keine Ahnung, was hinter Sektor 47-C liegt. Die Black Horizon ist dort verschwunden, ebenso die Poseidon. Also, ich verstehe Wes' Bedenken.«

»Furcht, Chef. Er hat Angst. Und eines sollte ein Pilot nie haben: Angst.« Mit den Worten ließ Oscar Levi stehen.

Dem blieb nur, tief durchzuatmen. Sein Blick fiel dabei wieder durch die Ladeluke auf den Obelisken, und diesmal packte auch ihn die Furcht. Mit eiskalten Fingern ...

Levi erschauerte und wandte sich ab. Sie würden einen Weg finden, das Teil im Notfall loszuwerden. Ganz sicher. Sie hatten bisher immer einen Weg gefunden. Immer.

Aber irgendwann gab es immer ein erstes Mal.

Kapitel Sechzehn

Dawn, Regnath

IMANI RANNTE AN EINES DER FENSTER. Es war auf den Modus *Venezianischer Spiegel* eingestellt; sie konnte von innen nach draußen gucken, während von außen nur eine Spiegelfläche zu sehen war.

»Das grüne Taxi!«, sagte ein Wächter, der sie begleitete. »Sophia Flores ist dort eingestiegen.«

»Wann wurde sie erkannt?«

»Vor fast drei Minuten.«

»Dann werden sie nicht mehr lange warten, sondern bald verschwinden.«

»Sollen wir sie verfolgen?«

Imani wollte dem ersten Impuls nach »Ja« sagen, verkniff es sich aber. Sie sprachen nicht von drei unfähigen Frauen, die sie verfolgen wollten, sondern von einer erstklassigen Hand, einer Polizistin und einer äußerst fähigen Strafverteidigerin, die als fuchsschlau galt. Eine Verfolgung würde ihnen vermutlich nach wenigen Sekunden auffallen. Nein, sie würden sogar damit rechnen!

»Wir greifen an!«

Dem Wächter klappte die Kinnlade herunter. »Wie bitte?«

»Wir greifen an! Sofort! Damit rechnen sie nicht.«

»Okay.« Der Wächter sprach in sein Mikro und gab entsprechende Anweisungen. Danach wandte er sich wieder an Imani: »In meiner Position als Sicherheitsfachmann rate ich, dass Sie sich mit den anderen Mitgliedern des Hohen Rats zurückziehen.«

»Kommt nicht infrage.«

»Aber —«

Imani schnitt ihm herrisch das Wort ab. »Wir greifen an! *Jetzt!*« Und schon eilte sie zu den Aufzügen. Ihre weiße Robe wallte dabei um ihren schlanken Körper.

FLAVIA BLICKTE ANGESTRENGT hinaus zum Gebäude und musste sich mehrmals ermahnen, dass es nur eine hochauflösende Übertragung des Außenbereichs war, so gestochen scharf, dass es echt wirkte. Gern hätte sie richtige Fenster gehabt und die Scheiben auf Transparenz umgestellt, aber ihre Tochter war immer noch mit den Softwaretools der Hand beschäftigt und brauchte einige von den Displays. Flavia hatte keine Ahnung, was die beiden taten. Sie gingen irgendwelche Hacks und Befehle durch, von denen Flavia noch nie etwas gehört hatte. Sie hatte auch nicht gewusst, dass ihre Tochter in diese Richtung geschult worden war.

Der Gedanke machte sie für einen Moment traurig. Sie wusste vermutlich über sehr viele Wächterinnen und Wächter auf Moriah mehr als über ihre eigene Tochter. Der emotionale Stich saß tief, andererseits war sie immer für Sophia dagewesen, hatte sie nie vernachlässigt, sich immer für ihre Belange interessiert. Es war normal, dass Kinder irgendwann ihr eigenes Leben lebten, und zu jedem Leben gehörten Geheimnisse. Vielleicht hatte Sophia sogar vorgehabt, eine Agentenlaufbahn einzuschlagen, wer wusste das? Darüber sprach man nicht, denn damit hätte man den Plan von vornherein begraben. Vielleicht hatte sie es auch einfach nie erzählt. Wann auch? Flavia hatte viel gearbeitet, und das seit zwei Jahrzehnten.

Als sich der zweite schmerzhafte Stich ausbreiten wollte, verbot sich Flavia weitere solche Gedanken. Sie musste hochkonzentriert sein und blickte zum Counter. Noch eine Minute und dreißig Sekunden.

»Wie siehts aus?«, fragte sie. »Ihr habt keine neunzig Sekunden mehr.«

»Wir haben was!«, presste Sophia hervor. So sprach sie immer, wenn sie aufs Äußerste angestrengt war. Als Kind hatte sie dann sogar noch die Zungenspitze in die Oberlippe geschoben.

Ashae stöhnte. »Ich setze jetzt den Exploit ab.«

Sophia nickte und verfolgte angespannt die Textzeilen auf dem grauwolkigen Display. Die Zeilen verschwammen, wurden von Zahlen- und Buchstabenreihen abgelöst, die matrixgleich über die Fläche huschten und sich dabei in einem unglaublichen Tempo veränderten. Wieder stöhnte die Hand, die Augen geschlossen.

»Komm schon!«, wisperte Sophia, wobei sie nickte. »Das ist es! Ja! Das ist wirklich eine Funktion, um an den Seed zu kommen. Wahnsinn!«

Ashae brummte etwas Unverständliches. Sie musste extrem angestrengt sein, denn die klare Struktur ihrer Gedankenanzeige hatte sich deutlich geändert, wie Flavia bemerkte. Die anderen Anzeigen waren verschwunden, es war nur noch der Fokus auf die sich rasend schnell wandelnden Zahlenreihen vorhanden. Irgendwie gefiel ihr das nicht.

»Was macht ihr da eigentlich?«, wollte sie wissen.

»Sie versucht, das System zu hacken und den Seed abzugreifen. Ist ein recht komplexer Angriff.«

»Aber macht das nicht ihr Zerebralcomputer?«

»Schon, aber offenbar braucht er mentale Unterstützung. Er scheint Teile ihrer Gehirnleistung abzugreifen, um den Hack durchzuführen.«

»Na großartig.« Flavia blickte wieder nach draußen. »Das ist nicht gerade der am besten geeignete Zeitpunkt für so was.«

»Ja, Xen One, woher hätten wir das wissen sollen? Wir —«

Die Anzeigen auf den Displays verschwammen für einen Moment, dann wurden sie schwarz. Dunkelheit erfüllte das Wageninnere. Einzig die Armaturen leuchteten in mattem Rot.

»Was ist?«, krächzte Ashae.

»Ausfall der Displays!«

»Dann fahr los!« Sie hatte immer noch die Augen zusammengekniffen und das Gesicht vor Anstrengung verzerrt. Der Hack hielt sie offenbar voll in seinem Bann.

Flavias Herz pochte schneller, als sie das Steuer packte. Ihre Finger fanden den Button auf dem Touchscreen, um die Scheiben auf transparent zu stellen. Im nächsten Moment wurde es wieder hell, als das goldene Licht Dawns durch die Fenster fiel.

»Scheiße!«, stieß Flavia hervor.

Mehrere Wächter rannten mit erhobenen Waffen auf ihren Wagen zu.

Sophia kreischte: »*Gib Gas!*«

Und Flavia gab Gas. Gleichzeitig kurbelte sie am Lenkrad, um den Wagen aus der Parklücke zu manövrieren.

Das grüne Taxi hatte eine erstaunlich gute Beschleunigung und glitt lautlos vorwärts – direkt auf einen der Wächter zu.

Der schrie etwas und feuerte auf den Wagen, doch die Kugeln prallten ab, auch wenn sich ein Spinnennetz auf der Frontscheibe ausbreitete.

»GAS!«

Flavia gehorchte einfach und trat endlich das Pedal durch. Das Taxi machte einen Satz, erfasste den Wächter, der auf die Motorhaube geschleudert wurde und dann polternd über die Frontscheibe und das Dach hinwegrollte.

Ein entsetztes Keuchen drang aus Flavias Kehle, und doch beschleunigte sie weiter und strebte auf die Kreuzung zu. Die Wächter, die aus dem Haus stürmten, feuerten ihnen hinterher, und es tockte mehrfach am Fahrzeug, aber die modernen Karosserien aus Verbundstoffen waren so stabil, dass sie normalen Feuerwaffen widerstanden. Zumindest eine Zeit lang. Auf Dawn mussten sie im Notfall auch heftigen Staubstürmen widerstehen, die auch mal kieselgroße Steine mitführten.

»Und jetzt?«, fragte Flavia, als sie auf die Kreuzung zurasten.

»Irgendwohin«, krähte Ashae. Sie wand sich in ihrem Sitz, das Gesicht aschfahl. »Einfach weg.«

Wieder tockte es, diesmal blinkte ein Warnlicht auf. Zum Glück hatten sie die Kreuzung erreicht, an der Flavia hart nach rechts einbog. Das Heck schwang herum, von der Zentrifugalkraft weitergetragen, stabilisierte sich aber wieder.

Ein Blick nach rechts, vorbei an Ashae und einer brüllenden Sophia. Die Wächter schwangen sich ebenfalls in ihre Fahrzeuge. Eines fuhr bereits an. Das von Imani.

Sie hatten die Jagd eröffnet.

»FLÜCHTIGE FAHREN GEGEN OSTEN!« Imani saß selbst am Steuer und jagte ihren Wagen hinter dem grünen Taxi her. »Wir brauchen Drohnen!«

Jemand vom Sicherheitspersonal bestätigte per Funk, dass er sich darum kümmern würde.

Eine andere gab durch, dass vier Fahrzeuge auf der Straße seien, um das Taxi zu jagen. Und dann sagte sie noch: »Die kriegen wir locker!«

Imani kurbelte am Lenkrad und folgte dem Taxi, das auf eine der Hauptstraßen einbog. Dabei knurrte sie: »Unterschätzen Sie die Flüchtigen nicht! Und eins ist klar: Ich will die drei lebend!«

Die Ansage wurde von allen bestätigt, ebenso, dass zwei Drohnen in die Luft gingen.

Imani ballte ihre Finger um das Steuerelement und dachte an Diego, der ihr fast wie ein Vater gewesen war. Er war ihr Aufpasser gewesen, die gute Seele, und ein ausgezeichneter Tänzer. Wenn sie ihn mal besucht hatte, um zu fragen, wie es ihm ging, hatte er immer gesagt, dass alles in Ordnung sei. Und dann hatte er sie gefragt, ob sie eine Runde mit ihm tanzen würde. Einen Casino Dawn, einen Gesellschaftstanz, der sich auf Dawn weiterentwickelt hatte. Ursprünglich kam er sogar von der Erde, wo er in weiten Teilen Salsa geheißen hatte.

Die Gedanken machten Imani wütend. Was hatte Diego den dreien getan? Was wollten sie überhaupt hier? Sie hatten den verdammten Tempel gefunden. Okay, das hätte nie passieren dürfen. Aber warum suchten sie dann Kontakt? Warum tauchten sie nicht unter? Was sollte die Aktion?

Imani hatte keine Antworten auf diese Fragen, aber sie würde sie aus den dreien schon herauskitzeln – zur Not mit Gedankeneingriffen, wenn es sein musste. Ja. Zur Not würde sie den beiden Flores je einen Link einsetzen lassen, nur um an die Motive heranzukommen. Da kannte Imani nichts.

Aber erst mal musste sie die drei lebend kriegen.

Ihr Zentauri meldete, dass sie die erlaubte Geschwindigkeit seit mehr als einer Minute überschritten hatte und wollte herunterregeln, doch Imani schaltete auf Notfahrt, was die technischen Beschränkungen deaktivierte. Statt also langsamer zu werden, gab sie noch mehr Gas und holte unbarmherzig auf.

IN DER WEIẞEN KAMMER lauschte Ada angestrengt den Rufen, die zu ihr hereindrangen. Was war da bitte los?

Sie stand auf und lief zur unsichtbaren Tür, um das Ohr gegen das glatte Weiß zu drücken. Eindeutig riefen Frauen und Männer sich etwas zu. Die Worte verstand sie nicht, aber den Stimmlagen nach zu urteilen, herrschte Aufregung. Wegen Visenias oder Marcel oder wie auch immer er wirklich hieß?

Ihr Herz klopfte schneller. Hatte er einen Weg gefunden, sich zu befreien? Oder die Wächterin davon zu überzeugen, sie leben zu lassen? Warum herrschte dann Aufregung im Gebäude? Das klang eher nach Kampf und Action.

Ada versuchte, einzelne Worte zu verstehen, aber die Tür dämpfte die Geräusche zu sehr. Das machte sie zornig und sie begann, auf und ab zu laufen. Was bitte war los?

DAS FRAGTE SICH AUCH MARCEL, als er wieder zu sich kam. Er stöhnte und rollte sich auf den Rücken. Seine Schulter schmerzte höllisch, und er blieb einfach nur ruhig liegen und atmete. *Atmen, Marcel. Atmen!*

Es half. Die Schmerzen ließen nach, und so langsam konnte er die Augen öffnen. Helles Licht stach in seinen Geist. Alles war weiß, weiß, wie die Wächter sein wollten. War er gestorben? War das der Himmel? Das Paradies? Wartete gleich der geschlechtslose Xen One auf ihn auf einer Wolke und empfing ihn mit Wonne und ewigem Glück?

Es war nicht alles weiß, sondern flächig. Dann begriff er, wo er sich befand: in einer der weißen Zellen.

Marcel stieß ein Lachen aus. Sie hatten ihn also nicht umgebracht, das war schon mal etwas. Es war sogar mehr, als er erwartet hatte.

Er rappelte sich auf und sah sich um. Hinter ihm ruhte ein Roboter, der ihn irritierte. Es war ein Diener und Aufpasser. Die Art von Robotern hatte er auf Darkness oft gesehen. Wer genügend Geld hatte, schaffte sich einen an. Früher waren es Hunde und Kaulis von Nagomi gewesen, heute nutzte man Roboter.

Was für ein Rückschritt, ging es ihm durch den Kopf. Lebewesen gaben wenigstens Liebe und waren treu. Die kastenartigen Roboter in der Größe von Kindern aus mattem Metall waren einfach nur ... kalt. Er besaß nicht einmal Augen. Nur ein Display.

»Na?« Marcel stemmte sich vollends hoch. Seine Beine fühlten sich wackelig an, aber sie hatten ihn auch mit irgendetwas ausgeknockt. Vermutlich hatten sie eine neural vermittelte Kurzzeit-Synkope hervorgerufen. Viele der Aufpasser-Roboter konnten das. Sie wurden oft eingesetzt, um Einbrecher abzuwehren, was die Einbruchsraten drastisch reduziert hatte. Gegen eine Maschine war der Mensch ziemlich machtlos.

Sein Aufpasser rührte sich jedoch überhaupt nicht. Auch nicht, als Marcel vor ihn trat und ihn aus nächster Nähe begutachtete.

»Bist du überhaupt an?«

Er bekam keine Antwort.

Auch als er auf den Deckel klopfte, passierte nichts.

Das war ihm auch noch nie passiert. Wie so vieles. Die Erinnerung an das Gespräch vor dem Rat kam zurück. Dann dachte er an Ada, die vermutlich immer noch in einer Kammer saß und vor Sorge verging.

Neugierig sah er sich um, aber er war wie zuvor in einer Zelle gelandet. Von innen würde er nichts erreichen, gar nichts. Aber der Aufpasser vielleicht? Umsonst hatte man ihn nicht bei ihm platziert. Sollte er vielleicht aufpassen, dass Marcel sich nicht das Leben nahm?

Die Überlegung hatte etwas. Marcel nickte sogar wie ein Idiot, denn es passte tatsächlich. Man hatte ihn nicht umgebracht, also wollte man noch etwas von ihm. Alles, was er dabei-hatte, hatten sie aber schon in ihrem Besitz: Die *Fanatic* mitsamt seinem Gepäck. Abgesehen davon brachte ihnen das gar nichts. Auch seine Datenimplantate brachten ihnen nichts, denn die waren so hoch verschlüsselt, dass kein Computer der Welt, nicht einmal die geballte Kraft des gebündelten DeepSleeps, den Code knacken konnte.

Es blieb nur eins, was sie noch von ihm haben konnten: seine Gedanken.

Die Erinnerung an die Gedankenleserin ließ ihn erschau-dern. Er hatte schon gehört, dass man Agenten mit einem Link versehen hatte, um ihr Wissen abzugreifen. Keiner hatte den Eingriff überlebt, aber irgendwann war immer das erste Mal. Und laut Gerüchten konnte man die Gedanken eines Verstorben noch gut zwei Stunden nach dem Tod auslesen; wenn man das Gehirn entsprechend mit Sauerstoff versorgte.

Der Aufpasser. Sollte er auf ihn aufpassen, damit ihm nichts geschah?

Marcel musterte den Roboter einige Sekunden lang, fragte sich, ob er einen Versuch starten sollte, dachte an Ada, die gesagt hatte, er solle nicht den Mut verlieren und auf eine Chance warten, und als er schließlich aufgeregte Rufe von draußen hörte, traf er seine Entscheidung.

»Dann schauen wir mal, wozu du da bist.« Er lächelte den Roboter dümmlich an, bevor er an die Wand trat und den Kopf mit der Stirn voraus gegen die weiße Fläche schlug.

Der Roboter reagierte nicht.

Der Schlag war aber auch nicht allzu heftig gewesen.

»Okay.« Marcel atmete tief durch, schluckte schwer, dann wuchtete er seine Stirn härter gegen die weiße Wand. Ein Schmerz schoss ihm durch den Schädel, und seine Augen trän-ten, aber der Roboter reagierte nicht.

Mit geballten Fäusten stand Marcel da und atmete hart. »Reicht dir das immer noch nicht, was? Hardliner?« Oder lag er einfach falsch mit seiner Überlegung? Er gab sich einen dritten Versuch und einen vierten. Beim fünften spürte er, wie die Haut aufplatzte und Blut an der weißen Wand zurückblieb.

Benommen musterte Marcel den Fleck und fasste sich an die Stirn. Seine Fingerspitzen färbten sich rot.

In dem Moment bewegte sich der Roboter.

FLAVIA LIEF der Schweiß in den Nacken. Sie kurbelte hart an der Steuerung, während das Taxi die Straße entlang fegte. Wütende Pfeifgeräusche erfüllten die Luft, außerdem blinkte es in der Armatur ununterbrochen, wenn Kollisionswarnungen erkannt wurden. Glücklicherweise wich Flavia immer rechtzeitig aus. Auch sie hatte auf Notbetrieb umgestellt, damit ihr die Automatik und die Assistenten nicht die Flucht unterbanden.

»Scheiße!«, keuchte sie, als sie beinahe einen herannahenden Wagen rammte. »Ashae? Bist du wieder bei Sinnen?«

»Gleich!«, rief Sophia. »Sie hat es gleich.«

Ashae knurrte nur etwas. Ihr liefen Schweißperlen über die Stirn. Der ganze Kragen ihres Shirts war dunkel gefärbt.

»Okay!« Flavia atmete tief durch und bog spontan an der nächsten Kreuzung vor einem Fahrzeug links ab. Die Verfolger blieben weiterhin hinter ihnen. Imanis Fahrzeug war keine zwanzig Meter mehr entfernt.

Der Fahrassistent meldete: »Eingehende Videonachricht. Soll ich sie annehmen?«

»Nein!«, knurrte Flavia.

»Doch!« Ashae. Die Hand schlug die Augen auf, plötzlich vollkommen klar. »Ich bin drin. Ich hab den Seed!«

Flavia hatte keine Ahnung, was sie mit der Information anfangen sollte, vertraute der Hand aber. »Okay. Videonachricht annehmen!«

Auf einem kleineren Displaybereich flammte ein Rechteck auf, in dessen Mitte eine Frau in weißen Gewändern zu sehen war. Sie saß ebenfalls in einem Wagen. Häuser und Fahrzeuge flirrten an ihr vorbei.

Die Wächterin sagte: »Halten Sie endlich an! Die Flucht ist zwecklos!«

Flavia wollte schnauben, doch Ashae sagte: »Guten Tag, Imani.«

»Ashae! Es ist schade, dass wir uns unter diesen Bedingungen wiedersehen.«

»Wirklich? Ich hatte beim letzten Mal das Gefühl, dass Sie

ganz froh waren, als ich mit Beatriz nach Moriah verschwunden bin.«

Die Andeutung eines Lächelns. »Stimmt. Sie waren schon immer eine außergewöhnliche Hand. Jetzt wissen wir, warum. Und jetzt anhalten, oder wir eliminieren ihr Fahrzeug.«

Ashae lächelte kalt und sagte: »Rechts abbiegen!« Dabei griff sie Flavia unvermittelt ins Steuerelement und lenkte den Wagen hart nach links.

Das Manöver brachte Imani tatsächlich aus dem Konzept, denn ihr Verstand ließ sie nach rechts lenken, doch dann registrierte sie, dass es eine Finte war und steuerte gegen. Das brachte den Zentauri ins Schleudern, wie Flavia sah.

Sie hielt den Atem an und hoffte, dass der Wagen kippte, die Magnetverbindung verlor und dadurch anhielt, aber der Zentauri schien zu schwer zu sein; nur das Heck brach aus und rammte einen anderen Wagen. Imani wurde in der Videoübertragung ordentlich hin und hergeworfen, doch sie behielt die Hände am Lenkrad. Grimm loderte in ihren Augen, dann beschleunigte der Zentauri wieder und jagte ihnen hinterher. Der Abstand hatte sich jedoch vergrößert. Und sie hatten einige Sekunden gewonnen, die Ashae offenbar gewollt hatte. Sie beendete die Videoübertragung, zog ihre Pistole und öffnete das Fenster. »Halten Sie den Wagen ruhig!«, knurrte sie Flavia an, bevor sie sich mit dem Oberkörper hinausschob. Statt jedoch auf Imanis Zentauri zu schießen, zielte sie in den Himmel. Zwei Schüsse krachten. Und noch einmal zwei.

Dann sank die Killerin zurück in den Wagen. »Ihre Drohnen sind eliminiert. An der nächsten Kreuzung rechts und sofort wieder links!«

Flavia nickte, irgendwie erleichtert, dass sie keine Entscheidungen mehr treffen musste, und bog rechts ab, entdeckte die schmale Gasse linkerhand und bugsierte den Wagen gerade noch hinein.

»Beschleunigen!«

Flavia gab Vollgas, während graue Hauswände an ihren Fenstern vorbeiflogen. Allerdings schien die Straße immer enger zu werden, was Flavias Herzschlag noch weiter beschleunigte.

Auch Sophia sagte: »Das wird knapp!«

Ashae blieb gelassen. »Geht! Danach rechts und gleich wieder rechts!«

Flavia nickte nur, den Fokus allein auf die Hauswände gerichtet. Es war, als würden sie durch einen schmalen Spalt auf einen leuchtenden Streifen Tageslicht zuschießen. Etwas kreischte links am Fahrzeug, etwas rechts, dann glitten sie aus der Gasse, rechts, bremsen, schlittern, Vollgas, einlenken, rechts eine Einfahrt zu einer Garage. »Da rein?«, kam es Flavia über die Lippen.

Ashae griff ihr schon wieder ins Lenkrad und brachte den Wagen in die überdachte Einfahrt. Dann drückte jemand auf Flavias Bein und damit auf die Bremse. Sie kamen brutal zum Stehen, als die Magnetbremsen gegenpolten. Die Spulen surrten.

Ashae stieg bereits aus, packte ein hochgefahrenes Tor in der Decke und zog es knarrend nach unten. Diffuse Dunkelheit senkte sich über die überdachte Einfahrt.

Flavia konnte nur staunen, und noch mehr, als Ashae sagte: »Ihr bleibt hier! Wenn ich in dreißig Minuten nicht zurück bin, steigt aus und verschwindet durch den Hinterausgang.« Sie zeigte auf eine kaum sichtbare Tür am Ende der Einfahrt, dann war sie auch schon verschwunden.

Flavia atmete tief ein und aus, bevor sie den Blickkontakt zu ihrer Tochter suchte. Die grinste dümmlich. »Das war mal ein Ritt, was?«

»Ja, ein Ritt.« *Und er ist noch nicht vorbei ...*

IMANI BRÜLLTE sich in Gedanken die Wut aus dem Leib, doch sie saß ganz still in ihrem Wagen und starrte in die schmale Gasse, in die das Taxi vermutlich verschwunden war. *Ziemlich sicher*, fügte sie in Gedanken hinzu. Genau dort rein wäre sie gefahren, wenn sie wüsste, dass ihr Wagen schmal genug war. Und Ashae hatte das mit ihrer Verbindung zum Stadtplan sicher errechnet. Ihr breiter, gepanzerter Zentauri hingegen ...

Imani grunzte und legte den Rückwärtsgang ein. Sie steuerte den Wagen zurück und nahm die breite Parallelstraße. Schließlich bog sie rechts ab und blieb vor dem Ende der schmalen

Gasse stehen. Kein Taxi war zu sehen, auch nicht in der Hauptstraße oder der Querstraße.

Sie schlug einmal aufs Steuerelement, atmete durch, aktivierte den Funk und fragte, was mit neuen Drohnen sei. »Sind unterwegs, aber erst in ein paar Minuten vor Ort.«

»Und Satellitenaufnahmen?«

»Negativ. Haben Sie die Flüchtigen verloren?«

»Ja. Haben mich in einer schmalen Gasse abgehängt.«

»Aber weit können sie nicht sein. Wir riegeln den Stadtteil ab.«

»Tun Sie das.« *Bringen wird es trotzdem nichts.* Die drei waren irgendwo in der Nähe. Die wollten nicht weg, die wollten zu ihnen. Sie brauchten irgendetwas. Von ihr?

Imani nickte. Nicht umsonst war Ashae bei Diego gewesen und hatte ihn umgebracht, um ihren Aufenthaltsort zu erfahren. Sie brauchte sich also eigentlich nur zurückzuziehen und zu warten, bis die drei kamen.

Aber das entsprach nicht ihrer Art. Ihr Blick glitt über die Häuser in nächster Umgebung, doch es gab zig Einfahrten und Garagen. Die drei konnten überall sein, vielleicht auch zwei oder drei Blöcke entfernt.

Als sie wieder nach vorn durch die Scheibe blickte, stand direkt vor dem Wagen die Hand. Sie zielte mit der Pistole auf Imani.

Die schrie vor Überraschung, ließ sich in den Sitz fallen und gab Gas. Der Wagen ruckte nach vorn, etwas krachte laut, dann wurden die Scheiben dunkel. Sie hatten auf Intransparenz gestellt. Warum?

Imani riss das Handschuhfach auf und holte ihre eigene Waffe hervor. Mit schweißfeuchten Händen hielt sie die Pistole schussbereit. Ihr Blick zuckte hierhin und dorthin. Gleichzeitig aktivierte sie den Funk. »Ich brauche Verstärkung!«

Keine Antwort, nur ein leises Rauschen.

»Scheiße!« Offenbar störte die Hand den Funk. Oder hatte sich in die Software des Wagens gehackt, was aber eigentlich nicht möglich sein durfte. Aber vieles von dem, was momentan passierte, hätte nicht sein dürfen.

Die hintere Wagentür auf der Fahrerseite wurde aufgerissen und Imani fuhr herum. Sie schoss auf die Tür, durch die goldenes Licht hereinflutete, aber da stand niemand. Die Tür neben ihr wurde aufgerissen und sofort wieder zugeschlagen, dann Stille.

Nur Imanis harte Atemzüge. »Lass die Spielchen«, wisperte sie. »Ihr seid so oder so tot.«

Die Scheiben flackerten und wurden hell, und eine Stimme sagte aus den Lautsprechern: »Sind wir nicht.«

Imani hatte keine Ahnung, wo die Worte herkamen, dann drückte sich plötzlich ein Pistolenlauf in ihre Nieren.

Ashae sagte: »Wenn du dich bewegst, wirst du qualvoll sterben.«

»Ashae.«

»So heiße ich und so heißt dein Tod. Aber nicht heute.« Die Hand nahm ihr die Pistole aus den Fingern, dann schloss sich die Tür. Die Scheiben wurden wieder dunkel.

»Aktivier den Funk und gib durch, dass du uns verloren hast!«

»Das wissen sie schon.«

»Dann gib durch, dass du dich zurückziehen wirst und den anderen die Suche überlässt.«

»Das glaubt mir kein Mensch. Wenn ich mich nicht mindestens ins Versammlungsgebäude zurückziehe, wird das niemand glauben. Die wissen, wie ich ticke.«

»Gut. Dann das Versammlungsgebäude.«

»Du bist irre!«

»Aktivier den Funk, oder du stirbst in drei, zwei, eins —«

»Okay, okay.« Imani hob langsam die Hand, um den Funk zu aktivieren. Sofort erscholl die Stimme eines Wächters aus den Lautsprechern. »Imani! Was ist los? Sie waren kurzzeitig offline.«

»Hatte hier eine Kollision.« Sie schluckte hart. »Werde zurückkommen und von der Station aus die Suche koordinieren.«

»Brauchen Sie einen Arzt?«

»Ein Robotercheck reicht. Und ... vielleicht zehn Minuten Pause.«

»Kein Problem. Ich schicke gleich einen Roboter hoch in Ihre Räumlichkeiten.«

»Danke. Ich mache mich auf den Weg.« Imani schaltete die Übertragung ab. »Zufrieden?«

»Vorerst.« Mit dem Wort drückte sich etwas Hartes an ihren Hals, und die Welt um die hohe Rätin herum wurde dunkel.

Flavia trommelte mit den Fingern aufs Steuerelement des Taxis. »Also das Warten macht mich wahnsinnig!«

Sophia war auf den Beifahrersitz gewechselt. »Vorhin war es die Fahrerei.«

»Ja ... Xen One, ich bin mit der Gesamtsituation unzufrieden!«

Die Worte ließen Sophia lachen. »Also, ich finde, wir machen das ganz gut.«

»Findest du?«

»Ja. Wir leben immer noch. Und wir haben uns in den Seed eingehackt.«

Flavia suchte Sophias Blick. »Und was bringt uns das?«

»Dass wir nun Zugriff auf das Sicherheitssystem der Wächter haben! Verstehst du? Das Sicherheitssystem. Zumindest auf weite Teile.«

»Schön, aber was bringt uns beiden das? Den Zugriff haben nicht wir, sondern sie.«

Ein Seufzen. »Seit wann bist du so pessimistisch geworden, Mutter?«

»Ich bin einfach nur realistisch!«

»Dann zeig doch mal etwas Vertrauen. An Ashaes Situation hat sich nichts verändert. Sie braucht wie wir Infos über den Tempel, um damit eine Versicherung zu haben.«

»Hat sie die jetzt nicht mit dem Zugriff aufs Sicherheitssystem? Wenn ich das richtig verstanden habe, weiß sie nun, welche Einheiten wann zu welchen Missionen beordert werden. Zumindest hier auf Dawn. Sie kann doch den Hohen Rat nun bestens erpressen. Lasst mich in Ruhe, dann lass ich euch in Ruhe. Ansonsten ...«

»Ändern sie einfach den Seed. Nein, Mutter. Die Info kann Ashae nicht rausgeben. Im Gegenteil. Es ist ihr Überraschungsmoment. Und damit unsere Versicherung ihr gegenüber.«

»Das check ich mal nicht.«

»Na ja, wir können Ashae jederzeit bei den Wächtern

hinhängen. Wenn die Wächter erfahren, dass Ashae Zugriff hat, können sie eine erstklassige Falle konstruieren, der auch eine Hand nicht entgeht. Verstehst du?«

Flavia verstand und lächelte. »Du kommst ja doch immer mehr nach mir.«

»Ja ... leider.« Sophia ließ den Kopf kreisen und massierte sich die verspannte Nackenmuskulatur. »Haben dir diese Spielchen eigentlich Spaß gemacht?«

Ein Schulterzucken. »Intrigen an sich nicht. Taktiken, um meine Gegner auszuspielen und ihnen voraus zu sein, schon. Ich denke immer wieder an Elena Koslowa.«

»Die junge Richterin auf Moriah?«

»Ja. Die meinte immer, sie wäre schlauer als ich, und jedes Mal hat sie die Prozesse verloren.«

»Klingt fast nach Überheblichkeit.«

»Keineswegs. Das sind Fakten. Ich war mir aber immer des Risikos bewusst, auch mal einen Prozess zu verlieren. Hab ich nur nie, zumindest nicht in den letzten Jahren.«

»Wofür du gut bezahlt wurdest.«

»Jede Leistung hat ihren Preis. Aber was anderes: Was hatte das vorhin mit diesen Schulungen auf sich? Wurdest du in Datentechnik geschult? Davon wusste ich gar nichts.«

Sophia senkte den Blick. »Du weißt vieles nicht. Hat dich nie interessiert.«

»Doch, das hat es!«

»Wirkte aber nie so.« Ein Seufzen. »Wir hatten alle Datentechnik in der Grundausbildung. Mir hat das besonders gefallen, und das fiel auch den Ausbildern auf. Entsprechend hat man mir einige Fortbildungen ermöglicht.«

»Klingt so bescheiden. Du hast vorhin einer Hand geholfen, einen Seed zu knacken.«

»Nein, nein, ich hab gar nichts gemacht. Das hat sie schon selbst getan – oder ihr Prozessor.«

»Aber du wusstest, was zu tun war. Wo du nach den Antworten suchen musstest.«

»Ja, die Systeme sind am Ende alle gleich.« Sophia musterte ihre Hände. »Ich hatte auch mit dem Gedanken gespielt, mir einen Zerebralcomputer implantieren zu lassen.«

Flavia schluckte. »In welches Programm wärst du dann gerutscht?«

»Keine Ahnung. Womöglich Agentenlaufbahn. Aber sicherlich Metadatenanalystin.«

»Also Geheimdienst.«

»Ja.«

»Und warum hast du es nicht gemacht?«

»Weil ... keine Ahnung. Da ist so eine Faszination in mir, die mich zu diesen geheimen Dingen zieht. Zum Verbotenen. Zur dunklen Seite. Ich weiß gar nicht, wie ich das erklären soll ... Es ist auf jeden Fall ein Gefühl, das mir Angst macht.«

Flavia lächelte plötzlich und suchte Sophias Finger. Sie waren kalt. »Ich kenne das Gefühl sehr gut.«

»Ernsthaft?«

»Was glaubst du, warum ich Strafverteidigerin für die Custodes geworden bin? Weil mich deren verbotene Welt fasziniert hat. Schon immer.«

»Also Gene?«

»Keine Ahnung. Vielleicht sind wir Flores einfach für die Dunkelwelt gemacht. Oder für Geheimnisse.« Sie wollte zwinkern, als ein plötzlicher Lichtstrahl sie blendete. Eine Tür zum Stellplatz war aufgegangen. Ein schlanker Schatten fiel herein, dann wurde es wieder dunkel.

Schritte.

Ashae.

»Aussteigen!«

Flavia gehorchte sofort. »Hast du was erreicht?«

»Ja. Kommt, wir müssen los.« Sie schob die beiden zur Tür, bevor sie selbst noch mal in den Wagen einstieg. Etwas klackte laut, dann krachten Schüsse, wobei die Lichter der Explosionen Ashaes Gesicht aufblitzen ließen. Dann kam die Hand zurück. Der Geruch von geschmortem Plastik umwölkte sie.

»Was hast du getan?«, wollte Sophia wissen.

»Ich habe unsere Spuren verwischt. Und nun kommt.« Ohne weitere Erklärungen führte sie die beiden hinaus in den Sonnenschein. Zu deren Überraschung parkte Imanis Wagen direkt vor dem Haus. Dort stieg sie ein, Flavia auf den Beifahrersitz, Sophia hinten, Ashae hinters Steuer.

Dass die hohe Wächterin bewusstlos und geknebelt auf der

Rücksitzbank lag, überraschte irgendwie niemanden mehr. Flavia musterte die hübsche Frau trotzdem. Sie war keine vierzig Jahre alt. An ihrem Hinterkopf schimmerte die Buchse eines Datenlinks von bester Qualität. »Und jetzt?«

»Jetzt fahren wir in die Höhle des Löwen.«

»Wie bitte?«

»Wir fahren zurück in die Station. Imani wird erwartet.« Damit startete Ashae den Wagen und fuhr los.

Kapitel Siebzehn

Dawn, Regnath

ADA LAUSCHTE IMMER NOCH mit einem Ohr an der Tür ihrer Kammer, aber draußen war es still geworden. Die Aufregung hatte sich gelegt. *Oder die Wächter sind ausgeflogen, um was auch immer zu tun.* Irgendetwas passierte, das spürte sie, aber sie konnte nicht sagen, was. Womöglich hatte es mit Visenias' Befragung zu tun. Lebte er überhaupt noch?

»Selbstverständlich lebt er!« Ada ballte die Hand zur Faust und schlug einmal gegen die Tür. Er musste leben! Wie sollte sie sonst ohne ihn zurechtkommen? Er war ihr Freund und Retter, ihr Begleiter, ihr ... Ja, was war Visenias für sie geworden? Die Frage ließ sie verwirrt zurück, und Ada sank an der Tür entlang zu Boden, um den Hinterkopf gegen die weiße Wand zu betten. Was bedeutete er ihr eigentlich?

Das Wort *Liebe* wollte sich in ihrem Kopf manifestieren, aber sie schob es schnell beiseite. Was wusste sie schon von Liebe? Sie war fast ihr ganzes Leben lang eingelinkt gewesen. Ihre einzige Liebe war der Sleep gewesen, diese wohlige Umnachtung wie ein Trancezustand, wo sie von einer mentalen Beschäftigung zur nächsten hatte gehen können, immer wie hinter einem Nebel, aber immer beschäftigt, damit sie nicht wahnsinnig wurde. Manchmal war sie auch in Erinnerungen anderer abgedriftet, zumindest hatte sie das geglaubt. Sie war in Höhlen gewesen bei Menschen, die um Feuer herum saßen und leise miteinander diskutierten. Sie war auf offener See bei einer Seglerin gewesen, wo ein peitschender Sturm das futuristische Boot in Form eines Pfeils herumgeworfen hatte wie Spielzeug. Sie hatte in Betten gelegen, in denen es Menschen neben ihr getrieben hatten ... Gedankenwelten, Ängste, Träume. All das war ihre Liebe gewesen, aber nie ein Mensch.

Ada schluckte. Spürte sie zum ersten Mal echte Liebe zu einem Lebewesen? Zu Visenias? Sie beschwor sein Gesicht hervor, seine tiefgründigen Augen mit den silbrigen Sprenkeln, sein Lächeln, die Lachfalten um die Augen, das dunkle Haar. War das Liebe oder nur die Hoffnung darauf? Sehnte sich ihre Seele nach all den Jahren im Tiefschlaf einfach nach echter Liebe, und Visenias war der Erste, der ihr über den Weg gelaufen war? *Der dich gerettet hat.* Verspürte sie eher Dankbarkeit? Fühlte sie sich ihm gegenüber ... verpflichtet?

Ada konnte es nicht sagen, aber da war etwas in ihrer Brust, das sich zusammenzog und kalt wie Eis wurde, wenn sie an seinen Tod dachte. Es konnte auch Furcht sein, allein in dieser verrückten Welt zurechtkommen zu müssen, aber es konnte auch Liebe sein. Konnte. Musste aber nicht.

Sie schlang die Arme um die Beine und schloss die Augen. Sie hatte keine Ahnung, was sie glauben sollte, und bevor sie irgendetwas glaubte, musste sie hier raus. Nur wie?

»Visenias«, wisperte sie in die Stille ihrer Kammer hinein. »Bitte, komm! Komm und rette mich! Nur noch einmal!«

MARCEL HATTE in dem Moment andere Probleme: Der Aufpasserroboter versuchte, ihn zu verarzten, und wollte ihn dafür erneut kaltstellen. Aber Marcel ließ ihn nicht. Er hatte den flexiblen Schlauch zu fassen bekommen, der aus dem Roboter hervorgefahren war, und rang damit. Er wollte unbedingt vermeiden, das Ende zu berühren. Die Kanüle einer Spritze schimmerte im hellen Licht der Kammer daran.

Wieder bewegte sich der etwa zwei Meter lange Schlauch, der aus Gelenken, Motoren und Nanoelementen bestand.

Marcel hielt ihn weiterhin umklammert, als würde er mit einer Würgeschlange kämpfen – und das alles in absoluter Stille. Das war das Verrückte an den Robotern. Sie gaben kein Stöhnen von sich, keine Flüche, keine Schreie. Es waren stille Monster, die lautlos töteten.

Das Exemplar wollte ihn hingegen verarzten und eindeutig nicht verletzen. Was wohl in den Softwareroutinen des Roboters gerade ablief? Verstand er die Welt nicht mehr? Hatte Marcel nur deswegen den Hauch einer Chance?

Wieder zuckte die Spitze mit der Spritze, und der Roboter setzte plötzlich zurück, was Marcel nicht erwartet hatte. Ihm entglitt der Schlauch, und beinahe hätte die Spritze ihn erwischt, aber er warf sich herum, rollte sich ab und kam schwer schnaufend auf die Beine.

»So leicht nicht!«, stieß er hervor und schluckte klebrigen Speichel runter. Blut und Schweiß krochen ihm über das Gesicht.

»Halten Sie still«, sagte der Automat. »Damit ich Ihre Wunden verarzten kann.«

»Klar. Fick dich!« Marcel griff wieder an. Diesmal packte er den Roboter am Gehäuse und wollte ihn umwerfen, aber das Teil wog deutlich mehr als erwartet. Der Roboter rollte bloß ein paar Zentimeter zurück, bis er an die Wand stieß.

Diesmal hätte ihn die Nadel beinahe erwischt. Marcel schaffte es im letzten Moment, die Hand zur Seite zu reißen, dann packte er zu und wuchtete die Nadel gegen die Wand.

Mit einem hellen *Pling!* brach die Kanüle und sprang davon.

Der Roboter blieb stoisch wie zuvor. Nur der Schlauch fuhr zurück, etwas klackte, und eine neue Nadel erschien am Ende.

Marcel lachte. Es klang verdammt nach Hysterie. »Wie lange wollen wir das Spielchen treiben?« Er wischte sich mit der Hand über das Gesicht und schmierte das Blut an die weiße Wand. Der augenlose Roboter musterte ihn, aber die Sensoren nahmen sicher jedes Detail wahr.

Ein Gedanke durchzuckte ihn. War das der Schlüssel? Musste er nur die Sensoren überlisten, damit sie einen Notfall erkannten?

Marcel grinste wie ein Junge. Das könnte klappen! Was war ziemlich sicher ein Notfall? Blutverlust. Hoher Blutverlust.

Während der Roboter wieder versuchte, ihn zu sedieren,

schlug Marcel einmal den Kopf gegen die Wand. Der Schmerz war heftig, aber erträglich. Das Blut hingegen floss wieder, Marcel schmierte es lachend an die Wand. Es sah jetzt schon gruselig aus: mehrere rote Streifen und Handabdrücke. Dazu Blutstropfen auf dem Boden und ein halbkreisrunder Spritzer an der Wand, wo er den Kopf dagegengeschlagen hatte. Der Kontrast auf der fugenlosen weißen Fläche war atemberaubend; das Blut leuchtete grell, ideal, um von Sensoren erkannt zu werden.

Und der Aufpasser schien die Situation neu zu bewerten. Er bewegte sich auf Marcel zu, während der Spritzenaufsatz im Schlauch verschwand. Stattdessen fuhren drei Finger heraus, die nach Marcel griffen. Vermutlich versuchte er jetzt, ihn mit Gewalt zu packen. Um ihn dann zu sedieren?

Marcel dachte gar nicht daran, sich erwischen zu lassen. Er tänzelte zur Seite, trat mit dem Fuß nach dem Greifer und schmierte weiteres Blut an die Wand. Und noch einmal.

»Komm schon! Wo ist deine Schmerzgrenze?«

Marcel kratzte mit den Fingern durch seine Wunde, was ihm beinahe eine Ohnmacht bescherte, aber dafür konnte er Blut auf den Roboter spritzen. Vor allem auf das Display, hinter dem er auch Kameras vermutete. Ein Großteil der Spritzer landete allerdings auf dem Boden.

In dem Moment ging eine pulsierende rote Leuchte am Roboter an.

Marcel grinste breit. Wenn das mal keine Warnleuchte war.

Niam verfolgte in der Sicherheitszentrale des Versammlungsgebäudes gerade die Suchaktion nach den Flüchtigen sowie die Rückfahrt von Imanis Wagen, als eine Warnmeldung aufflammte. »Medizinischer Notfall in Kammer elf«, meldete die Computerstimme des Hauses. »Sicherheitsroboter XU734 fordert manuelle Hilfe an. Hoher Blutverlust des Objekts.«

Die Meldung irritierte Niam und er checkte sicherheitshalber, ob in Kammer elf die Frau oder der Agent untergebracht war. Es ging um den Agenten. Aber warum sollte der einen hohen Blutverlust erleiden? War er verletzt worden? War er gestürzt? Viel Sinn ergab die Meldung nicht, aber die medizinischen Sicherheitsroboter irrten nie, und Imanis Ansage war klar gewesen: *Sorgen Sie dafür, dass Mister Stratton am Leben bleibt. Wir haben noch einiges mit ihm vor.*

Niam rief den Sicherheitsroboter auf und startete die Übertragung seiner Kamera, aber er sah nur dunkle Schemen hinter einem roten Schleier. Der Anblick ließ ihn schlucken. Wenn das Blut war, dann schien wirklich die Kacke am Dampfen zu sein. Also erhob er sich von seinen Holos und sagte zu Tao: »Ich sehe nach, was in der elf los ist.«

Tao nickte nur, gebannt von den Übertragungen der neu angeforderten Drohnen, die Aufnahmen der Stadt übermittelten. Überall im Umkreis wurden grüne Taxis angehalten und kontrolliert. Ansonsten war niemand mehr in der Zentrale; alle waren ausgeflogen wegen der Verfolgungsjagd.

Der Weg zu den Kammern war nicht weit; Niam erreichte sie keine zwei Minuten später. Alles war ruhig – bis aus Kammer elf ein Schmerzensschrei drang.

Ein Fluch entfuhr Niam, während er seine ID-Karte aus der Tasche kramte, um die Sicherheitstür zu entsperren. Es knackte einmal, und schon öffnete sich die Tür.

Der Anblick, der sich ihm bot, raubte ihm den Atem. Die Kammer glich einer Folterkammer aus einer der Horrorsimulationen, die er sich gern mal reinzog. Der Roboter stand in der Mitte, blinkte und versuchte, Blut von seinem Sensorpad zu wischen, während der Agent blutüberströmt auf dem Boden lag. Viel furchteinflößender waren die Wände voller Blutspuren. Was, bitte, war hier passiert?

Sorgen Sie dafür, dass Mister Stratton am Leben bleibt.

Niam vergaß alle Sicherheitsroutinen und war sofort bei ihm, beugte sich hinunter und bekam eine Faust zwischen die Augen gerammt. Bunte Sterne explodierten. Ihm entwich ein scharfes Keuchen. Er wollte nach seiner Pistole am Gürtel greifen, doch der Agent drückte seine Hand weg, verdrehte sie ihm auf den Rücken und drängte ihn mit erstaunlicher Kraft zur Wand. Ein Schlag traf ihn in die Kniekehle, was ihm das Gleichgewicht raubte, dann donnerte sein Kopf gegen das Weiß. Und noch einmal.

Niam trat nach dem Kerl, aber er war auf Nahkampf nicht geschult. Er erwischte den Agenten nur am Bein, und wieder donnerte sein Kopf an die Wand. Etwas knackte laut, und seine Beine wurden taub. Dann ein vierter Schlag, und Niam sackte völlig benebelt zu Boden. Verschwommen sah er noch, wie der Agent ihm etwas aus der Tasche zog, durch die Tür verschwand und sie hinter sich schloss.

In dem Moment surrte etwas neben ihm. Es war der Roboter, der es geschafft hatte, das Blut von den Sensorpads zu kratzen.

Der Greifer packte ihn. Ein Stich, dann Dunkelheit.

Adas Herz schlug wie eine Trommel, als sie die Türverriegelung knacken hörte. Zuvor hatte sie die Andeutung von Schreien gehört. Was zur Hölle war los?

Zu ihrem Entsetzen stand ein blutüberströmter Kerl mit einer Pistole in der Tür. Erst dann erkannte sie unter all dem Blut, dass es ihr Freund und Retter war.

»Visenias!« Schon war sie bei ihm und fiel ihm um den Hals, doch er schob sie stöhnend von sich.

»Nicht jetzt! Wir müssen weg! Sofort!«

Ada dachte nicht daran. »Xen One!«, stieß sie hervor. »Was ist mit dir passiert?« Sie betrachtete die klaffende Wunde an seinem Schädel, woraufhin ihre Beine weich wurden.

»Spielt jetzt keine Rolle.« Er zog sie aus der Kammer in den Flur. »Ich erzähl dir später alles.«

»A-a-aber du bist schwer verletzt!«

»Nein, das sieht nur so aus.« Entgegen seiner Worte taumelte er ein wenig, und Ada stützte ihn.

»Visenias!«

»Ruhig jetzt! Wenn wir geflohen sind, kannst du mich gerne zusammenflicken.« Er zerrte sie weiter zu den Aufzügen. Blut tropfte dabei von seiner Nase auf den Boden. Er musste viel heftiger verletzt sein, als er zugab.

Doch Ada widersprach diesmal nicht. Einem blutüberströmten Agenten mit einer Waffe, der auf der Flucht war, widersprach man einfach nicht. Nie. Und so folgte sie ihm zu den Aufzügen, ihrem Freund und Retter. Er war wirklich gekommen. Er. War. Wirklich. Gekommen.

Ihr Herz schlug noch schneller, diesmal aber aus Freude. Oder Liebe?

STATT DRAUSSEN ZU PARKEN, glitt Imanis Zentauri nun durch ein rundes Schott in die Dunkelheit unter dem Gebäude. Dort parkte er auf einem der fünfzehn freien Plätze. Ein einziges Motorrad stand noch in der Tiefgarage.

»Scheiße!«, sagte Ashae hinterm Steuer. »Ich hatte gehofft, wir könnten mit einem anderen Wagen von hier verschwinden.«

»Das wird wohl nichts«, stellte Flavia trocken fest.

»Und jetzt?«, wollte Sophia wissen. »Wenn wir hierbleiben, werden sie uns doch früher oder später finden. Spätestens, wenn sie zurückkommen. Oder wenn Verstärkung aufschlägt.« Sie schluckte. »Ist schon welche unterwegs?«

»Moment.« Ashae schloss die Augen. Vermutlich ging sie die Daten des Einsatzes durch. Schließlich sagte sie: »Sieht gerade nicht danach aus. Die sind mitten in der Fahndung nach uns, haben aber massiv Verstärkung angefordert.«

»Wie lange haben wir?«

»Keine Ahnung.«

»Dann lass uns einfach wieder fahren.«

»Nein. Imani würde das nie tun. Wir müssen hoch in ihr Büro und sie verarzten lassen, dann können wir erst mit einer Krankmeldung verschwinden. Alles andere wäre unglaubwürdig.«

Flavia musterte die ohnmächtige Wächterin. »Ist sie auch so zäh?«

»Oh ja. Nicht ohne Grund hat sie auf Dawn das Sagen. Und jetzt ruhig! Ich muss mich konzentrieren.« Ashae blickte durch die Videoübertragungen hinaus, zielte mit ihrer Pistole auf einen speziellen Punkt und öffnete das Fenster einen Spalt. Der Schuss dröhnte im Inneren wie in einer Blechtrommel, aber schon schloss sich das Fenster wieder.

Flavia hatte die Augen schmerzhaft zusammengekniffen, weil die Explosion sie geblendet hatte. »Wofür war das?«

»Für die Kameraüberwachung. Los! Aussteigen! Rechts halten und direkt zum Aufzug gehen.« Schon ging es los. Ashae trug die Wächterin, während Flavia und Sophia vorauseilten. Die Kapsel kam umgehend und sie stiegen ein. Sofort ging es zwei Etagen nach oben. Dort lugte Ashae hinaus, übernahm wieder die Führung, bog nach rechts in einen Gang ein und hielt auf eine Tür zu. Mit Imanis Hand entsperrte sie diese, und schon waren sie drin.

Flavia hätte es nicht als Büro erkannt. Der Raum war so spartanisch eingerichtet, dass man ihn als leer hätte bezeichnen können. Es gab nur ein paar Stühle, die in einem Kreis standen, sowie einen Sicherheitsroboter für medizinische Zwecke. Was Flavia erst auf den zweiten Blick bemerkte, waren die Linkbuchsen im Boden hinter den Stühlen. Man konnte sich hier also in den DeepSleep verbinden.

Ashae legte die Wächterin auf zwei der Stühle, als schon der Roboter angesurrt kam. »Ich wurde angefordert, um eine Verletzte zu versorgen.«

»Ja.« Ashae deutete auf die Ohnmächtige. »Grundgesundheitscheck!«

Der Roboter widmete sich sofort der Wächterin. Sein Arbeitsschlauch fuhr hervor und tastete mit Sensoren die Ohnmächtige ab. »Alle Werte –«

Plötzlich erstarrte er.

»Was ist jetzt?«, fragte Flavia.

Sophia zeigte lächelnd auf Ashae. »Sie hat vermutlich über den Seed vollen Zugriff erhalten.«

»Aber nur für diese Mission. Das sind alles gekapselte Aufträge. Und jetzt still! Ich muss den Roboter hacken.«

Einige Sekunden verstrichen, bis der Aufpasser den Arm einfuhr und sich wieder neben der Tür positionierte.

Endlich öffnete Ashae die Augen. »Das war's. Ich hab den Check gefakt. Leichte Gehirnerschütterung mit dem Ratschlag, für zwölf bis vierundzwanzig Stunden zu ruhen. Der Roboter hat ihr ein Beruhigungsmittel gespritzt. Sie soll sich umgehend in ihren Wagen begeben, der sie nach Hause bringt.«

Flavia grinste. »Das klingt gut.«

»Es verschafft uns hoffentlich etwas Zeit! Vorher aber ...« Sie sah sich um, trat an die Wand und klappte eine Verkleidung zur Seite, die man nicht gesehen hatte. Eine Workstation kam dahinter zum Vorschein.

»Was hast du vor?«, fragte Flavia.

»Spuren verwischen.« Ashae startete die Station, holte Imani und autorisierte sich mit ihrem Handabdruck auf dem Display. Danach ging sie Einträge durch, von denen Flavia nichts verstand.

Sophia verfolgte das Tun neugierig. »Was löschst du da?«

»Zutritte am Sünthus. Suchanfragen. Logins.«

»Und was bringt uns das?«

»Vielleicht noch mehr Zeit. Alle Fäden laufen bei ihr zusammen.« Ashae deutete auf Imani. »Wenn sie nie mehr auftaucht, werden andere Wächter Untersuchungen einleiten. Wenn dann die Spuren verwischt sind ...«

»Ah, verstehe! Sehr gut.«

Ashae nickte nur und widmete sich den Einträgen. Drei Minuten später stand sie auf, schaltete die Workstation ab und klappte die Wand zurück. »Wir können.« Ohne Zeit zu verlieren, packte sie die Ohnmächtige und trug sie zurück zur Tür. Der Flur war so leer wie zuvor. Es herrschte absolute Stille im Gebäude. Für Flavias Geschmack war es zu still für eine Zentrale der Wächter, auch wenn es nur einer von vielen Versammlungspunkten war. Aber sie gelangten ungesehen zu den Aufzügen. Eine Kapsel kam und sie stiegen ein. Schweigend ging es abwärts. Als sich in der Tiefgarage die Aufzugstür öffnete, glaubte Flavia allerdings, ihren Augen nicht zu trauen. An ihrem Wagen standen ein blutüberströmter Mann und eine Frau, und er versuchte gerade, das Fahrzeug mit Gewalt aufzubrechen. Als er sie bemerkte, wirbelte er mit einer Pistole herum.

Ebenso tat es Ashae.

Beide zielten aufeinander.

Da zog es Flavia den Magen zusammen. Unter all dem Blut erkannte sie den Kerl. Das durfte aber nicht sein! Oliver Stratton war gestorben, und doch stand er vor ihnen.

Im nächsten Augenblick hörte sie sich rufen: »Nicht schießen! *Nicht schießen!*«

Der Kerl, der nicht Oliver Stratton sein konnte, schluckte.

Die Waffe in seiner Hand zitterte, aber er sah so entschlossen aus, wie man nur aussehen konnte.

»Nicht schießen!«, wiederholte Sophia ebenfalls. Auch ihre Stimme zitterte, sie hatte Stratton ebenfalls erkannt.

Er schluckte abermals und rief: »Lass die Waffe sinken, Hand!«

Ashae reagierte nicht, sondern suchte mit einem Auge Flavias Blick, während ihr Kameraaugment Stratton fixierte.

Sie schüttelte den Kopf. »Bitte! Niemand schießt hier.« Sie wandte sich an den Kerl. »Sie sind Oliver Stratton.«

Ein drittes Mal schluckte er. »Wer sind Sie?«

»Flavia Flores.«

»Die Justitia Custodia? Bullshit! Was sollte die auf Dawn machen?«

»Vor den Wächtern fliehen.«

»In Begleitung einer Hand? In einer Zentrale der Wächter? Lächerlich.« Seine Finger spannten sich, ebenso die von Ashae.

Jetzt wimmerte die Frau an seiner Seite. »Nicht, Visenias. Bitte!«

Er reagierte nicht, starrte nur die Hand an und die ihn. Dann erst schien er Imani zu erkennen, die über Ashaes Schulter hing, und seine Augen weiteten sich. »Was geht hier vor?«

»Das würde ich auch gern wissen!« Die Frau an seiner Seite musterte sie alle, zuletzt ihn. »Und warum nennen Sie dich Oliver? Ich dachte, du heißt Marcel.«

Vielleicht war es der Vorwurf in ihrer Stimme, der ihn nicken ließ. »Ich heiße auch Marcel. Oliver ist mein Bruder.«

Bruder, echote das Wort in Flavias Kopf, und sofort wurde ihr flau im Magen. Ein Agent in einer Ausnahmesituation, zusammen mit der Killerin, die seinen Bruder getötet hatte, wovon er offenbar nicht einmal etwas wusste.

Letzteres musste sie unbedingt verhindern, bevor es eskalierte, doch in genau dem Moment sagte Ashae: »War.«

Flavia wich das Blut aus dem Gesicht, während Marcel die Augen zusammenkniff. »Wie bitte?«

»Er *war* Ihr Bruder. Ich habe ihn umgebracht.«

Sie hat ihn umgebracht. Umgebracht. Umgebracht.

Die Waffe in seiner Hand zitterte heftiger. »Das ... das ...«

»Nicht, Marcel!« Flavia hatte sich wieder gefangen. »Tun Sie es nicht!«

Sein Blick flatterte zwischen ihnen hin und her, dann wollte er abdrücken, doch Ashae kam ihm zuvor. Als der Schuss knallte, verpasste ihm seine Begleitung einen heftigen Stoß, der ihn einen Schritt zur Seite taumeln ließ.

Die Frau blieb stehen und hob irritiert den Blick. Marcel verlor das Gleichgewicht und schlug der Länge nach hin. Sophia packte Ashaes Hand mit der Pistole und verdrehte sie.

Und Flavia? Die begriff, dass sie mit ihren Worten den ganzen Wahnsinn ausgelöst hatte, aber es war zu spät.

Marcels Begleitung taumelte selbst, und endlich stürzte Flavia vor. Sie fing die abgemagerte Frau gerade noch auf, dann erst registrierte sie die Schusswunde an deren Brust.

»Bitte«, flehte die Magere mit weit aufgerissenen Augen. »Helfen Sie ihm!« Dann verdrehte sie die Augen und sackte Flavia vollends in die Arme.

Kapitel Achtzehn

Dawn, Regnath

»PRESS DAS DA DRAUF!« Eine Woge von Schmerzen und flammender Hitze. »Ja, so! Nein! Fester! Xen One, *fester!* Sie ist nicht aus Zucker.«

»Aber schau sie dir an! Die bricht doch auseinander, wenn ich ⁻«

»Drück fester, damit sie nicht verblutet!«

Wieder rollte eine Woge von Schmerz und Hitze durch sie hindurch und trug sie fort in samtene Dunkelheit.

FLIRRENDE LICHTER. Grell und dunkel. Bleierne Schwere. Die samtene Dunkelheit lockte, aber diese Stimmen ... Diese *eine* Stimme: »Wir hätten die beiden einfach erschießen sollen.«

»Nein, hätten wir nicht!«

»Sie verringern unsere Chancen auf Flucht um vierundfünfzig Prozent.«

»Vierundfünfzig, siebenundachtzig, drölfhundertneunzig! Mir egal! Xen One, du hast seinen Bruder bereits ermordet.«

»Weil es mein Auftrag war.«

»Jaja, aber der gehört nicht zu deinem Auftrag.«

»Er lebt ja auch noch.«

»Zum Glück. Fuck. Wo ist dieser verdammte Roboter?«

»Deine Tochter holt ihn.«

»Ja ... scheiße.«

Stille. Grelles Licht. Ein Ruckeln und Zuckeln.

Samtene Dunkelheit.

PLÖTZLICH EIN RUCK AN IHRER BRUST, gefolgt von einer lodernden Klinge, die sich tief in sie hineinbohrte. Ada brüllte einfach nur, herausgerissen aus der Dunkelheit, völlig im Schock und überflutet von Schmerz.

»Mehr Sedierung!«, rief eine der Frauen.

Ein technisches Piepen.

Wärme.

Dunkelheit.

SCHLIEßLICH DÄMMERLICHT. Rot und Gold. Schemen. Leise Stimmen.

Ada schloss die Augen sofort wieder und blieb ruhig liegen, weil alles schmerzte, wenn sie sich bewegte, besonders ihr Oberkörper.

Die ältere Frau, der sie in die Arme gesackt war, sagte irgendwo in ihrer Nähe: »Alle beide sind endlich stabil. Und mein Arm auch.«

Die Jüngere seufzte. »Sollten beide durchkommen. Zum Glück hatte der Aufpasser künstliches Blut vor Ort.«

»Das haben alle Hohen Wächter zu Hause.« Die Schützin. Die Hand. Der Tod.

»Unser Glück. Wie spät ist es eigentlich? Ich bin hundemüde.«

»Wir sind seit knapp vier Stunden raus aus der Zentrale.«

»Erst vier Stunden?«

»Ja. Wir sollten nicht länger als nötig hierbleiben. Am liebsten wäre ich schon unterwegs.«

»Aber nicht in diesem Zustand!«

»Und wie lange willst du warten? Bis sie vollständig genesen sind? Unmöglich.«

»Ich weiß, ich weiß. Wir gönnen ihnen eine Runde Schlaf, dann brechen wir auf.«

Die Junge sagte: »Ich würde lieber endlich mit Imani reden. Was hast du eigentlich mit ihr gemacht, dass sie so lange weg war?«

»Ich hab ihr nur die Blutzufuhr am Hals kurz abgedrückt. Das führt normalerweise zu einer temporären Ohnmacht.«

Schritte. Etwas klickte. »Vielleicht spielt sie ihre Ohnmacht nur.« Etwas klatschte. »Hey! Hörst du uns? Nein? Die ist noch weg.«

»Was sagt der Roboter?«

»Alles in Ordnung. Ich könnte ihr Adrenalin spritzen lassen. Das müsste sie hochjubeln.«

Stille. Danach die Ältere: »Dann mach das.«

Ada öffnete nun doch die Augen zu einem Spalt. Sie lag auf einem Sofa, mit einer Decke bis über den Bauchnabel zugedeckt. Ein Verband schimmerte hell um ihre Brust, wo das Projektil sie getroffen hatte. Unweit von ihr saßen die drei Frauen. Neben ihnen lag auf einem Klappbett die Gedankenleserin. Imani hatten sie sie genannt. Sie wurde von einem Aufpasserroboter überwacht, zu dem sich die Schützin beugte.

Etwas leuchtete auf, der Roboter tat irgendwas, dann drang ein tiefes Seufzen durch den Raum, gefolgt von einigen schweren Atemzügen. Danach sagte die Gedankenleserin: »Das glaub ich jetzt nicht. Das werdet ihr mit dem Leben bezahlen.«

»Durchaus möglich«, antwortete die Ältere. »Aber wir geben uns Mühe, die Bezahlung hinauszuzögern.«

»Das seh ich.« Ein Stöhnen. »Ihr habt mich echt nach Hause gebracht ... warum?«

»Weil wir keine weiteren Toten wollen. Im Gegenteil. Wir wollen einfach nur in Ruhe leben.«

»Dann hätten Sie auf Moriah bleiben sollen.«

»Sie wissen selbst, dass die Umstände uns gezwungen haben.«

Keine Antwort.

»Also, Imani: Wir wollen wissen, was es mit dem Tempel auf sich hat.«

»Welcher Tempel?« Ein Schmerzensschrei. Keuchen.

»Noch so eine dumme Frage, und ich reiße dir deinen Link raus – Millimeter für Millimeter.«

Keuchen. »Okay. Was wollt ihr wissen?«

»Alles. Was hat es mit dem Tempel unter dem Sünthus auf sich?«

Immer noch zitterte Imanis Stimme vor Schmerz. »Glaubt ihr wirklich, ich werde unsere größten Geheimnisse einfach ausplaudern? Vergesst es! Lieber sterbe –« Der Schmerzensschrei war diesmal lang und schmerzte in Adas Ohren.

»Sie werden reden!«, knurrte die Hand. »Sie werden uns alles erzählen.«

»Niemals! Kein Wächter wird das.«

»Seien Sie nicht dumm«, brummte die Ältere. »Wir werden sonst mit unserer Entdeckung an die Öffentlichkeit gehen.«

»Und das werden Sie nicht, wenn Sie noch mehr wissen?«

»Nein. Das ist genau der Punkt. Wir wollen unseren Frieden, und um den zu bekommen, machen wir einen Deal. Wir erfahren alles über den Tempel und werden darüber schweigen, dafür lasst ihr uns in Ruhe. Wenn nicht, geht alles an die Öffentlichkeit.«

Imani schnaubte. »Lächerlich. Selbst mit Verbindlichkeiten käme ein solcher Deal nicht infrage. Ich bin nicht einmal autorisiert, die Infos zu teilen, selbst wenn ich wollte.«

»Dann werden in wenigen Stunden Heerscharen von Reportern im Sünthus einlaufen. Ich sehe schon die Headlines: Die Worx waren schon viel früher da als die Menschen. Die Custodes haben uns wissentlich in den Untergang geführt.«

Imani grunzte. »Das ist noch lächerlicher als alles andere, was ich aus euren Mündern gehört habe.«

»Aber Sie wissen, dass es funktionieren wird. Sie wissen, wie die Medien funktionieren.«

Darauf sagte die hohe Wächterin nichts.

Sekunden verstrichen, bis die jüngere Frau fragte: »Also: Wie entscheiden Sie sich?«

»Gar nicht. Ich kann nicht! Ich will nicht! Und ich werde nicht!«

»Dann tut es uns leid.« Die Ältere seufzte. »Ich war überzeugt, dass Sie mehr Umsicht und Verstand besitzen.«

Die Wächterin schnaubte nur, dann Stille.

In die hinein hörte Ada sich sagen: »Ich weiß, wie wir sie zum Reden bringen.«

Etwas knarzte. Leise Schritte. Dann waren alle drei Frauen bei ihr und blickten auf sie herab. »Wie viel haben Sie gehört?«, fragte die Hand.

»Genug, um mich einzumischen.« Ada richtete sich keuchend auf, versuchte, den Schmerz zu ignorieren, und nickte Richtung Imani, die gefesselt auf der Pritsche neben dem Roboter saß. »Und sie muss nicht reden, damit ihr an Informationen über diesen Tempel kommt.«

Die Hand verstand. »Gedankenlese.«

Ada lächelte kalt. »Sie hat es heute erst bei mir durchgeführt. Ich kenne ihre ... Arbeitsweisen, Muster und Werkzeuge.« *Die eiserne Hand* ... Das Schaudern bei der Erinnerung unterdrückte sie.

Die Hand musterte sie durchdringend. »Und du bist auch eine Gedankenleserin? Siehst nicht danach aus, auch wenn du einen erstklassigen Link besitzt.«

Ada dachte an Visenias und seine erstklassigen Lügen und sagte: »Ich bin noch viel mehr, als du glaubst. Ich brauche nur eine Direktverbindung zu ihr.«

Imani begann zu lachen. »Noch eine erstklassige Lügnerin. Sie ist gar nichts, das sage ich euch. Ada Dvořáková, Linkerin seit Jahren. Erst seit ein paar Wochen befreit von ihrem Agenten. Sie hat mit Gedankenlesen gar nichts zu tun. Null Komma null.«

»Das ist nicht wahr!« Ada funkelte die Wächterin grimmig an. »Mein Gehirn hat im Test 98 Punkte erreicht! Außerdem bin ich bestens geschult, was Gedanken angeht. Ich bin in Tausende Träume und Gedankenwelten eingedrungen. Ich *weiß*, wie es geht! Ich war heute nur ... überrumpelt. Noch nie war jemand in meinem Geist.«

Die drei Frauen musterten sie beide, dann sich gegenseitig, bis die Ältere die Hand fragte: »Ist es einen Versuch wert?«

Die Hand zuckte mit den Achseln. »Keine Ahnung. Im schlimmsten Fall vernichten sie sich geistig gegenseitig.«

»Dann stünden wir ohne Wissen da.«

»Was ihr so auch tut.« Ada lächelte kalt. »Es scheint, dass wir im Geschäft sind, meine Damen.«

235

Wieder tauschten sie Blicke, bis die Ältere seufzte. »Ja, so sieht es wohl aus.«

EINIGE MINUTEN später saßen sich die beiden Frauen gegenüber, Ada aus freien Stücken, Imani an den Stuhl gefesselt. Der Medizinroboter hatte Ada zuvor noch auf ihren eigenen Wunsch einen Kreislauf stabilisierenden Cocktail gespritzt. Sie wollte genügend Kraft für das Gedankenlesen haben.

Gern hätte sie vorher mit Visenias darüber gesprochen, aber er war immer noch ohnmächtig und schlief. Diesmal war Ada auf sich gestellt – und sie würde es schaffen!

Imani schnaubte zum wiederholten Male. »Das ist so lächerlich.«

Die Hand brummte etwas, während sie den Direktlink brachte. Sie hatten eine Auswahl in einem Arbeitszimmer gefunden, erstklassige Links. Die silbernen Anschlüsse sahen wie verdrehte Dolche aus. Ada erschauerte bei dem Anblick, aber sie würde es schaffen. Sie musste!

Wieder kreuzte sich ihr Blick mit dem von Imani. Hass stand darin. Und eine stumme Drohung: *Ich werde dich ausradieren, Linkerin.*

Ada hielt dem Blick überraschenderweise stand und wartete, bis die Hand den Link in Imanis Kopf gesteckt hatte. Die Wächterin verzog dabei keine Miene, sondern lächelte kalt und schloss dann die Augen.

Vermutlich würde sie umgehend angreifen, sobald sich Ada eingelinkt hatte. Sie hob daher die Finger, um der Hand zu signalisieren, dass sie noch einen Moment brauchte.

Auch sie schloss die Augen und konzentrierte sich. Sie suchte außerdem nach der Software von Visenias und fand sie. Schon häufiger hatte sie die Software begutachtet, als würde ein technisches Objekt mit spannenden Funktionen auf einem Tisch liegen. Es hatte Zapfen und Nocken, Zylinder und Wellen, Leitungen und Anschlüsse, aber das alles bestand nur in ihrer Vorstellung. Am Ende war es nur eine Software – eine mächtige Software.

Ada begutachtete sie, fand den Einschalter und aktivierte sie. Anschließend gab sie der Hand das Zeichen, dass sie bereit war.

Sie hörte Schritte neben sich, dann spürte sie das eiskalte Metall im Kopf, als die Schutzkappen der Buchse zur Seite glitten.

Wie erwartet, griff Imani sofort an.

Ada hatte nicht mit einer solchen Vehemenz gerechnet. Der Angriff überstieg jegliche Vorstellungskraft.

Allerdings hatte Imani wiederum nicht mit der Macht der Agentensoftware gerechnet. Denn die rettete Ada in der ersten Sekunde schon zum ersten Mal das Leben.

FLAVIA, Sophia und Ashae standen um das Holodeck herum, das von der Direktverbindung gespeist wurde. Zu erkennen war aber nur Chaos. Farbwolken blitzten auf, seltsame Bilder von Kreaturen, die Flavia eine Gänsehaut bescherten. Dazu kamen Codefragmente, Wellen und Farbwischer, ein völliges Durcheinander, das irgendwie belastend wirkte.

»Sie kämpfen«, stellte Ashae auf ihre nüchterne Art und Weise fest.

»Und diese Kreaturen?«

»Irgendwelche fantastischen Wesen aus den Medien«, sagte Sophia. »Ich habe einen Shamrogg erkannt. War vor zwei Jahren in Büchern total angesagt.«

»Also nichts Reales?«

»Nein, allerdings eine Erzeugung einer KI. Wenn ich mich recht erinnere, hat eine KI über den DeepSleep Albträume ausgewertet und daraus den Shamrogg erzeugt. Gab dann eine Geschichte von einem Autorenkonsortium dazu, die steil getrendet hat.«

Flavia nickte nur und betrachtete die rasende Abfolge von Bildern auf dem Holo. Zu Ashae sagte sie: »Kannst du irgendetwas davon interpretieren?«

»Nein. Ich hatte nie einen Link.«

»Aber du hast einen Zerebralprozessor integriert.«

»Ja, aber der funktioniert anders. Rein technisch. Die Links greifen viel mehr in den Hirnbalken ein, um kreative Leistungen mit zu erbeuten. Deswegen vermutlich sehen wir auch Bilder und Farben und Erinnerungen an Wesen. Vielleicht läuft das in deren Köpfen ganz anders ab.«

»Ich wüsste gern, wie der Stand ist.«

»Das werden wir wohl erst am Ende erfahren.«

Flavia nickte und betrachtete wieder das Durcheinander auf dem Holo. Schließlich musterte sie die beiden Kontrahentinnen. Imani hatte die Stirn gefurcht, was angestrengt, hochkonzentriert, aber auch erstaunt wirkte. Und Ada ... Sie wirkte völlig verbissen und ziemlich involviert in den Ablauf. Mal rümpfte sie die Nase, dann riss sie die Augen auf, ohne etwas zu sehen, und im nächsten Augenblick biss sie sich auf die Lippe, und das so fest, dass ein Blutstropfen hervorquoll.

Ein Scheppern ließ sie alle drei herumfahren. In der Tür stand Marcel Stratton, blass, mit dunkel umringten Augen und Sorge darin. Viel Sorge. Sein Blick fand Ada, und er stolperte vorwärts.

»Nein! Was tut ihr da? *Nicht! Schließt sie ab! SOFORT!*«

Ashae baute sich vor ihm auf, eine Hand am Griff ihrer Pistole. »Lassen Sie sie. Sie tut es freiwillig.«

»Was tut sie freiwillig? Sich umbringen? Ist das eine *Direktverbindung?*«

»Ja. Sie versucht, Informationen aus Imanis Kopf zu extrahieren.«

Stratton schnaubte. »Ihr seid doch völlig bescheuert! Xen One! Den Kampf wird sie verlieren.«

»Wird sie nicht!« Sophia verschränkte die Arme vor der Brust. »Seien Sie etwas optimistischer.«

Er lachte schrill. »Sie hat keine Erfahrung mit der Direktverbindung! Imani schon! Sie wird Ada zerquetschen.«

»Offenbar nicht. Sie kämpfen schon seit einiger Zeit.«

»Wie lange?«

»Mehrere Minuten.«

Stratton kam kopfschüttelnd näher, hielt aber genug Abstand zu Ashae, die ihn keine Sekunde aus den Augen ließ. Hochkonzentriert betrachtete er die Holosimulation und schüttelte wieder den Kopf. »Bei den Custodes! Sie nutzt die Firewall.«

»Welche Firewall?«

Der Agent schluckte. »Ich ... ich habe ihr eine Agentensoftware installiert.«

»Und wozu das?«

»Um meinen Bruder zu warnen ... vor den Worx. Wir waren auf Darkness, als sie angegriffen haben. Da alle Kommunikationskanäle ausgefallen waren, blieb nur noch der Sleep.«

»Sie haben Ihre Freundin genutzt, um eine Warnung abzuschicken?«

»Ja. Scheiße.«

»Von wegen, Scheiße«, sagte Ashae. »Die Software scheint ihr jetzt das Leben zu retten.«

»Fragt sich nur, wie lange.« Stratton sank neben Ada auf den Boden und nahm ihre Hand in seine. Zu Flavias Überraschung ließ Ashae ihn gewähren.

Und zu Flavias noch größerer Überraschung sagte die Killerin: »Die Sache mit Ihrem Bruder war ... nicht persönlich.«

Sein Blick glitt langsam nach oben. Wut loderte darin, aber auch kühle Zurückhaltung. »Was ist hier eigentlich los? Eine Hand, die sich gegen die Wächter erhebt, hat es noch nie gegeben – zumindest nicht offiziell.«

»Das stimmt, es gab nie eine.«

»Aber Sie ...«

»Sie ist anders«, erklärte Sophia. »Wir sind eine Art Zweckgemeinschaft, um zu überleben.«

Das ließ ihn nur den Kopf schütteln. »Dann haben wir schon was gemeinsam.« Ohne weitere Erklärungen wandte er sich wieder seiner Freundin zu, das Gesicht plötzlich nur noch von Sorge erfüllt. Seine Finger strichen ihr dabei sanft über den Handrücken.

ADA SPÜRTE die Berührung und wusste sofort, dass es Visenias war. Es fühlte sich an wie ein elektrischer Schlag, der sie durchlief und erzittern ließ – aber vor Freude. Er war aufgewacht und an ihrer Seite!

Zeitgleich führte Imani einen geballten Angriff durch. Der emotionale Schlag war äußerst brutal, mit Angst, Furcht und

Panik geführt, direkt gefolgt von Depressionen und einer turmhohen Welle von Traurigkeit.

All das brandete gegen die Schutzmechanismen der Agentensoftware. Etwas knackte laut. Ada spürte, wie die Firewall wankte. Eine weitere Welle von Emotionen traf die Wall, und Ada hatte keine Ahnung, wie das funktionierte. Sie hatte sich nie damit beschäftigt, aber sie spürte, dass die eiserne Faust dahinter lauerte, um sie zu zerquetschen.

Ada hat sie aber schon einmal abgewehrt ... und dabei den Link gezogen. Das wollte sie nicht, sie musste die Hand besiegen. Sie brauchte selbst eine eiserne Faust aus Emotionen.

Wut.

Das Wort durchzuckte ihren Geist und sie wusste intuitiv, dass es richtig war. Imani agierte mit Wut, und Ada brauchte auch Wut. Davon hatte sie wahrlich genug. Sie musste sie nur herauslassen.

Ihre Wut auf die Welt.

Ihre Wut auf den Link.

Ihre Wut auf die Jahre im DeepSleep.

Die vergeudeten Jahre in einem Bett mit Flüssignahrung und einem Katheter in der Blase. Ohne Leben, gefangen in den eigenen Gedanken und in den Fängen einer KI.

Ada spürte, wie sie die realen und mentalen Fäuste ballte. Die Wut kam. Sie brannte. Sie loderte. Sie verzehrte sie, aber Ada richtete ihre Wut auf Imani.

Imani konnte zwar nichts für ihre Situation, aber man brauchte ein Ziel, auf das man wütend sein konnte.

Und dann brach die Firewall zusammen.

FLAVIA, Sophia, Ashae und Marcel sogen gleichzeitig die Luft ein, als die Holoübertragung reinweiß wurde. Das Licht wurde blendend grell, dann farbig. Es pulsierte tiefrot, kanariengelb und giftgrün. Dort wurde es immer dunkler und dunkler, um plötzlich ins Blaue zu kippen. In ein leuchtendes Meeresblau, wie man es nur von Eden kannte.

Imanis Gesicht erschlaffte im gleichen Moment. Ihr Kopf

sank auf die Brust, ein Seufzen kam über ihre Lippen, dann Stille.

Ada hingegen lächelte ruhig, die Augen geschlossen. Ihre Finger drückten die von Visenias, ihrem Freund und Retter, dann sagte sie: »Der Tempel unter dem Sünthus war schon da, bevor die Menschen ihre Füße auf Dawn gesetzt haben. Entdeckt wurde er vor zweihundertundelf Jahren, als das Vorgängergebäude des Sünthus errichtet wurde. Es gehörte Alberto Romanova, einem der ersten Wächter auf Dawn. Er wollte außerhalb der damaligen Stadt einen Wohnsitz bauen; was er fand, war ein Tempel unter der Erde.«

Auf der Holoübertragung erschienen Bilder der Tempelanlage in bestem Licht. Die Monolithen, das Becken und die Gänge waren perfekt zu sehen, ebenso die harten Schatten der Gravuren. Und das Becken voller schwarzer, erstarrter Gestalten.

Marcel erschauderte. »Die Worx.«

»Ja«, antwortete Ada, immer noch dieses Lächeln auf dem Gesicht. »Die Worx. Romanova begriff, was er da unter seinem Haus gefunden hatte, und stellte im Geheimen Analysen an. Er ließ das Material untersuchen, die Zusammensetzung, vermaß die Anlage. Später wurden dreidimensionale Scans des gesamten Areals durchgeführt, verdeckt als Baumaßnahmenanalyse.«

Das Bild wechselte und chemische Zusammensetzungen erschienen, außerdem verschiedene Kartografien und Querschnitte der Anlage, durch die Sophia geirrt war.

Ada fuhr fort: »Die Ausmaße der kreisrunden Anlage betragen neun Komma sieben drei Kilometer im Durchmesser und achthundert Meter in der Höhe.«

»Wow!«, entfuhr es Flavia. »Das ist ja noch größer als gedacht.«

Ada verzog den Mund, kniff die Augen zusammen und fuhr fort: »Das Volumen beläuft sich auf knapp fünfhunderttausend Kubikmeter Metalllegierungen. Das Gewicht wurde auf knapp vier Millionen Tonnen geschätzt. Neuere Modellberechnungen, durchgeführt vor elf Jahren im Auftrag von Beatriz Silva, schätzen das Gewicht allerdings auf vier Komma zwei zwei drei Millionen Tonnen.«

»Wahnsinn!« Marcel blickte in die Runde. »Und das habt ihr hier gefunden?«

»Streng genommen Ihr Bruder. Wir sind nur seinen Hinweisen gefolgt.«

Ada verzog wieder missbilligend das Gesicht. Auf dem Display erschien eine dreidimensionale Darstellung des Tempels. *Oder des Metallobjekts*, wie Flavia es treffender bezeichnete.

»Das hier«, erklärte Ada, »ist das neueste Modell, angefertigt über Resonanzvermessungen und Bodenradar, erweitert über siebenhundert Kernbohrungen und seismische Kunstwellen, ergänzt durch Vermessungen innerhalb des Tempels.« Die Grafik im Holo wurde größer und man erkannte Verästelungen, Hohlräume und sogar größere Gravuren.

»Unglaublich!« Flavia konnte nur den Kopf schütteln. »Das ist ...«

»Wunderschön«, wisperte Sophia.

»Abgefahren.« Visenias rieb sich über das Gesicht. »Noch abgefahrener, dass die Wächter diesen Fund geheim gehalten haben. Wieso?«

»Weil es der Hohe Rat so veranlasst hat.«

»Unverständlich. Gibt es noch mehr von diesen ... Funden?«

»Nein«, antwortete Ada. »Bisher ist nur der auf Dawn bekannt.«

»Und haben die Wächter herausgefunden, wozu der Tempel gut ist? War das ein ... Flugobjekt? Ein Raumschiff? War es ein Teil des Meteors, der eingeschlagen ist? Ich meine, es befindet sich genau am Kraterrand.«

»Letztere Variante wird tatsächlich favorisiert. Es wurde keine weitere Technik gefunden. Keine Antriebe, keine Energiestoffe, keine Lebensformen. Materialanalysen ergaben, dass die gesamte Anlage aus einer mehr oder weniger konstanten Legierung besteht, die permanentmagnetisch ist. Das Magnetfeld ist aber so gering, dass es keinen Einfluss auf das des Planeten hat, ebenso wenig auf die Menschen. Vögel wären vermutlich verwirrt, sind aber auf Dawn nicht vorhanden.«

»Okay«, sagte Ashae. »Und wozu ist das jetzt da? Gibt es dazu Untersuchungen?«

Ada schüttelte den Kopf. »Es gibt mehrere Theorien. Die am meisten favorisierte katalogisiert das Objekt als eine uns unbekannte Botschaft ein, ähnlich der vergoldeten Kupferplatte, die

1977 von der Sonde Voyageur 1 von der Erde aus ins All geschickt worden ist.«

»Eine Botschaft für andere Zivilisationen.« Visenias grinste blöd. »Dazu passt, dass es auf einem Meteoriten platziert war, um so durchs All zu fliegen. So brauchte man keinen Antrieb. Oder man hatte keinen Antrieb.«

»Die Worx haben aber einen«, warf Flavia ein.

»Ja, heute. Wenn das Teil seit Jahrhunderten da ist, dann haben sie sich vermutlich auch weiterentwickelt. Ich fass es immer noch nicht. Außerirdisches Leben im Koi-System, schon bevor wir da waren.«

»Wir sind nun mal nicht der Nabel der Welt«, brummte Ashae.

Flavia wollte etwas erwidern, doch dann fiel ihr Ada auf, die verbissen dreinblickte und die Stirn runzelte. Marcel bemerkte es auch und fragte sofort: »Ada? Alles okay?«

»Ich ... ich ...« Sie schluckte.

»Fuck! Greift Imani wieder an?«

»Keine Ahnung. Sie scheint ohnmächtig zu sein, zumindest weggetreten.«

»Das heißt nichts! Ada! Sollen wir den Link ziehen?«

Ada schüttelte den Kopf. »Nein, nein ... Xen One ... ich glaube, ich weiß, was das ist.« Sie griff sich selbst an den Link und zog ihn aus der Buchse.

Imani seufzte schwer, blieb aber regungslos sitzen.

Ada hingegen öffnete die Augen und blinzelte die anderen an.

Marcel lächelte, Tränen in den Augenwinkeln. »Ada. Zum Glück.« Er wollte sie küssen, doch sie hielt ihn auf Abstand. Immer noch hing sie offenbar einem Gedanken nach, dann wiederholte sie: »Ich glaube, ich weiß, was der Tempel ist.«

»Und was?«, fragte Flavia leise.

Ada schluckte, blickte von einem zum anderen und wisperte: »Ein metallenes Gehirn.«

Kapitel Neunzehn

Äußeres Riff, an Bord der Nighthawk

CHARLES CARROLL BLINZELTE in grelles Licht. Über ihn beugte sich eine verschwommene Gestalt in weißen Gewändern, was er nicht verstand. Warum waren Wächter bei ihm? Was sollte das? Er war doch auf der Nighthawk gewesen und nicht auf Dawn oder Darkness oder Moriah? Oder erinnerte er sich falsch? Alles war so nebulös und irgendwie matschig, als wären seine Gedanken in den Dreck gefallen und hätten sich mit Wasser vollgesogen.

Er hielt abrupt inne in seinen Überlegungen. Etwas klingelte in seinem Kopf, ein heller Glockenton, der ihn mitriss. Er schloss die Augen, um sich dem Ton hinzugeben, aber nein, er wollte nicht wieder in die samtene Dunkelheit gleiten, die so wohlig nach ihm rief. Nein, er wollte nicht länger schlafen. Charles hasste schlafen, also schlug er abermals die Augen auf.

Die verschwommene Gestalt war noch da. Er blinzelte und blinzelte, um den Schleier zu vertreiben, und tatsächlich konnte er nach mehrmaligen Wiederholungen klar sehen.

Es war keine Wächterin oder Wächter, die sich über ihn beugten, sondern eine Ärztin der Nighthawk mit dem zackigen Kragen an der weißen Weste. Sie lächelte ihn an und sagte: »Schön, dass Sie wieder unter uns weilen, Commander.«

Er brummte nur etwas und wollte sich aufrichten, doch sie drückte ihn mit sanfter Gewalt zurück aufs Bett.

»Nicht so hastig. Bitte, Commander. Sie waren einige Zeit außer Gefecht. Lassen Sie sich Zeit.«

Zeit. Zeit. Einige Zeit. Gefecht. Gefecht.

Mit einem Ruck richtete er sich auf, sodass sich alles um ihn herum drehte. Er keuchte und stöhnte und würgte hervor: »Die Schlacht! Wie ... wie steht es um uns?«

Die Ärztin sah verwirrt aus. »Wir haben gewonnen. Zumindest haben sich die Worx zurückgezogen, aber das haben Sie doch noch mitbekommen, oder nicht?«

Charles überlegte, und tatsächlich kehrten verschwommene Erinnerungen an die Brücke, auf der die Anwesenden seinen Namen skandiert hatten, zurück. »Ja.« Seufzend sank er wieder auf die Liege. »Ich glaube, schon.«

»Ist das ein Ja oder ein Nein?«

»Ein ... Ja. Aber es ist alles recht nebulös. Als wäre ich besoffen gewesen.«

»Hatten Sie getrunken?«

»Nein. Warum fragen Sie?«

»Weil Sie einen Ausfall in Teilen des Frontallappens der Großhirnrinde hatten. Keine Sorge, das klingt dramatischer, als es ist. Ihre Werte sind wieder völlig in Ordnung, aber bei größeren Erinnerungsdefiziten hätte es sein können, dass Strukturen vernichtet wurden. Dann hätten wir die Scans wiederholt.«

Charles horchte in sich hinein und erlangte noch mehr Erinnerungen zurück. Wie die Flotte Edens doch eingegriffen hatte. Wie sich das Blatt daraufhin gewendet hatte. Wie seine Vertretung, Bonnie Aldrin, gelächelt hatte.

»Ich glaube, ich erinnere mich wieder besser. Die Ereignisse kommen nach und nach zurück.«

»Das ist gut. So haben wir das erwartet.«

»Okay. Ähm ... Wie lange war ich weg?«

»Fast vierundzwanzig Stunden.«

Charles blähte die Wangen auf. »Wer hat gerade das Kommando inne?«

»Bonnie Aldrin.«

»Okay.« Ein Zucken. »Immer noch?«

»So viel ich weiß, ja.«

Charles runzelte die Stirn und überlegte, bis ein blondes Gesicht vor seinem inneren Auge auftauchte. Das Gesicht seiner sonstigen Vertretung. Seiner XO.

»Was ist mit Alexandra Silvretta? Kann ich sie sprechen?«

»Ja, das ist möglich. Frau Silvretta ist im Nebenraum.«

Charles musterte die Ärztin verwirrt. Irgendetwas an der Stimme gefiel ihm nicht. »Sie ist hier auf der Krankenstation? Warum?«

»Weil sie eine ... Auseinandersetzung mit einem der Forscher hatte.«

Charles schloss die Augen und erinnerte sich. »Sie meinen vermutlich Anthony Walker.« Der war nach dem Mord am Forscher verschwunden gewesen, und Alexandra hatte nach ihm gesucht.

»Ja. Mister Walker ist tot.«

Das ließ Charles wieder die Augen öffnen. »Tot?«

»Ja. Ist in einem Versorgungsraum abgestürzt. Wir konnten nur noch den Tod feststellen.«

»Und Alexandra?«

»Ist den Umständen entsprechend wohlauf. Sie hat zwei gebrochene Rippen, eine ausgekugelte Schulter, die wir wieder eingerenkt haben, und ein paar Blessuren, aber ich hole sie. Moment.« Die Ärztin verschwand aus seinem Blickfeld, und Charles war es nicht unrecht. In seinem Kopf summte es wieder und er schloss die Augen, um sich nur auf seine Atmung zu konzentrieren.

Die wurde ruhiger und ruhiger, und die Probleme um die Worx, die Nighthawk und den Tod von Walker drifteten überraschend schnell in den Hintergrund – bis Alexandra Silvrettas Stimme ihn zurückholte. »Charles?«

Er lächelte sie an. Sie sah zwar furchtbar aus – blass, die Augenringe dunkel und schattig, die Haut matt – aber auch sie lächelte.

»Alexandra.« Er suchte ihre Hand, die seine fand. Ihre kalten Finger drückten ihn.

»Es tut so gut, dich wieder bei Verstand zu sehen.«

»Und dich erst. Ich habe gehört, dass du Walker gefunden hast.«

Ein Schatten huschte über ihr Gesicht. »Ja, er hat versucht, die Lüftungsanlage zu manipulieren. Außerdem hat er eine Technikerin getötet, um sich dort Zutritt zu verschaffen.«

Charles verstand nicht. »Die Lüftungsanlage? Warum das?«

»Vermutlich ist der Extrakt über diesen Weg verschwunden.«

»Über die Lüftung?«

»Ja. Wir suchen danach, bisher aber ohne Erfolg.«

Charles ließ den Kopf wieder auf das Bett sinken. »Klingt nicht gut. Das heißt, das Zeug kann die Form verändern?«

»Offenbar. Das Forscherteam ist dran, zumindest der Rest davon. Wir haben einige Lüftungsrohre isoliert und abgeschaltet. Wir werden es finden und wieder in Quarantäne sperren. Es ist nur eine Frage der Zeit. Die Nighthawk ist nun mal groß.«

»Ja, das ist sie.« Über dreihundert Kilometer Rohre und Kabel waren verbaut. *Die Lebensadern des Titans.* Charles seufzte. »Und die Worx?«

»Ziehen sich zurück. Sie haben Kurs auf Darkness genommen.«

»Um sich neu zu formieren, vermutlich.«

»Womöglich. Wir haben bisher auf Aufklärungsdrohnen und -flüge verzichtet. Admiral Rothaus hat von Eden aus den Einsatz übernommen. Und er hat sogar mit den Wächtern gesprochen. Das erste Mal seit Jahren.« Sie lächelte herzlich. »Das haben wir nur dir zu verdanken, wie ich gehört habe.«

Charles zuckte mit den Achseln und kämpfte sich in eine halb sitzende Position hoch. »Ich habe getan, was getan werden musste.«

»Klar, du alter Kleinmacher. Verdammt! Du hast Millionen Menschen das Leben gerettet! Das ist größer als damals im Konföderationskrieg. Viel größer! Du bist ein Held!«

»Vielleicht, aber nur für den Moment. Wenn die Worx wiederkommen, sind Helden vergessen ... und spätestens dann müssen wir vorbereitet sein. Wie sind −«

Alexandra mahnte ihn mit einer Handbewegung, ruhig zu sein. »Man kümmert sich um alles. Du machst jetzt mal Pause, Charles! Gönn dir noch ein paar Tage Erholung.«

»Ein paar Tage gleich?«

»Oh ja. Wenn es nach der Ärztin geht, bräuchten wir eine Kur über vierzehn Tage.«

»Und womit: mit Recht!«, rief die Ärztin von einem Regal herüber, an dem sie irgendetwas einsortierte.

Alex seufzte. »Ja. Und ich habe Ihnen auch gesagt, dass das nicht geht. Egal. Aber ein paar Tage kannst du dir trotzdem gönnen, Charles.«

Der ließ sich das durch den Kopf gehen und entschied, dass Alex recht hatte. Er war nicht der Heilsbringer Edens, sondern nur ein ehemaliger Flottenadmiral. Er konnte sich freinehmen, wann er wollte. Trotzdem legte er sich nicht wieder hin, sondern setzte sich ganz auf. Die Ärztin verfolgte sein Tun argwöhnisch, doch Alexandra stützte ihn mit ihrem gesunden Arm.

»Besser?«, fragte sie.

»Ja ... ich habe noch nie gern viel gelegen.«

Sie grinste. »Weil du das später noch im Grab tun kannst.«

»Ganz genau. Gibt es sonst irgendwelche Neuigkeiten? Wie sind die Schäden am Schiff? Gibt es schon eine Erfassung der Verluste? Auch auf Seiten der Custodes? Ach, und ich würde gern mit Imani reden.«

»Alles zu seiner Zeit, Charles. Momentan sind Rothaus und dieser Kitzler in einer Besprechung. Ich hoffe, sie sind intelligent genug, nicht sofort einen Krieg vom Zaun zu brechen.«

»Das hoffe ich auch. Und das Schiff? Wie ist der Stand meiner Lady?«

Alexandra lächelte matt. »Wir sind so einigermaßen durchgekommen, zumindest laut der Meldungen, die ich bisher gesichtet habe.« Ihr Blick glitt zur Ärztin. »Die nette Dame dort in Weiß hat mich etwas ... gebremst.«

»Zu Recht! Sie waren ebenfalls einige Stunden lang bewusstlos, und Ihre Werte haben verrückt gespielt.«

»Aber jetzt nicht mehr. Außerdem bin ich die XO.«

»Ja, das sind Sie.«

Charles hob die Hände. »Meine Damen! Bitte ...«

Die Ärztin nickte schon. »Kein Streit, kein Streit. Sie sollen sich beide nicht aufregen. Außerdem kann ich nur meine Empfehlungen aussprechen. Schonen Sie sich. Beide!«

»Das werden wir. Ich möchte nur einen ersten Überblick über mein Schiff.«

»Dann lassen Sie sich den geben.« Die Ärztin verschwand aus dem Raum.

Alexandra seufzte. »Ist schon anstrengend mit den Ärzten.«

»Weil sie es gut meinen. Also ... was hast du?«

»Wir haben diverse Schäden in der Außenhülle. Sechsundachtzig bisher. Der Hangar ist so gut wie im Eimer. Es hat außerdem einen Versorgungstunnel, drei Wartungstunnel, die Solarkollektoren und eine Zuleitung am Kühlsystem getroffen. Das Dockingsystem ist auch zerstört worden – oder zumindest funktioniert es nicht. Die Techniker sind dran, um das als Erstes zu beheben, damit wir auf einem der Monde von Dawn anlanden können.«

»Aber die Reaktoren laufen?«

»Einwandfrei. Auch den Millet-Antrieb hat es nicht erwischt, ebenso nicht die kritische Infrastruktur. Von einsatzfähig ist aber nicht zu sprechen.«

»Und das Personal?«

»Knapp vierhundert Tote, überwiegend Technikerinnen und Techniker am Hangar. Es hat die Luft rausgesaugt, als ein Schiff der Worx dagegen gekracht ist.«

Charles presste die Lippen aufeinander, bis er die Nachricht verarbeitet hatte. »Hast du schon irgendetwas veranlasst?«

»Nein. Ich wollte warten, bis du wach bist.«

»Alles klar. Dann gib mir noch ein paar Stunden, um über das weitere Vorgehen nachzudenken. Ich möchte auch erst mit Rothaus und den Wächtern sprechen.« Er kniff die Augen zusammen. »Was ist? Da ist doch noch irgendwas? Ich kenne diesen Blick, Alex.«

Seine XO schürzte die Lippen, die ziemlich blass waren. »Es geht um die Glengettie.«

Eine Erinnerung regte sich. »Die einfach das Schiff verlassen hat?«

»Nicht einfach. Ich habe das autorisiert.«

»Du? Warum?«

»Weil sie einen der Dornen einfangen wollten.«

»Und wozu das?«

»Eine lange Geschichte. Die Kurzfassung: Wir vermuten einen Zusammenhang zwischen den Dornen und der Black Horizon. Ich kann dir das alles in Ruhe erklären.«

»Okay ... klingt recht verrückt. Aber was ist jetzt mit der Glengettie? Haben sie es geschafft, so einen Dorn einzufangen?«

Das Gesicht seiner XO wurde länger, was Charles ein seltsames Gefühl bescherte. »Ja«, sagte sie. »Sie haben es unseren Aufzeichnungen nach geschafft.«

»Das klingt verdammt nach einem Aber —«

»Ja, denn sie sind daraufhin nicht zurückgeflogen.«

»Sondern?«

»Sie haben den Kurs angepasst und fliegen Richtung Sektor 47-C. Also nicht mal nur in die Richtung, sondern ganz exakt ins Zentrum des Sektors. Ich habe das abgleichen lassen. Genau von dort kamen die Wo... Worx.« Alexandra hustete. »Entschuldigung.«

Charles nickte nur und ließ die Information sacken. Das alles ergab erst mal wenig Sinn. Warum sollten Levi Fox und Team einen Dorn aufnehmen und nicht zurückbringen? »Irgendwelche Vermutungen, was passiert sein könnte?«

»Durchaus. Es ist nämlich auch der Funkkontakt abgebrochen, kurz nachdem sie den Dorn aufgenommen haben. Wir vermuten, dass es wie bei den Angriffen zu einer technischen Störung kam.«

»Du meinst ... Sie konnten womöglich gar nicht umkehren?«

»Das ist zumindest in Erwägung zu ziehen. Die Dornen hat einer unserer Ingenieure mit dem Magnetonomikom in Verbindung gebracht.«

»Nie davon gehört.«

»War eine streng geheime Entwicklung im Zuge der Exploration des Koi-Systems vor zwanzig Jahren. Die Black Horizon trug so ein Forschungsobjekt an Bord.«

»Okay. Dann möchte ich umgehend den Ingenieur sprechen.«

Seine Xo senkte den Blick. »Leider nicht möglich. Er ist an Bord der Glengettie.«

Charles stöhnte. »Und jetzt? Was machen wir nun?«

»Das ... wollte ich dich fragen.«

Er schüttelte den Kopf und massierte sich die schmerzenden Schläfen. Er hörte wieder den Glockenton, der ihn davontragen wollte, ignorierte ihn aber. »Also noch mal langsam: Ihr vermutet eine Verbindung zwischen den Worx und diesem Magnetonomikom, weswegen du die Glengettie autorisiert hast, aufzubrechen?«

»Ja. Es war keine Zeit, du warst mitten in die Schlacht involviert, und Levi Fox ist zu mir gekommen.«

»Okay. Und jetzt haben sie Kurs auf Worx-Gebiet genommen. Ohne Funk und womöglich nicht ganz freiwillig, wenn ich das richtig verstehe.«

»Womöglich. Falls diese Dornen etwas mit Magnetismus zu tun haben, könnten sie entsprechend wirken. Keine Ahnung, wie, aber die Wahrscheinlichkeit ist vorhanden.«

»Wie eine Art ... Angel? Sie ziehen getroffene Objekte an?«

»Ja ... warum nicht?«

»Ist das physikalisch möglich?«

Seine Xo zuckte mit den Achseln. »So weit bin ich noch nicht in die Materie vorgedrungen. Es wäre aber eine plausible Erklärung.«

»Verstehe.« Ein tiefer Atemzug. Und noch einer. Und dann: »Können die Schäden an der Nighthawk ohne Dockingmanöver intern repariert werden?«

Alexandra Silvretta blähte die Wangen auf, bevor sie nickte. »Zum Großteil. Es wird dauern, aber es ist möglich. Wir müssen zwar am Personal umschichten und von Dreischicht auf Zweischicht umstellen, aber möglich wäre es. Warum?«

»Weil wir niemanden zurücklassen.«

Sie sah ihn fragend an, und Charles nickte vielsagend. »Du hast es schon richtig verstanden. Wir lassen niemanden zurück. So war es schon immer im Krieg.«

»Heißt also?«

»Wir setzen Kurs auf Sektor 47-C.«

»Du willst der Glengettie hinterher und sie einsammeln?«

»Genau das werden wir tun.«

»Und Dawn? Was ist, wenn die Wo... Worx zurückkommen und erneut angreifen?« Sie räusperte sich und massierte sich den Hals.

»Dann wird Eden es diesmal von Anfang an richten müssen. Wir haben unsere Pflicht erfüllt. Die Nighthawk hat ihre Pflicht erfüllt! Wir sind niemandem mehr etwas schuldig. Ab sofort sind wir frei.«

Sie musterte ihn zweifelnd. »Frei?«

»Ja. Frei. Unabhängig. Wir sind jetzt unsere eigene Familie.

Waren es eigentlich schon seit zwanzig Jahren. Und in der Familie gilt umso mehr: Niemand wird aufgegeben. Also: Kurs setzen auf Sektor 47-C!«

Alexandra Silvretta reagierte nicht sofort, doch dann salutierte sie zackig. »Aye, Captain! Mit dem allergrößten Vergnügen.« Mit den Worten trat sie ab, um sich Richtung Brücke aufzumachen, und für einen Moment hatte Charles den Eindruck, dass ihre Iris schwarz wirkte. Aber das war sicher nur ein Schattenspiel der Beleuchtung gewesen.

Plötzlich ziemlich erschöpft sank er zurück aufs Bett und schloss die Augen. Trotzdem rang er mit seinem Pflichtbewusstsein, aber am Ende besiegte er es – diesmal zumindest. Diesmal durfte er noch etwas schlafen. Die Dinge gingen ihren Gang, und sein Schiff war bei Alexandra Silvretta in besten Händen. In den allerbesten. Worüber sollte er sich also Sorgen machen?

Mit dem Gedanken schlief Charles Carroll, Held der Schlacht um Dawn, wieder ein.

»Keine Chance!« Cassy schickte einen deftigen Fluch hinterher und feuerte das Multitool in eine Ecke des Laderaums. Wegen der geringen Schwerkraft beschrieb es einen Bogen und tockte an die Wand, um von dort Pirouetten drehend abzuprallen und zu Boden zu sinken.

Alle anderen schwiegen und betrachteten betreten den Obelisken. Unheilvoll glänzte er im künstlichen Licht, die Gravuren angefüllt mit harten Schatten.

Wes brach als Erster das Schweigen. »Wir sollten trotzdem sprengen.«

Cassy schnaubte. »Dann haben wir ein riesiges Loch in der Außenhaut. Und wofür?«

Wes zuckte mit den Achseln. »Irgendwie werden wir das Teil schon rausbringen. Auch ohne Halteklammern.« Die hatten sich nach Oscars Rotationsversuchen irgendwie festgefahren. Niemand verstand es, aber die Gelenke schienen sich im Innenleben so verkeilt zu haben, dass sie sich keinen Millimeter mehr bewegten.

Cassy rollte nur mit den Augen. »Willst du die vielleicht auch sprengen? Komm schon, Wes! Du weißt, dass das Käse ist.«

Wes sagte nichts darauf, dafür Levi, der schweigend zugehört hatte. »Ich glaube, Cassy hat recht. Wenn wir einen Weg finden, die Halteklammern zu lösen, dann sprengen wir ein Loch in die Außenhaut. Nicht vorher.«

»Wir könnten es mit Magneten probieren«, warf Carl ein.

»Magneten!«, stöhnte Wes. »Hört mir auf mit Magneten!«

»Es ist aber eine Option. Zumindest theoretisch.« Carl rieb sich über das müde Gesicht. »Es könnte doch sein, dass der Magnetismus des Objekts irgendwie auf die Halteklammern übergegriffen hat. Die bestehen zum Großteil auch aus Metallen, die theoretisch ferromagnetisch werden können. Vielleicht tut sich deswegen nichts.«

Cassy nickte. »Das wäre zumindest eine Erklärung.«

»Was nützen uns Erklärungen? Wir brauchen endlich Lösungen!« Wes winkte ab und aktivierte das Armdisplay seiner Uniform. Dort rief er ein Menü auf, checkte etwas, furchte die Stirn und sagte: »Wir beschleunigen immer noch weiter.«

Stille, in die Oscar hinein leise fragte: »Wie lange haben wir noch?«

»Bei gleichbleibender Beschleunigung knapp elf Stunden bis Sektor 47-C. Elf Stunden! Fuck! *Fuck!* FUCK!«

Die Hilflosigkeit wurde beinahe greifbar im Frachtraum.

»Okay«, sagte Levi. »Wir bewahren jetzt alle einen kühlen Kopf. Panik bringt uns gar nichts.«

»Eure Versuche aber auch nicht. Wir hantieren seit keiner Ahnung wie lange herum und haben nichts geschafft. Gar nichts.«

»Wir haben zumindest Optionen ausgeschlossen«, meinte Carl, was Wes nur durch die Zähne pfeifen ließ. Bevor er gegenschießen konnte, hob Levi besänftigend die Hände.

»Bitte, bleibt ruhig. Du hast selbst gesagt, Wes, dass wir nur gemeinsam stark sind gegen die Worx.«

»Ich hab gesagt, dass wir alle gleich sind, wenn sie kommen.«

»Okay, aber das ist fast dasselbe. Wir haben hier eine prekäre Situation, und wir kommen da vermutlich nur raus, wenn wir zusammenarbeiten. Das konnten wir bisher immer – also können wir das auch weiterhin. Haben das alle verstanden?«

Müdes Nicken.

»Gut. Ich schlage vor, ihr probiert noch für maximal vier Stunden Optionen mit Magnetismus.«

»Und wenn das nicht klappt?«, stellte Cassy die entscheidende Frage, die allen auf der Zunge brannte.

»Dann«, antwortete Levi, »werden wir uns mental umstellen.«

Wes grunzte wieder. »Worauf? Auf den Tod? Ganz toll.«

»Nein, Wes, wir werden uns dann auf die weitere Mission einstellen. Auf eine Erkundungsmission fremder Regionen. Wir werden Pioniere sein.«

»Pionierinnen«, korrigierte Cassy, was Levi lächeln ließ.

»Auch das. Und wir haben bereits so viel geschafft, dann schaffen wir auch das. Egal, was kommen mag, wir werden überleben und zurückkommen. Habt ihr das verstanden?«

Alle sagten: »Ja!«, nur Wes schüttelte den Kopf.

»Das ist doch Wahnsinn!«

»Vielleicht. Aber das ganze Leben besteht manchmal aus Wahnsinn.« Levi ging zu seinem alten Kumpel und legte ihm die Hand auf die Schulter. »Wir schaffen das.«

Wes studierte seine Hände, nickte aber. »Okay. Wir schaffen das.«

Die Worte ließen Levi lächeln. »So gefällst du mir. Das ist mein alter Wes, wie ich ihn kenne. Und für den habe ich noch eine Spezialmission.«

»Ach ne, muss das sein?«

»Ja, weil das dein Fachgebiet ist.«

»Okay. Und was soll ich tun?«

»Du sollst eine der Untersuchungsdrohnen für den Abschuss vorbereiten.«

»Okay. Wohin?«

»Richtung Dawn.«

»Aha, und was willst du damit? Wir sollten die Drohne lieber in den Sektor 47-C schicken.«

»Nein. Da fliegen wir selbst hin. Ich will stattdessen eine Nachricht an die Nighthawk übermitteln. Oder wer auch immer die Drohne einsammelt.«

Verstehen huschte über Wes' Gesicht. »Das heißt, du wirst in den nächsten Stunden eine Videobotschaft aufzeichnen, die ich auf die Drohne spielen soll?«

»Ganz genau. Ich werde alles dokumentieren und zusammenpacken. Sollten wir nämlich doch nicht mehr zurückkommen, dann müssen Charles Carroll und der Rest der Welt wissen, was wir bisher herausgefunden haben. Und jetzt kommt mal alle her. Na los! Lasst uns einen Kreis bilden.«

Und den bildeten die fünf. Schulter an Schulter, Arm auf Arm, die Köpfe zusammengesteckt. Levis Herz schlug dabei heftig. Zum ersten Mal seit langem spürte er, dass sie ein echtes Team wurden, das endlich Oscar und Carl mit einschloss. Aber es hieß ja nicht umsonst, dass Freundschaft aus Not gemacht wurde. Und sie würden die Not überstehen. Komme, was wolle.

»Wir schaffen das!«, sagte er verschwörerisch in die Runde, und zu seiner Freude antworteten sie ihm: »Wir schaffen das!« Diesmal reihte sich auch Wes' Stimme in den Kanon mit ein.

FÜNF STUNDEN später war von der Freude nichts mehr übrig. Sie hatten es nicht geschafft, die Halteklammern zu lösen und den Obelisken wieder loszuwerden. Unaufhaltsam zog er die Glengettie Richtung Sektor 47-C.

Schließlich öffnete sich ganz unspektakulär ein kleines Schott in der Außenhaut der Fregatte, aus dem eine Erkundungsdrohne schwebte. Die Steuerdüsen der Drohne justierten nach, rotierten sie um einhundertundelf Grad um die Z-Achse und richteten sie aus, um dann ein Programm zu zünden, das Wes manuell programmiert hatte. Das gesamte Gasgemisch wurde zischend ausgestoßen, was die Drohne entsprechend Richtung Dawn beschleunigte.

Mehr konnten die fünf an Bord der Glengettie nicht mehr tun. Sie hielten sich zu dem Zeitpunkt alle auf der Brücke auf und verfolgten schweigend per Videoübertragung den Ausstoß und Abflug der Drohne.

Als die am Horizont in der Dunkelheit verschwunden war, schaltete Wes ungefragt die Videoübertragung auf Sektor 47-C um. Zu sehen war auf dem großen Hauptdisplay wieder nur Dunkelheit, aber es war eine andere Dunkelheit. Eine lastende

Dunkelheit. Eine verzehrende Dunkelheit. Eine lockende Dunkelheit.

Niemand wollte etwas sagen. Die fünf saßen einfach nur da und warteten, während die Glengettie sich der Ungewissheit unaufhaltsam näherte.

Epilog

Darkness

AUF DER SCHATTENSEITE des Planeten sammelten sich die Schiffe, die sich von der Schlacht um Dawn zurückgezogen hatten. Manche glommen von innen heraus, andere zerfielen in Bruchstücke, nur um von anderen Schiffen eingesammelt zu werden, und der Rest vereinte sich mit weiteren Schiffen, die im Schatten des Planeten gewartet hatten.

Es waren über tausend. Nur ein Bruchteil davon hatte sich nach Dawn aufgemacht – und war nicht zurückgekehrt.

Die Menschen hatten sich mehr gewehrt, als erwartet worden war. Mehr, als die Prophezeiung des Masterminds vorausgesagt hatte.

Aber Prophezeiungen konnten trügerisch sein, das war den Worx durchaus bewusst. Es gab immer Interpretationsspielraum, wenn es um Gedanken und Emotionen ging.

Es machte ihnen aber nichts aus. Sie hatten einen Rückschlag erlitten, aber dafür würden sie den finalen Schlag umso heftiger führen. Sie hatten viel gelernt, über Gleiter und Fregatten und Schlachtschiffe. Und über die Spezies Mensch.

Die war wirklich so irrational, wie der Mastermind übermittelt hatte. Die größte Schwachstelle war also die Spezies selbst. Dort würden sie ansetzen. Dort wollte der Mastermind ansetzen.

Und dazu brauchte es einen Planeten wie Darkness.

Mittlerweile war die Schattenseite fast vollständig von schwarzer Masse bedeckt. Der Dorn im Herzen des Toroiden war längst aus dem Ursprungsschiff gewachsen, hatte es aufgebrochen wie eine rohe Eierschale. Fast einen Kilometer ragte der Dorn mittlerweile in die Dunkelheit hinaus, und er wuchs noch weiter. Unaufhaltsam schob er sich Zehntel Millimeter um Zehntel Millimeter in die Höhe. Der Sockel wurde breiter und breiter, maß bereits einen Umfang von mehreren Metern, die Gravuren waren handspanntief und bekamen eigene Gravuren. Gravuren in Gravuren ...

Und dann war plötzlich die kritische Masse erreicht.

Eine heftige magnetische Schwingung umfloss den Planeten, als der Dorn aktiv wurde und auf das Magnetfeld des gesamten Planeten einwirkte. Alte Bauten der Menschen ächzten, Gebirge knarrten, noch intakte Kuppeln barsten. Ein Splitterregen in Stille und Dunkelheit ...

KNAPP SECHSUNDDREISSIG MINUTEN später platzte ein Scientist mitten in die Besprechung von Flottenadmiral Rothaus hinein. »Admiral!«, keuchte der Kerl. »Sie müssen sich was ansehen.«

Rothaus musterte den Störenfried verärgert. »Ihnen ist schon bewusst, dass wir gerade einen interplanetaren Krisenstab abhalten?«

Der Scientist nickte und schüttelte zugleich den Kopf. Dann wurde er blass, als er die ganzen Entscheider registrierte: Brenson, Barbara Lardos, Elena Mogi und Dirk Schumacher und viele andere, die er nicht kannte. Auch virtuell waren Leute zugeschaltet: ein Steve Holden und mehrere Wächterinnen und Wächter in ihren weißen Gewändern und Masken.

Ein absurder Anblick, aber seine Information war noch absurder. Und gestört hatte er schon.

»Ich muss Sie trotzdem sprechen. Sofort. Es geht um die Sicherheit Edens.«

»Dann reden Sie«, verlangte der Admiral. »Denn genau darüber sprechen wir gerade.«

Der Scientist, der sonst nur hinter seinem Schreibtisch saß

und Daten auf seinem Holo auswertete, nickte, erzitterte, räusperte sich und meinte heiser: »Darkness hat sich in Bewegung gesetzt.«

Die Worte hallten seltsam nach, selbst in den Ohren des Scientisten.

Auch Rothaus blinzelte verwirrt. »Wie bitte?«

»Darkness hat sich in Bewegung gesetzt«, wiederholte der Scientist mit zitternder Stimme. »Der Planet.«

»In Bewegung gesetzt?«

»Ja. Er bewegt sich minimal. Er hat vor mittlerweile ... sieben Minuten und dreißig Sekunden ... seine bisherige Umlaufbahn verlassen.«

Der Admiral hatte die Stirn in tiefe Falten gelegt, ebenso wie alle anderen. Auch die folgende Frage klang verwirrt. »Und wohin bewegt er sich, bitte?«

Der Scientist schluckte hart. »Das wissen wir noch nicht sicher, Sir, aber erste Simulationen laufen.«

»Und was simulieren die?«

Jetzt wurden die Beine des Scientisten weich. Der Überbringer schlechter Botschaften zu sein, war eine schwere Bürde. Trotzdem stieß er hervor: »Eine Kollision mit Eden, Sir. Darkness kommt auf uns zu. Er kommt direkt hierher.«

Die Beine des Scientistin gaben in dem Moment nach und er sackte erschöpft zusammen.

Nachwort

Liebe Leserinnen und Leser,

die Reise des *Schlachtschiff Nighthawk* ist natürlich noch nicht zu Ende. Ich hoffe, ich war mit den Cliffhangern nicht zu böse ... doch, *ich war böse! Ich war sehr böse!*

Ein irres Lachen schallt heran.

Dann ein Kichern.

Entschuldigt, mir ist mal wieder die Fantasie durchgegangen. Musste gerade an ES von Stephen King denken. An bunte Luftballons, nur im All und planetengroß. Na ja, so sieht auch oft der Alltag bei einem Autor aus. Immer wieder schießen Gedanken, Stimmen und Bilder ein, aber beim Geschichtenschreiben kommt das alles aus der Tiefe und dem Herzen, nicht aus dem Verstand. Der Verstand formt die Worte nur, das Kreative ist hingegen Seelensache. Klingt spirituell, aber ich werde auf Lesungen oft gefragt, wie man auf die ganzen Ideen kommt. Früher habe ich geantwortet, dass die Ideen aus den Medien kommen, aus Nachrichten, aus Liedern, aus Erzählungen. Und das stimmt fast, aber wir reden dann von der Inspiration, nicht von den Ideen. Woher die kommen, weiß ich ehrlicherweise nicht. Sie sind plötzlich da. Manche lassen sich schon rein mit Logik erzeugen, aber die besten Ideen kommen von ganz tief drinnen. Der Obelisk beispielsweise, der die Glengettie vom Kurs abbringt ... der ist beim Schreiben entstanden, und – *zack!* Mal sehen, was in Sektor 74-C auf Levi, Cassy, Wes, Oscar und Carl so wartet.

Verrückte Arbeitsweise? Durchaus. Ich hatte die letzten zwanzig Bücher ziemlich umfangreich geplottet, doch mit jedem Buch nahm die Menge des Plots ab und ich schrieb immer intuitiver. Beim *Schlachtschiff Nighthawk* habe ich nun mal wieder gepantsert, wie das unter Schreibenden genannt wird, wenn man einfach die Seiten füllt und sich selbst davon überraschen lässt, wo man landet. Stephen King ist einer der bekanntesten Pantser. Auch der Kollege Brandon Q. Morris pantsert. Es ist also nicht unüblich, so zu arbeiten. Es sind einfach zwei völlig verschiedene Herangehensweisen. Entsprechend gespannt bin ich diesmal, wohin die Reise noch geht. Ich weiß es nämlich selbst noch nicht. Ich habe einige Ahnungen und Ideen, aber die Charaktere wollen nicht immer so, wie ich das will.

Wieder ein Lachen aus dem Off, doch es verstummt sehr schnell.

So ... Entschuldigung, ich musste hier mal für Ruhe sorgen. Wo war ich? Ach ja: Ich hoffe, Ihnen hat auch dieser zweite Band gefallen, und ich würde mich sehr über eine Sternebewertung freuen. Wir Indie-Autoren leben von unseren Fans und brauchen Ihre Unterstützung. Sie kennen das. Also bewerten Sie bitte meine Bücher. Am bequemsten funktioniert das über diesen Direktlink:

a7lbooks.de/links/3136027

Das hilft ungemein. Vielen Dank dafür!

Zuletzt der obligatorische Hinweis:

Wenn Sie immer über Neuerscheinungen informiert sein wollen, empfehle ich meinen kostenlosen Newsletter. Probieren Sie ihn einfach aus. Ich informiere etwa einmal im Monat über neue Projekte, den Schreiballtag und über Lesungen. Auch stimmen wir über Cover und neue Buchideen ab. Wir sind eine wirklich tolle Community geworden. Seien Sie dabei. Es lohnt sich! Und es gibt eine kostenlose Geschichte als Dankeschön!

Die Anmeldung finden Sie hier unter www.timoleibig.de/Newsletter.

Ein wenig irre lachend,

Timo Leibig

Januar 2023

Personenregister

Custodes / Wächter

Marco Bertram: Hoher Wächter auf Moriah, verschwunden.
Pedro: Marco Bertrams Fahrer und Vertrauter
Beatriz Silva: Hohe Wächterin auf Moriah; war zuvor auf Dawn tätig.
Ashae: Professionelle Killerin der Wächter, Status ›Hand‹
Flak: Professioneller Cleaner der Wächter
Pietro Santos: Beatriz Silvas Vorgänger auf Dawn, hoher Wächter
Imani: Hohe Wächterin auf Dawn
Visenias: Körperteilehändler

Besatzungsmitglieder der Nighthawk

Charles Carroll: Ehemaliger Admiral im Dienste Edens, Captain der Nighthawk
Alexandra Silvretta: XO der Nighthawk, im Dienste Edens
Gregor O'Connor: Dienstältester Unteroffizier auf der Nighthawk, COB
Amber Brown: Scientistin

Levi Fox: Offizier der Nighthawk und Captain der internen
Fregatte Glengettie
Wes: Pilot der Glengettie
Cassy Hunch: Chefingenieurin der Glengettie
Oscar Mileski: Neuer Waffenmeister der Glengettie

Andere

Flavia Flores: Strafverteidigerin auf Moriah, auch genannt die
Justitia Custodia
Sophia Flores: Flavias Tochter, Polizistin auf Moriah, im
Dienste Edens
Oliver Stratton: Ehemaliger Agent im Dienste Edens, Deck-
name Pier Chambers
Steve Holden: Oberster Richter Moriahs, im Dienste Edens
Ben: Informant Endes auf Moriah, betreibt einen Alkoholika-
laden auf dem Basar von Mraz
Ada Dvořáková: DeepSleep-Abhängige
Elias Nepomuceno, auch genannt Nitro: Verbrecher,
Kinderhändler, ehemaliger Wächter
Anthony Walker: Xenologe
Doktor Morgenschein: Vorstand der Forschergruppe um das
Worxextrakt
Ray Donovan: Commander der Martin, Schiff im Dienste
Dawns
Elias Nepomuceno, auch genannt Nitro: Verbrecher,
Kinderhändler, ehemaliger Wächter
Edgar Lukianenko: Gouverneur von Dawn
Edward Cohen: Captain des Forschungsraumschiffs Black
Horizon

Admiralität auf Eden

Flottenadmiral Rothaus: Stationiert auf Eden
Brenson: Vertritt die Hegemonie Edens in außenpolitischen
Angelegenheiten.
Barbara Lardos

Elena Mogi: Vertritt die äußeren Planeten im Riff auf Eden
Dirk Schuhmacher: Direktor des Nachrichtendienstes
auf Eden

Technik-Glossar

Instantan-Transmitter

Modernes Quantenkommunikationssystem der Hegemonie Edens, das schneller als Licht kommunizieren kann. Mithilfe der Quantengravitation verknüpften Sender und Empfänger entsprechende Quanten, die über einen im Schleifengeflecht des Kosmos verborgenen Rückkanal miteinander verbunden waren.

Millet-Antrieb

Die Antriebstechnik im Koi-System, die entsprechende Geschwindigkeiten erlaubt, um Reisen zwischen den Planeten zu ermöglichen.

Der Name stammt von Thales von Millet, einem Forscher, der den Magnetismus entdeckte.

Magnetonomikom

Ominöses Versuchsobjekt zur Erforschung von kosmischen Magnetfeldern

Kontakter

Vergleichbar mit einer digitalen Visitenkarte

Starlink Group Eden

Betreiberfirma der Sternenhäfen